Ángeles

DENIS JOHNSON
Ángeles

Traducción de Benito Gómez Ibáñez

RANDOM HOUSE

Papel certificado por el Forest Stewardship Council®

Título original: *Angels*

Primera edición: marzo de 2026

©1977, 1983, Denis Johnson
© 2026, Penguin Random House Grupo Editorial, S. A. U.
Travessera de Gràcia, 47-49. 08021 Barcelona
© 1986, Benito Gómez Ibáñez, por la traducción

Printed in Spain – Impreso en España

ISBN: 978-84-397-4433-7
Depósito legal: B-1.142-2026

Compuesto en La Nueva Edimac, S.L.
Impreso en Gómez Aparicio, S.L. (Casarrubuelos, Madrid)

RH44337

Este libro está dedicado a H.P.
y a los que con él compartieron
experiencia, entereza y esperanza

La acusé como si realmente sus plegarias hubieran obrado la transformación:

¿Qué te hice para que me condenaras a vivir?

GRAHAM GREENE, *El fin de la aventura*

1

En el Greyhound de Oakland todos eran muy bajitos, y a empujones y codazos subieron al autobús, colándose incluso por delante de las dos monjas, que estaban primero. Las religiosas, tras ocupar sus asientos, sonrieron dulcemente a Miranda y a la pequeña Baby Ellen, y jugaron con ellas al escondite tapándose la cara con las manos. Pero Jamie notó que consideraban excesivo su maquillaje y demasiado estrechos sus pantalones. Sabían que estaba abandonando a su marido, y se figuraban que se daría a la prostitución para ganarse la vida. Hubiera deseado contarles lo sucedido, pero no se puede hablar de esos asuntos con católicos. La monja más baja llevaba una rosa recién cortada entre las manos.

Jamie, sentada junto a la ventanilla, miraba hacia fuera y fumaba un Kool. Aún había gente apiñada ante la puerta del autobús —personas a las que esperaba no conocer jamás—, bregando con maletas deterioradas y bolsas de papel; por la forma de llevarlas parecía que contuviesen los motivos de sus errores y la justificación de sus agravios. Un negro con chaqueta de tweed y sombrero de paja se despedía de sus parientes sosteniendo en alto una pancarta: «EL SOL SE TORNARÁ EN TINIEBLAS Y LA LUNA EN SANGRE» (Joel 2, 31). Dadas las circunstancias, Jamie se identificó con aquel desconocido.

Hacia las tres de la mañana, a Jamie se le abrieron los ojos. En un paso elevado, el haz de luz de unos faros que surgió de frente barrió el autobús, y en su agotamiento imaginó por un instante que era la cabeza llameante de un hombre que pasaba como una exhalación por la durmiente oscuridad de los viajeros y que solo ella podía verla. Al despabilarse de pronto, Miranda le habló al oído, alborotada por estar despierta a aquellas horas.

Jamie ignoró la charla de la niña, temerosa de la oscuridad que el autocar atravesaba, desconcertada al verse absorbida tan rápidamente por su nueva vida, alarmada por si la engullía para vomitarla luego en forma de anciana demasiado alelada e incapaz de preguntarse adónde había ido a parar su juventud. Un par de veces trató de hacer callar a Miranda porque la pequeña iba dormida en el autocar como todo el mundo menos el conductor, o eso imaginaba, pero Miranda daba con el pie a Baby Ellen cada dos segundos porque tenía ganas de jugar en plena noche justo en medio de Nevada.

—Randy —refunfuñó Jamie—, estoy agotada, cariño. No despiertes a Ellen.

Miranda se sentó sobre las manos y fingió dormir, dando furtivamente con el pie a Baby Ellen.

—Aparta el pie, cielo —le ordenó Jamie—. No lo digo en broma. Vamos, apártalo.

Miranda fingió que seguía dormida, que no oía, pero seguía moviendo el pie a sacudidas, como en sueños, para dar a la niña.

—¡Aparta el *pie*! —murmuró furiosamente Jamie, a la vez que le cogía el tobillo y le apartaba la pierna—. Si no te portas bien se lo diré al conductor, te echará del autocar y te dejará en ese desierto. En plena oscuridad. Con las serpientes. ¿Me oyes?

Volvió a apartar de golpe el pie de Miranda.

—¡No te hagas la dormida, maldita sea, porque sé que no lo estás!

Miró con odio los ojos cerrados de Miranda y enseguida se dio cuenta de que la niña se había dormido. La carga de su ira cedió ante la ingravidez del miedo mientras el autocar surcaba el canal de luz creado por sus faros. Se llevó las manos a la cara y rompió a llorar.

Al cabo de poco se durmió; soñó con un hombre que se ahogaba en una nube de veneno. Se despertó intentando recordar si se trataba de su marido o no. ¿Sería un sueño acerca del pasado o sobre el futuro?

La pequeña Baby Ellen no dejaba de chillar.

Jamie la tenía cogida por un brazo, mientras hurgaba con la mano libre en la bolsa de viaje debajo del asiento buscando su zumo de naranja.

—¡Ea, ea, ea, ea, ea! —le dijo a Baby Ellen—. Pronto tendremos una cuna para ti y un cordel para atar tu cajita de música, y mamá y Miranda irán a cantarte canciones a la hora de dormir, y aquí está tu zumo de naranja, gracias a Dios, vamos, vamos, vamos, pequeña Baby Ellen, qué *rico* está este zumo de naranja, qué zumo de naranja más *bueno*, qué pinta tan *buena* tiene, mira qué sol más bonito. ¿Ves el sol por allí, Baby Ellen? No es más que un pedacito chiquitín de sol; Baby Ellen verá muy pronto todo el sol y entonces ya habrá amanecido para Baby Ellen, Miranda Sue y mamá.

Tenía ganas de asfixiar a la niña. Nadie se enteraría. Ya hacía cuatro días que habían salido de Oakland.

Le dio a Baby Ellen el zumo de naranja y miró al sol, que ascendía sobre los yertos campos de maíz de Indiana; la luz que se reflejaba en los charcos helados y las hileras de tallos quebrados y empañados por el hielo le dañaba los ojos. Su marido se ganaba la vida a disgusto vendiendo aparatos estereofónicos. Le dio por meditar sobre su vida y ese hábito llegó a apoderarse de él hasta el punto de sumirlo en la más absoluta confusión. ¿Por qué no podía ella estarle simplemente agradecida —le preguntaba siempre—, teniendo en cuenta que él aceptaba olvidarse de lo que quería solo para que *ella* tuviese todo lo que deseaba? ¿Acaso no iba saliendo todo bien? Era como si —dio un puñetazo en la pared, con lo que la pequeña caravana tembló– *una cosa llevara a otra…* Dos veces estuvo a punto de estrangularla, frenético de pensar que ella no entendía sus lamentaciones. Y no las comprendía. Casi todo el tiempo que estaba en casa, se lo pasaba durmiendo. De noche gritaba y le confesaba que todo le asustaba. Siempre que lo miraba, lo veía con la cara entre los brazos, ocultándose de las imágenes de su propio cerebro. Hasta que acabó por estropearlo todo, por mandar al diablo su matrimonio. Jamie había visto venir el final, inevitable como el farolillo rojo del furgón de cola de un tren.

Aislada entre Oakland y todo lo que pudiera ocurrir a continuación, le resultaba insoportable que el autocar continuase avanzando, y pensó: Me bajaré cuando paremos a desayunar, cambiaré el billete para el primer autocar de vuelta, y feliz viaje, habitantes del planeta Greyhound. Hubiera asegurado que la recibiría lleno de júbilo. ¿Qué le diría? Me he olvidado el cepillo de dientes, se dijo, sonriendo. Me he dejado el bolso. No me he llevado el almuerzo. El que despachaba los billetes se reiría de ella por regresar a mitad de trayecto. Le ha gustado tanto el viaje que ha pensado hacerlo de nuevo, comentaría. Sí, volveré y esta vez iré en el lado izquierdo por si me he perdido algo especial. En la parada para desayunar, Jamie pagó a una señora para que cuidara de Miranda y de Baby Ellen mientras ella iba al servicio a lavarse con una esponja. Miranda se subió a una caja de sopa de tomate para jugar a la máquina y se fotografió con su hermanita en brazos en una cabina con cortinillas. Jamie y Miranda comieron copos de avena, y Baby Ellen tomó un dulce de albaricoque y melocotón. Se les estaba acabando el dinero. En las cercanías de Cleveland la autopista de peaje devoraba curvas y colinas a medida que ascendía.

Tres asientos más atrás, al otro lado del pasillo, las dos monjas murmuraban para sí, adormecidas después del desayuno. Jamie las miró con disimulo y comprendió que estaban rezando; la rosa fresca que la monja más baja llevaba en Oakland había desaparecido, y en su lugar tenía un rosario negro. Jamie se preguntó si las monjas rezaban todos los días después de desayunar. ¿Pensarían: aquí estoy, rezando, e imaginarían a Dios con su barba blanca, asintiendo reflexivamente a sus latines? Si rezar era su oficio, ¿cuándo tenían vacaciones? Echó un vistazo a Miranda, que pintaba con un lápiz de color en la revista *People* anchos trazos uniformes sobre el rostro de una mujer, y se preguntó si su hija se metería monja un día y vestiría ropa blanca y negra en la cabeza sobre su pelo largo. Pero Miranda no era católica. En Oakland no habían pertenecido a ninguna congregación, aunque antes de irse de Virginia Occidental eran baptistas. Sin embargo, en California no se podía concebir fervor religioso alguno porque estaba llena de ateos, de simpatizantes de la John Birch Society y de Hare Krishnas, y los únicos que se tomaban en serio la religión eran locos que acababan tirándose del Golden Gate cuando se sentían poseídos por el poder de Dios. El bautismo solo parecía una forma más de darse un chapuzón.

En California había ancianas de mirada extraña, convencidas de que el mundo iba a acabarse de un momento a otro o de que pronto aterrizarían alienígenas para el Juicio Final. Serian venusinos o marcianos, Jesucristo o hindúes de piel azul con doce brazos. Sodoma y Gomorra habían sido destruidas por una bomba atómica arrojada por una nave espacial, alegaban.

Jamie oyó que la monja más baja emitía suaves ronquidos en vez de oraciones. Al fin y al cabo, Dios ya había recibido su ración completa de plegarias y no se molestaría en despertarla. La rosa había reaparecido de pronto, y la monja la marchitaba entre las manos mientras dormía.

Jamie estaba convencida de que el viajero que iba sentado tras ellas se la imaginaba como una especie de aventurera en busca de emociones. Pero era un hombre atractivo, con una sonrisa agradable y un caballito de mar tatuado en el brazo izquierdo que fascinaba a Miranda.

—Me lo regaló el rey Neptuno —explicó, guiñando el ojo a Jamie y bajándose la manga de la chaqueta.

Fue todo lo que comentó acerca del tatuaje.

A medida que transcurría la mañana Miranda fue incorporándolo a sus actividades, y por la tarde ya eran los mejores amigos. En la bolsa, de una línea aérea, llevaba cuatro cervezas y le ofreció una a Jamie. Pese a los empujones, codazos y falta de respeto de los pasajeros hacia las monjas, el asiento contiguo al de él, al igual que otros varios, estaba libre. Jamie aceptó su invitación para sentarse a su lado.

—Hace un rato pensé que te ibas a bajar de un salto del autocar —le dijo—. Me parece que las niñas te dan muchos quebraderos de cabeza.

Ahora llevaba gafas de sol, de esas con revestimiento opaco, de manera que tenía dos espejos en lugar de ojos. En su rostro, Jamie se veía la cara.

El desconocido lucía un bigote muy fino que a Jamie le parecía asqueroso; por un momento quedó prendido en él un poco de espuma, hasta que se la lamió.

—Nunca tomo el avión —dijo—. Me mareo horriblemente, incluso en los vuelos nacionales. Estaba haciendo autoestop, pero ya empezaba a congelarme.

Agitó la lata de cerveza de un lado para otro, apretándola y abollando el aluminio con la mano.

—Así que ahora voy en autocar, como verás claramente, supongo.

—Yo la mitad de las veces no veo nada claro. —Jamie hizo un gesto con su Stroh's hacia el asiento de delante donde Miranda y Baby Ellen dormitaban—. Cualquiera se volvería cegato cuidando de ellas las veinticuatro horas del día.

Observó que Stroh's era Shorts escrito al revés. No conocía esa cerveza.

—Voy a Pittsburgh a recordar un poco los buenos tiempos —dijo el desconocido—. He ganado algo de pasta, pero no gasto dinero salvo en vino, mujeres y canciones. Por eso hacía autoestop.

—¡Santo Dios! —se lamentó Jamie—. Veinticuatro horas al día todos los días del año…

—¡Vaya carga! —la compadeció el desconocido.

—Hasta que Miranda cumpla los dieciocho, y Ellen tenga… ¿cuántos?, ¿doce? No, dieciocho menos cinco…, trece. Luego otros cinco hasta que Ellen se haga mayor, y eso suma veintitrés años en total.

—Menudo trabajazo —asintió el hombre.

—No es broma. Y luego, cuando acabe, seré una vieja apergaminada, y si alguien me pregunta «¿Qué has hecho todos estos años?», no se me ocurrirá qué contestar. Como un ermitaño. Como una monja.

—Te vendría bien una noche libre el próximo sábado —dijo el hombre.

Jamie se preguntó adónde querría ir a parar y le miró de frente. Tendría unos cuarenta años, tal vez menos. El pelo, rizado, aún no era muy escaso, pero había indicios de calvicie en la frente. Bajo la chaqueta estilo Oeste, al parecer confeccionada para el director de un conjunto de música vaquera, vestía camiseta blanca. Se quitó la chaqueta, sujetando la lata de cerveza entre las rodillas, y mostró el emblema de la camiseta: «Harrah's-Vegas». Al volver a colocarse las gafas de sol sobre el puente de la nariz, la manga de la camiseta se alzó con el gesto y dejó al descubierto, en el tríceps, un tatuaje de un solo pecho desnudo que descansaba entre dos manos sin brazos.

—A ver si lo adivino. Me apuesto algo a que te llamas Louise —aventuró.

—Pues no. Me llamo Jamie.

Miró al espejo retrovisor; intentaba ver al conductor mientras se preguntaba si habría observado el obsceno tatuaje del brazo del hombre con el que había acabado compartiendo asiento. En el espejo solo veía la oreja del conductor y pensaba que tal vez parte de la gorra.

—¿Estás preocupada por el conductor? No ve nada, Jamie. Dio un trago a su cerveza sin agacharse para ocultar el gesto. —No lo ve.

—¿Cómo lo sabes? ¿De dónde sacas eso?

—He sido conductor. Lo único que se ve es si alguien está sentado o levantado. Y solo en algunos asientos. Es imposible saber si están bebiendo cerveza o refrescos, si están dormidos o despiertos o qué están haciendo.

Observaron el tendido de los cables eléctricos mientras ascendían y bajaban en picado pasando entre postes de teléfono y rectas hileras de plantaciones, menos dispersas ahora, en Ohio, por donde se desplegaban como abanicos desde el horizonte para cerrarse de inmediato cuando pasaban. Después de amanecer el cielo se había puesto gris y las colinas señalaban directamente su masa plomiza; bajo ella, algunos pájaros de invierno se deslizaban volando en círculo. «Déjalo que se luzca», canturreó Jamie para sí, y el hombre también tarareó una melodía en la que fue intercalando un silbido siseante.

—No. No. No, señor —se dijo el desconocido mientras aplastaba la lata de cerveza.

Jamie lo miró, pero él no prosiguió y ella volvió a apartar la vista hacia los campos que desaparecían a su paso.

—No, Jamie, nadie se va a dar cuenta de esto —dijo de pronto, y le estampó un beso en la mejilla.

—¡Oye, tú! —exclamó Jamie, después de tragar de golpe la cerveza que tenía en la boca—. No hagas eso.

—¿Que no haga qué?

—¡Estoy casada!

—¿Dónde está tu marido?

—En casa.

—¿Dónde?

—En casa. En la próxima parada. En Cincinnati.

—Este autocar no va a Cincinnati.

—Entonces nos recogerá en Cleveland.

—Hace un rato te he oído decirle a la niña que no vería más a papá.

Sonrió y abrió otra cerveza. Al abrirse, la lata emitió un fuerte siseo y ella se sobresaltó. Nadie se había dado cuenta. Las dos monjas estaban dormidas al fondo, apoyada una en el cristal de la ventanilla y la otra en el hombro de la primera.

—Bueno —concedió Jamie—. He tenido que abandonarlo.

—Ahora vamos siendo sinceros.

—La sinceridad es lo mejor.

—Toma otra cerveza antes de que me las beba yo todas.

—Todavía no me has dicho cómo te llamas.

—Me llamo Bill. Bill Houston. Se lo he dicho a la niña, y creía que lo habías oído.

Le cogió la mano.

—Venga, hombre, que eso no me gusta —protestó ella—. Y menos en este momento. Pórtate bien, anda.

—Bueno, de acuerdo —se conformó—. Olvídalo. Oye, mira, tengo algo que le da sabor de champán a la cerveza.

Sacó de la bolsa una botellita de whisky de centeno, le sujetó la muñeca y vertió un poco en su lata de cerveza.

—Para entonarse un poco. Se llama «carga de profundidad».

Se dio fuerte en la nariz con el dedo, empezó a girar los ojos y sacó la lengua por la comisura de la boca. Algo más bien tonto, pero Jamie no pudo reprimir la carcajada.

Jamie le dio un sorbo a la lata y hablaron del paso del tiempo, de la transformación del paisaje, de los embrollos de la gente de poder, de la falta de personalidad de las zonas interestatales. El autocar los sacó del montón de nubes que cubría el oeste de Ohio y los sumió en una atmósfera de luz difusa donde algunos trechos de nieve vieja brillaban intensamente en las sucias faldas de las colinas. Pronto se acabaron las cervezas y en las latas solo había whisky de centeno.

—No debes tener miedo de mí —aseguró Bill Houston—. Me he casado tres veces.

—¿Tres veces? ¿Para qué?

—Yo tampoco lo sé. Después de la primera, me dije: la próxima vez que quieras hacer algo así, acuérdate de lo que pasó. Por eso tengo esto aquí. —Mostró un tatuaje en la parte interna del codo, un rostro diminuto de un Satanás femenino sobre la leyenda: «ACUÉRDATE DE ANNIE»—. No me sirvió de nada. Tres meses después estaba casado de nuevo, con una mujer alta y gorda. La primera era bajita y delgada, así que me las arreglé para que la siguiente fuese alta y gorda, para variar.

—Variar es importante.

—Sí. Variar es importante.

—Vale, pero también hay que ser algo responsable.

—La tercera con la que me casé era responsable. Tanto que no tuve que preocuparme de nada en absoluto; pero un buen día me preguntó de sopetón cómo se llamaba mi primera mujer. Le contesté que Annie; y ella prosiguió: «¿Ah, sí? ¿Annie qué?». Y yo le respondí: «¡Annie Klein! ¿Por qué?». «Pues por simple curiosidad». Y cinco minutos después quiso saber cómo se llamaba mi segunda mujer. Así que se lo dije, claro, y daba la casualidad de que tenía el mismo apellido de soltera que *ella*. «¿Por eso fue por lo que me elegiste a mí?», me interrogó. «¿Adónde quieres ir a parar —me mosqueé—, viniéndome ahora de repente con esa mierda, con perdón?». «Así que soy tu mujer número tres, y la segunda Roberts, pero comparada con la primera, cariño, no valgo nada», me soltó y al día siguiente se largó. Así, de repente. Intenté frenarla: «¡Oye! ¡Si tú eres la número uno! ¡Eres la principal!». Pero ella siguió adelante y se marchó. Una chica muy rara.

—¿Tocas en algún conjunto? —preguntó Jamie.

—¿Yo? ¿Te refieres a un conjunto musical?

Tomó un trago de la lata y Jamie acarició el lustroso tejido de la chaqueta, que estaba entre los dos, en el asiento.

—La verdad es que la compré en una especie de tienda de saldos —comentó—. Debía de estar un poco ido. De todos modos, qué diablos, tampoco me sienta tan mal. ¿Te sabes algún chiste?

—Chistes —dijo Jamie como si oyera esa palabra por primera vez.

—Sí, mujer. Cosas que hagan reír.

—Ya —asintió Jamie.

Tuvo la sensación de que un acceso de vértigo le subía a la cabeza y enseguida se le pasaba. Notó que el humo rancio de diez mil cigarrillos espesaba el aire. Fuera, a la luz cegadora del día, el invierno estimularía sus pulmones, pero dentro arrastraban el agotamiento interior y un crepúsculo permanente y sofocante. Jamie no sabía si se estaba espabilando o se estaba volviendo loca.

—¿Cómo se quedaron sin cubitos de hielo en Polonia? —dijo entonces Bill Houston.

—¿Es un chiste? —preguntó ella.

—Sí —confirmó él, molesto.

—Vale, ¿cómo se quedaron sin cubitos de hielo en Polonia?

—Espera. Espera. ¿Me lo estás preguntando a mí?

—Supongo que sí, porque yo desde luego no tengo ni idea. ¿Sabes qué nos hace falta? Cubitos de hielo.

Y tuvo la impresión de que se reía demasiado fuerte.

—Oye, me empieza a gustar esta conversación —aseguró él en tono vehemente; un sentimiento de camaradería le deformaba la voz—. Pero venga: ¿cómo se quedaron sin cubitos de hielo en Polonia?

—Porque se les acabaron. Ya lo hemos dicho.

—Veo que eres dura de pelar —declaró con cierto respeto, meneando la cabeza.

—No, no lo soy, la verdad. —Paseó la mirada por el paisaje de Ohio. Su estado de ánimo cambió—. Es que pronto yo también me veré metida en eso del divorcio.

—Que no te afecte. Limítate a estar ahí, y contesta que sí a todo lo que te digan. Y enseguida te has divorciado. Yo no noté diferencia.

—Pues yo creo que seguramente notaré la diferencia —respondió ella.

—No sé. Yo siempre me he sentido igual. Claro que para mí lo diferente era estar casado y el divorcio lo normal.

—A mí no me pasará eso. De ahora en adelante, me quedaré soltera.

—Yo también decía lo mismo —sentenció él.

—Bueno, pues ya lo verás. Con una vez basta, hermano. Ya tuve un marido que me engañaba y me harté. Nunca más. De todos modos, gracias.

—Vaya. Eso es fuerza de voluntad, ser fiel siempre a la misma marca sin cambiar nunca.

—¡Yo he sido fiel a la misma marca! ¡No me fue difícil! En cuanto se pasó tres noches fuera de casa, decidí que se acabó. Tres noches son demasiadas, le dije. No tardé mucho en averiguar quién era, y cuántas veces y todo lo demás. Le advertí que a mí no se me engaña. Y es verdad, oye. —Miró fijamente hacia adelante, como calculando distancias—. ¿Tengo pinta de ir ciega?

Bill Houston le contó que había estado trabajando por ahí los últimos meses; ella no le creyó. Se trataba de algo relacionado con instalaciones petrolíferas, pero Jamie no le prestaba mucha atención. Tenía ahorrado algo de dinero, tal vez mucho, y se sentía solo. Cleveland pasó como una colección de vallas publicitarias.

Sin haberse decidido totalmente, acabó aceptando pasar un día en Pittsburgh con Bill Houston para ver la ciudad antes de seguir viaje hacia Hershey, donde tenía intención de vivir con su cuñada. Pero ¿no estaba Hershey antes de Pittsburgh? ¿O no venía antes la estación de transbordo para Hershey? Él no tenía ni idea. Ella tampoco, y bien sabía Dios que no le importaba. Aunque llevaba ya cinco días en aquel autocar le daba absolutamente igual. Que su cuñada se quedase de plantón todo el día y toda la noche en la estación de autobuses; que Hershey, Pensilvania la aguardase un día más: ella llevaba ya cinco días esperando a Hershey, Pensilvania.

Le confesó que había hablado de suicidio con Sarah Miller, su mejor amiga, excompañera de instituto en Virginia Occidental, a quien le dijo que lo haría al estilo de Marilyn Monroe. Limpiaría a fondo la caravana y se pondría su salto de cama negro. Utilizaría el revólver del exmarido de Sarah, su amiga esperaría a oír el disparo por la noche y luego estaría atenta por si se despertaban las niñas. Se situaría de pie junto a la puerta, para que fuese lo primero con que se encontrara su marido cuando volviese tarde a casa después de ponerle los cuernos: tirada en el suelo como una oscura muñeca de trapo con los sesos desparramados por la cocina. Porque ya había pasado dos noches seguidas fuera de casa. Ya estaba bien, se acabó, adiós. La nota diría algo así como: No, gracias.

Pero ¿quieres saber con quién andaba, Bill? ¿Quieres saber con quién? Con Sarah. La misma Sarah del mismo instituto, hace seis años, misma graduación, misma colonia de caravanas en California y ahora, mismo amante, todo lo mismo, Sarah Miller. Como a la tercera noche ya no podía soportar aquello ni un segundo más, fue a la caravana de su amiga a buscar el revólver, y allí estaba él, Bill, saliendo a hurtadillas por la puerta de Sarah, cuyo agudo chirrido rompió el silencio que la envolvía, y él la vio y ella lo vio, y Sarah, de pie junto a la puerta, en bragas, también vio que los tres estaban finalmente al tanto de lo que pasaba con cada cual. Si alguien sabe cómo actuar en una situación como esa, que lo diga en el programa de Johnny Carson y que gane un millón de dólares. Así que se marchó. ¿Quién podría decirle nada? Simplemente tuvo que hacer las maletas sin mirarlo, muy calladita, aun cuando Sarah se acercó dos veces y estuvo a punto de llamar a la puerta, pero se fue antes de decidirse, y luego, a las nueve y media, el taxi la llevó al Greyhound y a una vida nueva. Lo dejó de pie en la cocina con medio pomelo en la mano. Todo el mundo la veía llorar sobre el hombro obscenamente adornado de Bill Houston.

Fue a vomitar al retrete, al fondo del autobús. Al principio trató de andar con dignidad pero luego casi perdió el equilibrio entre dos asientos, lo que motivó que se quejara airadamente de la manera caprichosa y desconsiderada con que se conducía por allí. ¿Es que se habían perdido, o los conductores de autobús no sabían siquiera dónde estaba la carretera? A un metro de la puerta manifestó que había cambiado de idea y que vomitaría donde le viniera en gana, y atención, porque probablemente lo haría en cualquier momento. Ahora decidiría si quería andar un poco más o vomitar primero. Daría una vuelta por el pasillo durante un minuto, para tomar el aire y llorar un poco.

¡Maldita sea! ¿Es que no tenía derecho a llorar después de cinco días de volverse loca con las niñas en un autocar donde por las ventanillas todo pasaba como en una película? Me puedes dar permiso para llorar o volverte al convento con la rosa entre los dientes. Voy a potar aquí mismo si me da la gana, o en cualquier sitio que se me antoje, cariño. Tú sigue sonriendo, que sé perfectamente lo que estás pensando; después de cinco días en este autobús cada vez que cierro los ojos se me aparece la puñetera línea blanca. Vamos, sonríe. Entiendo que llevando esa pintoresca toca de convento tengas que sonreír; todo el mundo ve que te estás mosqueando, igual que los demás monja o no monja. Cinco días en este autobús maloliente, ¿tú cuántos? Tu vida entera es un autobús, tu convento es un autobús, te acuestas con los curas y los porteros. He leído en la sección de medicina de los *periódicos* todo lo que hacéis, señora. El orgullo es anterior, sé que el orgullo viene antes que la caída, lo único que necesito son alas, Señor, tengo mi orgullo y nadie me ha podido aconsejar nunca nada, y menos aún las monjas. ¿Crees que tengo problemas? Angelito de mi corazón, tienes tú más averiguando qué hacer con esa rosa de los que yo he tenido en toda mi puta vida. Alzó la vista y comprendió que era una mujer que viajaba a Pittsburgh en autocar, borracha, armando un alboroto totalmente inhabitual en ella.

* * *

Los cuatro moteles en los que Jamie había estado eran construcciones bajas. No se anunciaban a lo largo de seis pisos de altura en medio de la aglomeración de Pittsburgh, simplemente descansaban junto a su piscina, donde se acumulaba el polvo de los coches que pasaban; y a Jamie no le importaba que el Magellan fuese un hotel siniestro, lleno de fugitivos, con agujeros en las alfombras raídas y mantas que olían a tristeza. Era un hotel, he ahí lo importante, y solo distaba siete manzanas del Triángulo de Oro, donde los enormes edificios parecían despegar de la tierra. Todo apuntaba hacia arriba, y solo hacía dieciséis días que había dejado a su marido. Pensó que sería estupendo tener un coche.

—¿Un coche? —dijo Bill Houston.

Estaba de pie junto a la puerta del cuarto de baño, con una toalla alrededor de la cintura y una mujer morena, inmensa y enteramente desnuda en la espalda, que se había tatuado en Singapur cuando estaba en la Marina. Tenía tatuajes de la Marina y de la cárcel, y podían distinguirse fácilmente porque los de la Marina resultaban deslumbrantes, de colores, mientras que los de la cárcel, como manchas borrosas, parecían suciedad. Tenía la boca abierta y la cabeza hacia adelante, como sugiriendo que no debería hablar más de comprar un coche.

—Claro, ¿por qué no? —preguntó Jamie.

Se imaginó agradables viajes por el extrarradio con Miranda Sue y Baby Ellen portándose bien en el asiento trasero, y la brisa de la nueva primavera, qua aún no había llegado, entrando por las ventanillas del coche.

—Nos ahorraríamos todos esos taxis —prosiguió—. Y los autobuses.

—¡Fijaos! —exclamó Miranda, que iba arrastrando a la pequeña por toda la habitación—. Baby Ellen ya sabe andar.

Jamie rescató a la pequeña y la dejó tumbada en la cama.

—Bueno, ¿qué clase de coche? —dijo Bill Houston—. Estás pensando en un Chevrolet, ¿o en cuál?

—Un Chevrolet sería estupendo. Estaría muy bien; un Chevrolet o un Ford. El que tú quieras, Bill.

El dinero era suyo.

Bill se quitó la toalla de la cintura y empezó a secarse el pelo.

—¿Sí? Pues adivina una cosa.

Jamie le preguntó qué cosa, pero él no contestó. Se sentó en la cama, donde Baby Ellen levantó la cabeza con dificultad y se quedó mirándolo fijamente mientras movía el cuello con gesto inseguro. Bill Houston la miró sin expresión. En la habitación de al lado la televisión atronó a todo volumen por un momento, para luego estabilizarse en un débil murmullo. Una serie de burbujas de saliva se escurrió de entre los labios apretados de Baby Ellen.

—Siempre parece que va a hacer algo importante de verdad —comentó Bill Houston—, pero luego lo único que consigue es llenarse de babas.

Se levantó y observó la habitación con aire ausente.

—Me quedan unos doscientos dólares, a eso me refería —declaró.

—¡Vaya! —exclamó Jamie—. No es mucho.

Bill Houston se acercó a la cómoda y empezó a buscar su ropa.

—Bueno, con doscientos dólares se puede comprar *parte* de un coche casi decente. O se puede ir a uno de esos hijoputas sonrientes que salen en la televisión y gastar hasta el último céntimo en un coche que no funciona ni a la de tres.

Sacó del todo el último cajón para dejarlo caer al suelo.

—¡Vaya! —repitió Jamie, como si lamentara haber traído a colación el tema.

—O bien —prosiguió Bill— se puede comprar comida. Eso en caso de que seas la clase de persona que tiene hambre de vez en cuando. ¿Tienes hambre alguna vez?

—¡Yo ya tengo hambre! —dijo Miranda.

—Tú cállate. No estoy hablando contigo. Acabas de comer hace media hora.

—Chitón, cariño —le dijo Jamie a Miranda. Cogió a la niña con la vaga intención de abrazarla o de trenzarle el pelo.

—Bueno. ¿A qué piensas dedicar el día? —preguntó a Bill en tono desenfadado.

—No cambies de tema —repuso él—. Tenía dos mil trescientos dólares. Me quedan doscientos. ¿Dónde coño ha ido a parar el resto? Eso es lo que quiero averiguar.

Encogió el estómago y se abrochó el cinturón.

Pittsburgh era más frío y aburrido que Oakland, desde luego, pero no más sucio. En comparación con Oakland, se echaba en falta el cielo. De día era como si hubieran envuelto el sol en periódicos viejos, y en cuanto se ponía, el universo terminaba dos metros por encima de la farola más alta. En Pittsburgh no existían amaneceres ni ocasos; no había firmamento donde pudieran producirse.

Aquella noche las tiendas de Irvine permanecían abiertas, y se veía tanta luz en las aceras que Jamie distinguía los colores y casi podía adivinar preocupaciones y alegrías en la cara de la gente. Intentó disfrutar plenamente de aquello: sabía que Irvine confluía con la Segunda Avenida, que para Bill Houston significaba el umbral de una buena parranda y del olvido.

A su alrededor sobresalían de las paredes gárgolas horribles. Caminaban por la acera, bajo las farolas, entre las luces de los coches, y Jamie gritó para que se la oyera por encima del ruido del tráfico:

—Pues no me importa que esté lejos. Vayamos a Filadelfia. Yo tampoco he estado allí. Nunca he estado en ningún puñetero sitio.

—En mi opinión —dictaminó Bill Houston—, en Filadelfia no hay nada.

—La Campana de la Libertad ya es algo, ¿no? ¿Vas a negarlo solo porque está en Filadelfia y has dicho que allí no hay nada?

—La Campana de la Libertad no vale nada. Ni siquiera la saliva que estamos gastando ahora mismo. Hablemos de otra cosa.

—No estamos muy lejos de Filadelfia —insistió Jamie—. ¿No te interesan nuestros antepasados?

Bill empezó a caminar por delante de ella, como si no conociera a la mujer que andaba tras él un poco a la izquierda.

—Me encantaría ver el monumento a Washington; no es ninguna tontería. Es alto. Y además se pueden admirar esos cuatro rostros inmensos labrados en una montaña. Pero ninguna de esas cosas está en Pittsburgh ni en Filadelfia. Lo único que hay en ese estado es la Campana de la Libertad, y no es más que una campana. ¿Me entiendes? Solo una campana.

—Pues no está tan lejos —arguyó Jamie—. Ojalá pudiéramos ir a verla. No queda muy a trasmano. Vayamos por patriotismo.

—Ya he tenido bastante patriotismo con seis años en la puta Marina —replicó él, mientras con la mano cerrada tiraba del puño de su camisa violeta de vaquero—. De todos modos, a mí me parece que está lejísimos. Es una estupidez ir.

Jamie vio que le estaba estropeando la noche, pero continuó insistiendo mientras seguían andando por la calle. Bill le dijo que en aquel momento la Campana de la Libertad podía hallarse en cualquier sitio, tal vez haciendo una gira por el país. Varias veces le repitió que solían sacar la Campana por ahí para instalarla en los patios de los colegios.

—Yo no voy a Filadelfia —le espetó al fin—. ¡No conseguirás que vaya *de ninguna manera*! ¡Olvídalo!

Entonces ella decidió hablar de los escaparates adornados para las fiestas de Pascua.

—No me interesan las cestas ni los conejos —la interrumpió—. Ir a Filadelfia cuesta mucho dinero. No tenemos ni para el tiempo que tardaríamos en llegar.

Ella comprendió que cuando el dinero se acabara, ellos también habrían terminado. Pero solo llevaban juntos once días. Lamentaba haberle echado a perder la noche.

Caminaron en silencio durante un rato y luego, en el tono más natural del mundo, aunque sin aliento, fatigada por el paseo, le preguntó:

—Oye, ¿cuánto dinero te va quedando?

—Me parece que por aquí hay un buen conjunto de música country —divagó él—. ¡Cómo me gustaría ver a Waylon Jennings! Cuando estaba en la cárcel vi a Johnny Cash, pero a Waylon nunca.

—Pues a lo mejor no deberíamos intentarlo esta noche —repuso Jamie—. Quizá tendríamos que dejar ese conjunto para otro día, ¿eh? ¿Qué te parece?

—¿Qué? ¿Qué me parece qué?

—¿No piensas que sería mejor dejar a Waylon para otro día, Bill?

—Yo no he dicho que Waylon tocara en ese sitio. ¿Te parece que Waylon Jennings iba a tocar en uno de esos antros asquerosos? Usa un poquito el cerebro.

—Lo que creo es que ya no te queda mucho, ¿verdad? ¿No has pagado el hotel esta noche? Me hice a la idea de que habías pagado…

—Sí, he pagado. Si no les pagas, no puedes quedarte. Insisten en eso.

—¡Venga! ¿Por un día?

—Lo mejor que puedes hacer ahora mismo —le endilgó él— es quedarte calladita.

—¡Pues anda que…!

Ella desvió la vista de Bill, que iba sacudiendo los hombros. Miró a la calzada. Le estoy echando a perder la noche, se dijo.

—Calculo que me quedan unos ciento diez —declaró Bill Houston—. O algo así.

—¡Vaya! —dijo ella, al tiempo que se apresuraba para alcanzarlo y mirarlo directamente a la cara—. Entonces, quizá sea mejor que volvamos a casa. Si eso es lo que quieres, por mí está bien; no tenemos por qué salir todas las noches.

—No. Vamos a entrar aquí un momento. Y luego cogeremos el autobús para ir a ese sitio del que te he hablado. —De pronto se sintió de muy buen humor—. ¡Venga, vamos! ¿Es que no podemos divertirnos con ciento diez dólares? Pues no tienes más que acompañarme ahora, señorita, y te demostraré que sí.

Entraron en otros bares más donde Bill Houston bebió en cantidad y Jamie lo miraba como si tratara de penetrar en un misterio, aunque rara vez bebía con él. Creía que se iba a caer de cansancio, pero Bill Houston parecía ignorar hasta la idea del Hotel Magellan.

—Es ahí. Ese es el que andábamos buscando —anunció, señalando la puerta del Tally Ho Budweiser King of Beers. Bajo el rótulo, en las ventanas, había unas letras de neón que se encendían de manera intermitente diciendo: *bud, bud, bud*—. Aquí nos quedamos.

—Pero este no es el sitio que sugerías —objetó ella, y se plantó—. Aquí no hay ningún conjunto que toque ni nada. Según parece solo tienen cerveza Budweiser. A lo mejor ni siquiera hay barra.

—Es un sitio elegante —replicó Bill—. Entraremos aquí, es un buen local.

—Ni siquiera lo conoces —observó ella.

—Es buen sitio.

—Me parece que nunca has venido aquí.

—Escucha —dijo él—. Prácticamente me he criado aquí; es como si fuese mi casa. Era un hogar estupendo.

Con un gesto de la mano la indujo a pasar.

A Jamie le desagradó el local nada más entrar. En la barra había mujeres solas, bebiendo con aire melancólico y la barbilla levantada. Se oían ruidos de todas clases: conversaciones en voz baja, sillas que se movían, una voz que se alzaba con pasión y luego bajaba de tono…, pero en su agotamiento Jamie pensó que se trataba de la interrupción continua de un silencio grave y general y estuvo tentada de hablar en susurros, como en un hospital.

—Deberíamos regresar, a ver qué ponen en la tele —sugirió en voz baja, y cuando Bill Houston le lanzó una mirada de reprobación, insistió—: Estoy muerta de cansancio.

Se sentaron cerca del vestíbulo. Al fondo, un hombre empezó a dar puñetazos en la mesa, con lo que vertió una copa, y la mujer que lo acompañaba se levantó de pronto y se marchó muy tiesa, balanceando los pendientes. A su alrededor había hombres bebiendo solos, con rostros inexpresivos. Llevaban allí veinte segundos, pero nada sucedía, nadie se molestaba en preguntarles qué querían tomar. Un individuo fue a su mesa con la pretensión de apartar a Jamie de Bill Houston. Señaló a la barra, a la mujer con la que estaba, y propuso un cambio.

—Sabía que pasaría esto —comentó Jamie.

—Es la tercera vez que ligo con ella, en el Far East Lounge —explicó el desconocido, al tiempo que volvía a señalar a la mujer de la barra.

La mujer se rascaba la garganta con el dedo meñique mientras se miraba al espejo. Bill Houston escuchaba con cortesía.

—Es buena chica —añadió rápidamente el hombre—. No tiene nada de malo. Solo que ya he estado con ella unas seis veces, y siempre cuenta los mismos chistes. Pero a usted le resultarán nuevos, ¿eh? ¿Qué me dice? —Se volvió hacia Jamie—. ¿Qué me dice usted? ¿No le molesta?

—¡Pues claro que me molesta! ¡Bill! ¿Es que vas a quedarte tan pancho?

Sacó un kleenex del bolsillo y empezó a retocarse el maquillaje. Se removió en la silla tirándose del borde de la falda.

—Me parece que se ha quedado pillada de usted —le dijo el desconocido a Bill Houston, sonriendo—. Pero a esta no le importa. ¿Verdad que no le importa? Claro que no. ¿Qué opina usted, amigo?

—Pues no lo sé exactamente —contestó Bill Houston—. Todo depende. ¿Cuánto dice que le paga a esa señora?

—Pues no…, no hay nada convenido —declaró el hombre—. Todavía no hemos llegado a eso. Solo quiere un regalo, ya sabe. Depende.

—¡Oye! No sé si se trata de una broma o qué —protestó Jamie, acalorada—. Basta ya. Mira, esto no lo consiento. ¿Qué estás haciendo?

El hombre pareció percibir complicaciones. Su sonrisa se hizo circunspecta.

—¿Pagaría cincuenta dólares por esta? —le preguntó Bill Houston.

—¡Bill!

Jamie le cogió del brazo y le clavó las uñas, pegada a la silla, tensa y estirada.

El hombre observó atentamente a Jamie. Bill Houston sonrió hacia la penumbra.

—Pues sí, desde luego. Cincuenta dólares —dijo el desconocido.

Jamie no quería llamar la atención levantándose del asiento.

—¡Bill! —exclamó, tapándose la cara con las manos.

—Bueno, hace un rato te estabas quejando de la falta de dinero —comentó Bill Houston, riendo avergonzado.

Jamie se sorprendió con las manos en la cara pensando en la cifra de cincuenta dólares.

—Basta. Basta. Por favor —imploró sin descubrirse la cara.

El hombre permaneció de pie junto a la mesa, incómodo, y metió las manos en los bolsillos.

—Vale. Creo que ya está bien. No es más que un malentendido. Nadie tiene la culpa. ¿De acuerdo? –le explicó Bill Houston al desconocido.

—¡Mierda…! ¿Un malentendido? –exclamó el hombre, mirando a Bill Houston–. Pero escuche, oiga… ¡Vaya! Lo siento mucho.

Incluso a la débil luz se le vio ponerse muy colorado, y entonces se alejó de la mesa. Cogió del brazo a la mujer que estaba en la barra y se marchó con ella, no sin saludar débilmente a Jamie con la mano y lanzar una mirada de ira a Bill Houston. La mujer siguió el camino que le indicaban, intentando en repetidas ocasiones colocarse la correa del bolso sobre el hombro sin lograrlo.

Jamie y Bill Houston no comentaron nada. El camarero se acercó a su mesa con dos Seven-and-Seven, invitación del caballero del malentendido. Jamie quería marcharse inmediatamente. Cuando Bill Houston se hubo bebido las dos copas salieron de allí.

Durante un rato caminaron por la calle sin decir palabra. Jamie se detuvo en una parada de autobús en el lado de la acera que correspondía a la dirección del hotel. Bill Houston siguió adelante, ignorando aparentemente que ella se había detenido; luego se volvió y retrocedió hasta donde ella estaba, como si no entendiera que Jamie ya no tuviera ganas de juerga. Al cabo de un rato, Bill Houston aspiró profundamente el aire de la noche para exhalarlo luego mientras decía: «¡Aaaaaaah!». Después se estiró, bostezó y exclamó «¡Oye!», «¡Vaya!», e interjecciones por el estilo.

El autobús atravesó Homewood, y después, Brushton; hacía mucho, mucho tiempo que se habían pasado de parada. Jamie iba con la cabeza apoyada en el respaldo del asiento, leyendo todos los anuncios que se veían por las ventanillas. Bill Houston iba en la parte delantera del autobús, de pie, con el brazo alrededor de la barra vertical, inclinado, como si buscara algo que se le hubiera caído en el regazo del conductor.

—Oiga —decía al conductor—. Le propongo una cosa.

—No —contestó el conductor—. Nada de propuestas. No puedo ni escucharlas.

Era un joven de aspecto robusto, con el pelo cortado como un recluta bajo una gorra de uniforme de conductor que descansaba exclusivamente sobre sus orejas. Estaba claro que no quería hablar con Bill Houston.

—No tiene nada mejor que hacer que escucharme —replicó Bill Houston—. Aquí no pasa nada. Somos los únicos que vamos en el autobús.

El conductor echó una mirada alrededor y se tocó los botones de la camisa con los dedos de una mano.

—Mire, en este autobús hay ciertas normas —afirmó.

—¡Pues claro que hay normas! Tiene que haberlas para que todo marche bien, ¿no?

El conductor se frotó la barbilla, reacio a admitirlo por el momento.

—¡Que sí, hombre! —prosiguió Bill Houston—. Oiga, en la Marina aprendí todo lo que hay que saber sobre las normas. Cuando se trate de normas, pregúnteme a mí.

—No le oigo —dijo el conductor—. No puede obligarme a escucharlo.

Jamie imaginó que una cuchilla inmensa sobresalía de su ventanilla, nivelando todos los barrios periféricos a dos metros por encima del suelo. Permanecía inmóvil, esperando que detuvieran a Bill Houston.

Bill Houston se afianzaba sobre el suelo del autobús como si fuese la cubierta de un buque que diera tremendos cabeceos.

—Tiene que haber normas para que las cosas vayan bien —iba explicando—. *Pero* si a uno se le ocurre quebrantarlas para que funcionen *mejor*, no hay ninguna puñetera razón en el mundo para no infringirlas.

—No sé —dijo el conductor—. Oiga, ¿de qué estamos hablando?

—De lo siguiente: voy a pagarle un poco más para que lleve el autobús adonde nosotros queremos ir, eso es todo. Le pagaré lo que quiera.

—Imposible —dijo el conductor, negando con la cabeza.

Mientras la movía de un lado para otro, la gorra parecía fija en el mismo sitio. Se detuvo ante un semáforo y apoyó el codo en el volante y la barbilla en la mano.

—¡Cómo! —exclamó Bill Houston—. Un momento. Todavía no le he dicho adónde vamos. Está chupado. Y ganará un buen dinero. ¿Quiere escucharme?

—No, señor. No quiero escucharlo.

El conductor se quitó la gorra y se tapó las orejas con las manos.

Bill Houston sacó unos dólares de la cartera y los puso delante de la cara del conductor, que siguió negando con la cabeza.

—Vale, le diré una cantidad —dijo Bill Houston. La cifra le salió del corazón, de lo más profundo de su ser—: cincuenta pavos.

El conductor se destapó las orejas y sacó una notita impresa del estante de debajo del volante.

—Aquí está mi ruta, bien detallada —dijo, sacudiendo varias veces la nota entre los dedos—. Esta es. Si no lo veo aquí, no hay nada que hacer. Eso es todo.

Bill Houston sacó todo el dinero que llevaba en la cartera y se lo presentó al conductor como si fuera un ramillete de flores.

—Le diré a dónde tiene que dirigir este cacharro. Queremos ver la Campana de la Libertad. En Filadelfia.

—Claro —ironizó el conductor, abriendo mucho los ojos—. A la una de la madrugada.

—¡Aquí tengo —comentó Bill Houston, manoseando el dinero—, aquí tengo justamente, tengo…, tengo noventa y seis dólares! Noventa y seis dólares muy legales, muchacho. Y ahora cuéntame, ¿cuánto ganas en toda la noche, recorriendo tu rutita detallada? No es precisamente un chollo, ¿verdad?

El conductor examinó con atención la nota impresa, esperando encontrar Filadelfia en su ruta.

Bill Houston agitó el manojo de billetes.

—Noventa y seis dólares.

—Sé cuánto es. Solo que me quedaría sin trabajo. Perdería el empleo con toda seguridad.

—Con noventa y seis dólares no se necesita trabajo.

—¡Filadelfia! —exclamó el conductor.

—¡Eso es! ¡Ya lo vas entendiendo! ¡La Campana de la Libertad! Lo que mi pobre mujer, que va sentada ahí mismo, siempre ha deseado ver, la pobrecilla, y que nunca ha visto, con lo buena chica que es. Y se está muriendo. Está enferma, si te digo la verdad. ¡Noventa y seis dólares!

—¡Oye, un momento! —lo atajó Jamie desde su asiento.

Bill Houston le hizo señas de que se callara. Ella no dijo nada más, esperando a ver en qué acababa aquel numerito.

—Sencillamente no puedo ir a donde me dé la gana. Con un loco. ¡A Filadelfia! —exclamó el conductor, volviéndose a poner la gorra. Echó un vistazo al freno de mano. Miró al reloj y, señalando la línea blanca que delimitaba la zona de cabina, añadió con indiferencia—: Molestar al conductor del autobús. Intento de soborno.

—¿Cómo? ¿A qué viene esto? —inquirió Bill Houston, dando una palmada contra la barra y haciéndola resonar—. Justo en plenas negociaciones me sales con el puñetero reglamento. ¿Es que no ves cuando te quieren hacer un favor?

—Hablar con el conductor. Tratar de desviar al conductor de la ruta señalada —prosiguió.

—Noventa y seis dólares —insistió Bill Houston. El conductor puso en marcha el autobús.

—Venga, para el autobús y hablemos —insistió Bill Houston.

—Un momento, por favor —terció Jamie en tono afable—. Espera.

Nadie le hizo caso. Bill Houston se sacó del bolsillo del pantalón una botella de ginebra de medio litro y la agitó delante de su boca.

El conductor dirigía el autobús por una plazuela con césped y una enorme y fea estatua en el medio.

—¡Consumir bebidas alcohólicas en el autobús! ¡Traspasar la línea blanca, hablar con el conductor, intento de soborno con noventa y seis dólares!

—¡Maldita sea, voy a enseñarte un soborno de noventa y seis dólares! —exclamó Bill Houston, poniendo la cabeza y el manojo de billetes delante de la cara del conductor.

El conductor siguió conduciendo, inclinándose hacia un lado para ver el camino.

—Yo no quiero este dinero —prosiguió Bill Houston—. Me importa una mierda este dinero. ¿A ti te importa algo este dinero?

—¡A mí sí! —exclamó Jamie—. ¡Siéntate, Bill!

—Mejor será que me deje en paz ahora mismo —dijo el conductor—. Está molestando a los demás viajeros.

—Muy bien —respondió Bill Houston—. Te importa una mierda este dinero. A mí también me importa una mierda. Vale. De acuerdo, por mí está muy bien.

Amontonó los billetes en el suelo junto al asiento del conductor. Este y Jamie miraron fijamente cómo Bill aplicaba al dinero la llama de un mechero Bic de butano y luego le prendía fuego.

Jamie lanzó un horrible gemido.

Con ojos pasmados, el conductor pretendía mirar la calle y a Bill Houston a la vez, por lo que movía la cabeza rápidamente hacia delante y a un lado.

—¡Quemando dinero! ¡En el autobús! ¡Dios Santo! ¡Un puto loco! ¡Aléjese de la línea!

Jamie se había precipitado a proteger el dinero. Lo pisoteó repetidas veces, gritando al unísono con el conductor. Bill Houston estaba preparado y, poniéndose de rodillas junto al montón de billetes, le apartó los pies con el brazo dejando que el dinero ardiese. Jamie logró salvar unos cuantos dólares de la parte de arriba y los apretó fuertemente con la mano, pero el resto estaba chamuscado y se había perdido.

El conductor detuvo el autobús y abrió la puerta. Los tres contemplaron el negro rescoldo hasta que se redujo a cenizas y todo el humo salió por la puerta. El viaje en autobús se había acabado definitivamente.

—Me temo que ya nadie va a ir a Filadelfia —ironizó el conductor.

Jamie salió corriendo del autobús. Bill Houston se quedó mirándola.

—Mira lo que ha pasado —dijo al patidifuso conductor.

Se apeó.

Estaban en Lincoln Park. En la acera había una galería comercial desolada y barrida por el viento. Parecía un sitio bonito para dar un paseo durante el día, si uno tenía coche. Jamie había salvado trece dólares. Se vio asaltada por el deseo de echar a correr hacia el sucio bar de antes para buscar al hombre que la había tasado en cincuenta. Bill Houston realizaba experimentos con su mechero: lo ponía del revés e intentaba encenderlo.

—El gas tiende a subir —le explicó a Jamie—, pero tiene que bajar antes. No sabe qué hacer.

Cuando le explotó en la mano, se miró perplejo con los ojos salpicados de sangre, los dedos reventados. Se volvió hacia ella, pasmado, buscando apoyo, alguna especie de confirmación.

—¿Has visto?

—Tienes los dedos desgarrados.

—Eso digo yo. Es justo lo que estoy diciendo.

—¿También te has quemado la mano? —preguntó Jamie.

—¿Me la he quemado? Sí, me la he quemado.

—¿Te duele?

—¿Si me duele? Ni te imaginas cuánto.

Se sopló los dedos y luego los sacudió, como si intentara desprenderse de un insecto. A continuación, se sostuvo una mano en la otra y disimuló que lloraba. Jamie sacó del bolso unos trozos arrugados de pañuelos de papel y trató de alisarlos para vendar las heridas, pero volaron con el viento y se arrastraron por la acera.

Una mierda tras otra hasta que te mueres —sentenció Bill Houston.

Tomaron un taxi hasta el dispensario más cercano.

Bill Houston se sentó en el centro del asiento y soltaba una risita incrédula de cuando en cuando, mirándose la mano herida, que apoyaba sobre el regazo como si creyera que conservar allí algún vestigio de mano fuese algo raro y portentoso. Jamie se recostó contra la ventanilla de la izquierda, jadeando, llorando y mirando fijamente las avenidas, como si apenas unos instantes antes le hubiesen pertenecido.

* * *

Cada vez que iba a lavar la ropa, desechaba alguna prenda. Una sola para cada cosa: menos que lavar, menos que llevar, menos de qué preocuparse. Tiró cuatro pares de calcetines a la basura. Uno de sus sostenes no tenía buen aspecto: lo tiró.

—Oiga, ¿quiere esta maleta? —le ofreció a un hombre que estaba allí. Parecía un vagabundo a quien la miseria le hubiese dado vacaciones. Pero no quería la maleta.

Estaba mirando con odio a sus hijas cuando una mujer negra abrió una de las enormes centrifugadoras y sacó a su hijo, un niño de unos tres años.

—¿Más, mamá? —pedía el niño—. ¿Más? ¿Más?

La mujer lo sentó en el suelo y el niño se tambaleó. Jamie se quedó atónita. La mujer procuraba doblar la ropa, pero el niño se agarraba al borde de su falda como si quisiera trepar por su cuerpo.

—¿Más, mamá? ¿Mamá? ¿Mamá? Más.

Irritada, la madre lo cogió con un brazo y volvió a meterlo en la centrifugadora. Introdujo una moneda de diez centavos, cerró la puerta y siguió doblando su ropa.

Miranda se acercó a su madre, con los ojos muy abiertos y a punto de decir algo, señalando a las centrifugadoras.

–Ni lo sueñes –le recomendó Jamie–. Cuando las cosas se pongan así de feas, ya te avisaré.

Jamie estaba tumbada de espaldas en una camilla verde. Si observaba los blancos paneles del techo y dejaba la mirada perdida, el dibujo cambiaba y los paneles parecían acercarse hasta que llegaba a fundirse con ellos. De momento no tenía nada mejor que hacer.

Era la única mujer en aquella hilera de camillas. En toda la estancia, de las dimensiones de un salón de baile, había cuatro mujeres y casi cincuenta hombres, tumbados en camillas verdes y cubiertos con sábanas verdes; todos tenían la vista fija en el techo. Fuera, en la amplia antesala, unos doscientos miraban la televisión o examinaban el suelo, esperando que les acoplaran bolsas de plástico y les sacaran cinco dólares de plasma sanguíneo.

Aquello no le gustaba nada a Jamie. Si dejaba la mirada demasiado perdida, contemplando los paneles del techo, rompía a llorar.

Un hombre con una bata blanca iba por su fila, pinchando a todo el mundo con una aguja y conectando la sangre mediante un tubo a una bolsa de plástico de un litro colocada sobre una balanza que había junto a cada mesa. Llegó a Jamie, sonriendo como un leopardo. Ella cerró los ojos y pensó en la playa.

–¿La primera vez? –preguntó el hombre.

Jamie no contestó.

–Apriete el puño aproximadamente una vez por segundo –ordenó el hombre.

—¡Ay! ¿Me está clavando el brazo a la camilla o qué?

—Relájese —le ordenó el hombre, fijando con esparadrapo unos tubos.

Jamie se imaginó la playa, en invierno, con el agua poblada de surfistas en trajes de neopreno a la espera de que una ola grande los elevara y los llevara hasta el desierto parque de atracciones de Santa Cruz. Al cabo de poco entreabrió un ojo y vio cómo la sangre se introducía en la bolsa de plástico mientras una vez por segundo ella abría la mano y luego la cerraba con fuerza. Al principio, era de un rojo vivo, pero a medida que llenaba la bolsa, se hacía más oscura, casi negra. Cuando el recipiente contuvo medio litro, la balanza se inclinó. A su alrededor, oía que los demás decían a las enfermeras: «Estoy llena», «Estoy lleno», y al acercarse una de ellas, Jamie repitió:

—Estoy llena.

Jamie olió a alcohol y a polvos de talco cuando la enfermera se inclinó sobre su bolsa de sangre. Tras pesarla en una balanza más pequeña que llevaba consigo, le indicó:

—No del todo. Sáquese un poco más.

Jamie no comprendió cómo unas balanzas sabían más que otras. Abrió y cerró el puño varias veces.

—Muy… bien —dijo la enfermera.

Le quitó el torniquete y ajustó obturadores y tubos.

—Ahora sentirá subir por el brazo la solución salina —advirtió la enfermera—. Es para que la vena siga abierta.

Sujetó y cortó el tubo que iba a la sangre y llevó la bolsa a otra habitación, donde extraerían el plasma.

Jamie pensó que su sangre era como tierra buena, densa, abundante y húmeda.

—En carnaval, solían tener en casa bolsas de plástico como esta con peces de colores —le comentó a la enfermera, que ya se alejaba y no la oyó. Empezó a tiritar con todo el cuerpo cuando la solución salina penetró en su organismo.

—A tomar por culo los peces de colores —declaró el hombre que estaba a su izquierda—. Que se jodan.

Era un individuo viejo y con barba, temblaba como un motor.

—¿Sabes una cosa? —dijo el que estaba a su derecha—. Las ranas se follan a los peces de colores. Es cierto. Fuera bromas.

—¡Eh! —exclamó Jamie—. No consiento que delante de mí hablen así. ¿Qué tal si se comportan como caballeros?

—¿Qué tal si me la saco y te meo encima? —la amenazó el hombre—. ¿Te parecería propio de un caballero?

Jamie no le contestó nada. Decidió pincharle con la lima de uñas más tarde, a la salida.

—No preste atención a esos tipos —le aconsejó el anciano con barba que estaba a su izquierda, mientras se volvía de costado hacia ella, con cuidado de no mover la aguja clavada en su vena—. La mayoría no tienen corazón.

Poseía unos ojos brillantes como los de un ciego, y el rostro parecía pudrírsele en vida.

Jamie no le respondió, pero el anciano tenía ganas de hablar.

—Casi todas las personas con las que nos encontramos no tienen corazón —prosiguió con la voz estremecida, como si fuera a romper a llorar en cualquier momento—. Son muertos que andan por ahí como los vivos.

—Sí —ironizó Jamie—. Ya lo he notado.

—¿De verdad? —El hombre se acaloró—. Entonces usted pertenece a los vivos. —Se pasó la lengua por los labios con un movimiento convulso—. No quedamos muchos. Casi no disponemos de tiempo. ¿Sabe usted toda la historia?

—¿Qué historia? Oiga, me está molestando.

—Yo no la molesto. Le estoy salvando la vida. La vida es la verdad. Escuche: el mundo se creó en 1914. Antes de ese año no existía nada. Once personas dirigen el mundo. Ellas inventan las noticias y los libros de historia, manipulan todo lo que uno cree saber. Escribieron la Biblia y los demás libros. La mayoría de la gente no tiene corazón, manejados por control remoto. Solo unos pocos somos reales, y nos están engañando.

—No me gusta esto —dijo Jamie—. Es decir, yo solo he venido a conseguir un poco de dinero para comer.

—El mundo es plano. Tiene seiscientos veinticinco kilómetros cuadrados, veinticinco por veinticinco. Cuando se va en avión a algún sitio, lo que hacen es utilizar los poderes mentales de uno para obligarle a *creer* que el tiempo pasa. Para que se piense que va a alguna parte.

Volvió la enfermera, empujando un carro abarrotado de bolsas de plástico llenas de sangre. Leyó la etiqueta que había en la de Jamie.

—¿Su nombre, por favor? —preguntó.

—Nos trabajan la *mente* —musitó a Jamie el anciano.

—Me llamo Jamie Mays —le indicó a la enfermera.

La enfermera le mostró el nombre en la etiqueta: «Jamie Mays», y Jamie afirmó con la cabeza.

—Ahora mismo nos están inoculando recuerdos nuevos —susurró el anciano.

La enfermera colgó la bolsa de sangre junto a la solución salina, ajustó los tubos y obturadores, y uno de los conductos se tiñó de un color rojo vivo con la sangre de Jamie, que volvía a entrar en su organismo una vez separada del plasma.

—Lo que viene en esa bolsa son recuerdos nuevos —anunció el viejo en tono tranquilo.

—Estupendo —repuso Jamie—. Estaba harta de los antiguos.

—En Malasia maté a un chinito. Creo que fue en Malasia. Le partí la cabeza —afirmó el anciano.

—¡Santo cielo! —se quejó Jamie, mirando al techo.

—Tenía maquinitas dentro de la cabeza —prosiguió el viejo en voz baja.

—En esta ciudad todos son iguales —se lamentó Jamie, sin dejar de mirar al techo.

—¡Eso digo yo!

—No, lo que digo es…, ¡bueno, olvídelo!

—Tenía piezas mecánicas dentro de la cabeza. No era una persona de verdad.

—¿Por qué no lo deja? Ahora no estoy para estas estupideces.

—Dondequiera que vaya, se encontrará con la misma gente. ¿Es que no comprende lo que le está pasando, mujer?

—La verdad es que no —contestó Jamie.

—Ya lo entenderá, ya verá. Está ocurriendo algo en su vida, ya se dará cuenta.

—Eso me temo —contestó Jamie.

—Y hace bien —le aseguró el anciano.

2

A Bill Houston se le habían dormido los codos sobre la barra. No sentía la boca. Mantenía la mano herida en alto, con cuidado, como dispuesto a echar un pulso. La tenía vendada y cosida como un oso de felpa, pero las palpitaciones eran lejanas y no le dolía. Desde el lugar destacado que ocupaba su cabeza, miró la copa que tenía delante y vio que el hielo se había fundido, señal de que estaba aflojando la marcha porque cuando bebía en serio no perdía el tiempo y al terminar la copa siempre había mucho hielo tintineando en el interior del vaso.

—Oiga, ¿qué sitio es este, si me lo puede decir? —preguntó al camarero—. ¿Cómo se llama este lugar?

El camarero fregaba a toda prisa vasos de cerveza de dos en dos, poniéndolos después en ordenadas hileras sobre una toalla extendida junto al fregadero.

—¿Qué decía? —le atendió el camarero.

—Quiero saber cómo se llama este sitio.

El camarero lanzó un suspiro desde el labio inferior, como si quisiera retirarse el pelo de los ojos. Pero era calvo.

—Este bar tiene un nombre electrizante, se llama Joe's Bar.

—No. Me refiero a la *ciudad*. Al nombre de la *ciudad*.

—No me lo pregunte —le contestó el camarero—. Seguro que no le interesa.

—Perfecto —dijo Bill Houston—. De acuerdo.

Miró cómo el camarero fregaba los vasos. Siempre le fascinaban los movimientos breves y hábiles de manos y brazos.

Los suyos estaban destrozados. Cuando los flexionaba, los codos le crujían secamente, y tenía los dedos romos y deformes. La vida intensa que llevaba había obrado una especie de mala influencia sobre sus nervios, haciendo que sus manos temblaran y se agitaran cuando echaba azúcar al café o se llevaba un vaso a los labios. Pero podía levantar a pulso toda la parte trasera de un Ford de ocho cilindros.

—No me siento la cara —dijo al camarero, lamentándose.

Tardó un buen rato en articular las palabras.

—De eso se trata, ¿no?

—Tampoco me noto el resto del cuerpo.

—¿Y de qué se queja?

Bill Houston se sabía de memoria aquel modo de hablar burlón.

—Le apuesto algo. Apuesto a que le hago una pregunta más y descubro qué ciudad es esta.

El camarero pareció no hacerle caso.

—Oiga, ¿para un autobús ahí delante de vez en cuando?

—Desde luego —se choteó el camarero—, no va a entrar *aquí* solo por usted.

Bill Houston soltó una carcajada, dio un puñetazo en la barra, señaló triunfalmente al camarero con un dedo que parecía el cañón de una pistola y exclamó:

—¡Chicago!

Se encontraba al fondo de un local espacioso y vacío, intentando conquistar a una mujer corpulenta llamada Gail Ann, por quien estaba experimentando una tierna fascinación. Bailaron. Bill Houston se movía con torpeza, y cuando pasaron por la bolera electrónica, introdujo una moneda y empezó a lanzar la bola metálica hacia los pequeños bolos de plástico que colgaban al fondo del tablero. En el tocadiscos de monedas sonaba David Allan Coe mientras ellos intercambiaban miradas de un lado a otro de la bolera electrónica; eran miradas alternativamente audaces y tímidas. Se sentaron junto a una mesita redonda en la parte del fondo, hablando en voz baja, con las cabezas muy juntas. Era una mesa de color naranja que le parecía un objeto del espacio sideral.

Ahora, Hank Williams Junior empezó a cantar como un cisne en el tocadiscos automático, y el corazón de Bill Houston se ensanchó abarcando el universo. Se preguntó si todos los tocadiscos de bares y cafés eran de la mafia, como decían, y se admiró de todos los tugurios con tocadiscos en los que había estado, maravillado de su número; vio las reducidas pistas de baile colocadas una detrás de otra en un panorama que no se refería a las que él había pisado sino a las que lo esperaban, como si fuese su pasado lo que ahora debía vivir y no su futuro.

—¿Qué hora es, Gail Ann? —inquirió.

Era una pregunta dictada por la desesperación, porque de pronto le atenazó la idea de que no le quedaba mucho tiempo. Agarró más firmemente la copa. Estaba fría al tacto.

Gail Ann le dijo que no tenía la menor idea de la hora que era. Si iba por otra cerveza, a lo mejor lo averiguaba. Se dirigió a la barra, pero siguió andando hasta el perchero, cogió el abrigo y salió por la puerta a las calles de Chicago. La puerta tenía uno de esos mecanismos al vacío que evitan los portazos, y Bill Houston observó cómo se cerraba despacio y en silencio. Entonces vislumbró el abrigo, que ondeó mientras Gail Ann, al salir, se lo colocaba sobre los hombros. En la parte interior de la puerta había un póster con una fotografía dedicada de Frank Sinatra con la leyenda: «VUELVE EL CANTANTE DE LOS OJOS AZULES». Bill Houston se despidió de Frank Sinatra con la mano.

El viento procedía del Polo Norte y había recorrido mil seiscientos kilómetros por las llanuras de Canadá para abofetearlo como a un niño. La calle Wilson estaba cubierta de innumerables desperdicios que remontaban y se posaban como bandadas de pájaros de papel que picotearan su alimento entre los edificios. Bill Houston arrancó con un: «¡Ooooooooh!», queriendo entonar una canción como un marinero borracho, pero se calló al no saber qué cantar. De todos modos, ya no era marino. No era más que un idiota en marcha, tan desabrido como el viento. Era un exmarinero, un exmalhechor —aunque en verdad ignoraba qué mal había hecho—, un exmarido —en realidad tres veces exmarido—, y en Pittsburgh se había despedido de Jamie y del dinero, gastándoselo como el marino que ya no era, abofeteando a la niña de Jamie, Miranda —que casi con toda seguridad terminaría siendo una putilla barata—, después de pasarse embutido en una niebla alcohólica la mitad del tiempo que estuvo con ella. ¿De dónde había salido Chicago? Le asustaba despertarse en ciudades inesperadas con grandes lagunas en la memoria, sintiendo dolorosamente que había hecho cosas, que tal vez habría *cometido* delitos: su cuerpo moviéndose por cuenta propia, transformando quizá toda su vida, jugándole malas pasadas por las que algún día tendría que pagar.

Descansó con la espalda apoyada en un edificio, de pie, pero con la sensación de haberse tumbado. Las calles oscilaban de un lado a otro como una campana. No cabía duda, la vida era vertiginosa. Algo le faltaba. Cuando estaba sobrio, sentía que necesitaba alcohol; pero cuando había tomado unas copas, creía que era otra cosa, probablemente una mujer; y cuando lo tenía todo —dinero, bebida y mujer—, no podía evitar el gran vacío al que siempre se precipitaba sin tocar nunca fondo. ¡Debió buscar un puñetero *trabajo* en Pittsburgh! Se echó a llorar. Cada sollozo le subía despacio, como frenado por un gancho. Las lágrimas le ardían en las mejillas bajo el viento frío. Dándose cabezazos contra la pared, aulló:

—¡Quiero enfrentarme a mis *responsabilidades*!

Pero entre el barullo del tráfico urbano sus palabras le parecieron las más débiles que hubiera pronunciado jamás, y siguió caminando por la calle.

Bill Houston trataba de acercarse por detrás a dos mujeres con abrigo que llevaban bolso. Sus pies eran como dos pesas que arrastraba, y no había forma de liberarse de ellas. En realidad no estaba preparado para dar aquel paso, pero ya le vendría la energía cuando se hallase lo bastante cerca: alargar las manos y coger las correas de los bolsos, apretar fuerte y revolverse entre las dos como una puerta giratoria, dejándolas en la acera dando vueltas mientras él desaparecía para siempre de su vista con los bolsos. Siguió tras ellas, arrastrando los pies mientras una oleada de miedo le secaba la boca y le erguía la cabeza. Las piernas y los pies se le reanimaron.

Se enderezó, volviendo a andar como un hombre, fijándose en todos los detalles de la calle Wilson. La calzada era amarilla bajo la luz artificial. La gente caminaba de un lado para otro como un montón de idiotas. Eran alrededor de las nueve y media. Soplaba una brisa fría; el viento había amainado y él avanzaba cortándolo como la luz del amor, lleno de rumores sin sonido, entregándose a cada vibración, enteramente vivo a las puertas del delito. Las mujeres torcieron por la calle Clark y la canción del ladrón se hizo lenta y suave, sonando ahora como un contrabajo porque de pronto el momento y el lugar no eran adecuados para robar bolsos por el procedimiento del tirón y el verdadero delito aún no se había revelado.

Aflojó el paso, para seguir el nuevo ritmo. Las dos mujeres le sacaron más distancia. Tranquilo, dejó que todo continuara su curso y entró, como flotando, en una pequeña ferretería repleta de todo lo necesario para llevar una vida cómoda, estantes de madera incluidos. Había un hombre detrás del mostrador, un caballerete vestido con un delantal de color naranja atendiendo a un cliente y a sus dos hijos, un niño y una niña que le tiraban de los brazos e hinchaban grandes globos rosados de chicle. Bill Houston recorrió sucesivamente los cinco pasillos. De la pared del fondo colgaban tazas de váter de brillantes tonos pastel. Todo, accesorios de fontanería, herramientas variadas, clavos y tornillos, estanterías metálicas, todo ardía como con una llama interior. Desde el fondo de un pasillo observó al dependiente, midiéndolo con los ojos. Joven. Hastiado. Con el bolsillo del delantal naranja lleno de lápices. Llevaba patillas y gafas de montura gruesa que indicaban sinceridad. Centenares de veces, casi todos los días, había vivido aquel atraco en la imaginación, tomando las medidas adecuadas, jugando al héroe, golpeando al atracador hasta dejarlo sin sentido y quitándole importancia a todo mientras la policía cerraba las puertas del coche patrulla. Bill Houston conocía a los de su tipo tanto como a sí mismo. En aquella situación, Bill Houston se sentía el amo.

El cliente se marchó. No quedaba nadie en la tienda. Todo tenía la consistencia del diamante.

–Buenas noches. ¿Qué desea? –preguntó el muchacho al otro lado del pasillo.

–¿Cuánto cuesta esto? –dijo Bill Houston, mostrando en alto un desatrancador.

El muchacho estaba harto.

–Aquí hay miles de esos artículos –contestó–. ¿Cree que me sé todos los precios de memoria?

Salió del mostrador y se acercó por el pasillo.

Bill Houston fue a su encuentro a medio camino; el dedo que llevaba metido en el bolsillo alzaba la chaqueta. El muchacho pareció sorprendido; y Bill lo cogió por la garganta con la mano libre, al tiempo que le clavaba en la ingle el dedo del bolsillo, empujándolo contra los estantes.

–¡Hijoputa! –le dijo Bill–. ¡Desgraciado! ¡Estás muerto, cabrón! ¡Eres un puto baboso y ya has vivido *bastante*!

Mientras hablaba sentía cada pelo y cada poro de su cuerpo. Todo en la tienda, hasta los objetos más diminutos, gemía con el fuego divino.

Ahora el dependiente enmudeció. Estaba perdiendo pie, así que Bill Houston sacó del bolsillo la mano hinchada y vendada, que hacía las veces de pistola, y lo abofeteó un par de veces. Lo obligó a volverse y de una patada en el trasero lo mandó del pasillo a la caja registradora.

—¡Ve para allá, hijoputa! ¡Quiero hasta el último dólar que haya, y ahora mismo! No dentro de un rato. ¿Entiendes, cabrón de mierda?

El muchacho abrió de golpe la caja registradora y empezó a sacar deprisa lo que contenía. Estaba completamente pálido, y sus labios adquirían poco a poco un tinte violáceo.

—¡Venga! ¡Vamos, vamos! ¡Te estoy cronometrando, coño! —Bill Houston observaba sus movimientos. Hora de cambiar de tercio—. Lo estás haciendo muy bien —le dijo en tono suave—. Vas a vivir para contarlo. Estás haciendo exactamente lo que te he mandado, te estás salvando la piel, vamos a conseguir que salgas bien de esta. Los billetes en un montón, eso es, y además una bolsa para la calderilla. Pon dos bolsas. Que sean fuertes. Buen chico, buen chico, buen chico.

El dependiente seguía al dedillo sus instrucciones, pero se le cayeron las bolsas al tratar de meter una dentro de otra y tuvo que agacharse a recogerlas. Bill lo agarró por el pelo y lo puso en pie de un tirón.

—¡*Muévete!* ¡Haz lo que te he *dicho*! ¡Eres hombre muerto!

El muchacho se dominó y colocó bien las dos bolsas. Introdujo la calderilla dentro; como en un trance, cogió la grapadora, dobló las bolsas y las cerró con dos grapas: zas, zas. Bill Houston estaba encantado. Se guardó los billetes en el bolsillo, agarró al muchacho por la parte de arriba del delantal y lo tiró al suelo.

—Quiero que reces —le dijo con voz suave—. Reza por tu vida. Mucho rato. Para que no vuelva.

En el suelo, junto al mostrador, el muchacho parecía algo aturdido.

—Reza.

El muchacho se quitó las gafas y las miró.

—Junta las manos y reza —le ordenó Bill.

El muchacho sujetó las gafas entre las manos.

—Reza en voz alta para que yo te oiga.

—Padre nuestro, que estás en los cielos —musitó el chico.

—Más alto —ordenó Bill, saliendo por la puerta.

—Padre nuestro, que estás en los cielos… ¡Santo cielo, ay, Dios mío! —le oyó decir Bill mientras echaba a andar con paso rápido por la calle Clark.

Eran las diez de la noche, y Chicago refulgía. Por la calle Wilson llegó a la estación del ferrocarril elevado, pagó el billete y llegó al andén en el momento justo para saltar a un tren un segundo antes de que cerraran las puertas.

La vida de seres desconocidos pasó por las ventanillas como un rayo mientras el tren avanzaba por el Loop. Observó sus manteles a cuadros, sus cabezas y las imágenes de sus televisores, que se movían en la pantalla como criaturas atrapadas bajo el hielo. En el tren hacía calor; la luz resultaba adecuada.

Se sintió el ladrón más importante de todos los tiempos.

La idea creció de manera insoportable hasta desintegrarse en su cabeza, y siguió sentado junto a la ventanilla del tren habitando un espacio abierto y tranquilo en plena noche. Permaneció quieto mientras se le tranquilizaba el corazón, que latía al ritmo del tren, escuchando su conversación con los raíles, sintiéndose a gusto, dejando que le brotara el amor y se desparramara por el mundo.

Abrió los ojos.

Estaba tumbado de espaldas, con la mano izquierda vendada cuidadosamente apoyada sobre su pecho y la derecha cerrada en torno al cuello de una botella de ginebra. No necesitaba ni mapa ni reloj para saber que se hallaba de nuevo en el peor momento, en el sitio menos indicado. Eran las tres de la madrugada y estaba alojado en la planta tercera del Dunes, un hotel de nombre absurdo en Diversey. Al incorporarse y posar los pies en el frío suelo, notó como si la oscuridad se le agolpara de pronto en el rostro para concentrarse allí, palpitando trémulamente como las alas de una polilla. Se acercó a la ventana, se sentó en la silla de madera y echó una mirada a la calle mientras se aplicaba la botella a los labios y se mojaba la punta de la lengua con ginebra, agobiado por una extrema sensibilidad ante todas las cosas. Los pocos colores que le llegaban de la calle parecían abrasarlo. Sentía incluso los relieves de sus huellas dactilares sobre la botella tibia. Fuera, abajo, un revoltijo de cosas —basura, grasa y moho— se le reveló momentáneamente como un todo compacto. Aun con la mente en blanco, sabía qué era la calle y quién era él, el hombre de las huellas digitales que observaba la calle con un pie encima de un zapato y el otro sobre el gélido linóleo, una persona frustrada, un borracho sin remisión. No se quejaba de ser quien era, aunque probablemente otros podrían pensar que resultaba horrible. En el pasado había alcanzado un par de veces ese absoluto grado cero de la verdad, y sin miedo ni amargura comprendía ahora que en el fondo había un paso que podía dar para cambiar su vida, para convertirse en otra persona, pero que nunca sería capaz de adivinar cuál. Encontró un cigarrillo y encendió una cerilla: durante un rato no existió frente a él más que la llama. Cuando la apagó con un movimiento de la mano y el mundo volvió a su ser, se encontró de nuevo en el punto donde había tomado mucho tiempo atrás todas sus decisiones.

* * *

Jamie sintió un tirón en los músculos de la pierna; le apetecía tremendamente darle una patada en el culo a Miranda y enviarla volando bajo las ruedas de un camión, por ejemplo. A las nueve de la noche la calle Clark configuraba una película: miles de seres extravagantes rondaban por allí sin mirarse, y uno de cada tres tenía algo que vender. Timadores, proxenetas negros totalmente vestidos de negro, y una selva de zapatos de tacón rojos. Había muchas luces: todo el mundo arrojaba media docena de sombras que se escurrían de sus pies en distintas direcciones.

A tono con el agotamiento de Jamie, la escena discurría a cámara lenta. Un joven negro con gorra de lana, abrigo largo y unas deportivas blancas pasó por su lado, sonrió y luego apartó la vista y canturreó: «Es hora de que nos coloquemos bien, ¿eeeeeeeeeh?», antes de seguir su camino al no obtener respuesta de Jamie. Baby Ellen iba despierta en brazos de su madre; protestaba en cuanto la depositaban por un momento en su sillita, y los diminutos circulillos negros del iris de sus ojos siguieron, serena y mecánicamente, el paso del muchacho. Por un instante, a Jamie le asaltó la peregrina idea de que aquella escena del centro de Chicago era la proyección de la mente de su hija pequeña.

Jamie tenía sus razones para estar allí. Solo que de momento no sabía cuáles eran. Cuando Bill Houston tomó el autocar a Chicago en un irremediable estado de embriaguez, súbitamente convencido de que algo le esperaba entre aquellos miserables desconocidos, ella le dijo adiós con la mano. Todavía conservaba los dos billetes para Hershey; se había quedado unos días por la zona, primero en lo que llegaba un préstamo de su cuñada, y después más tiempo, hasta casi agotarlo, cuando se había dado cuenta de la inutilidad de todo y había querido hablar con Bill Houston. La despedida había parecido el final de sus relaciones. Pero no era el final. Esas cosas se intuyen.

Ahora se encontraba en la calle Clark, y no se le ocurría nada. Miranda se montó a horcajadas sobre la maleta, como si montara a caballo. No advirtió por allí ningún hotel ostensiblemente cochambroso. Algunos cines tenían buena pinta, mientras que otros tenían aspecto de salas porno. Los dos o tres restaurantes que vio estaban cerrados. Se percibía el viento cortante incluso en el revoloteo de las luces entre los edificios. Sintió como si a su alrededor se disipase la autenticidad de las personas entre las que se hallaba.

—Mamá —dijo Miranda—, mamá, mamá.

Solo estaba cantando, cansada y aturdida. A dos metros de ellas, un hombre vestido con un ridículo traje rojo cobró un interés probablemente morboso por la niña que brincaba sentada sobre la maleta.

—Ven aquí, cariño —dijo Jamie, y la cogió del brazo para apearla de un tirón—. Usted es un enfermo —le espetó al hombre.

El tren elevado chirrió al tomar una curva a media manzana de allí. De pronto un ruido ensordecedor lo cubrió todo.

—Mierda —exclamó Jamie—. Me noto los ojos como piedras hirviendo.

—¿Qué? —preguntó Miranda, alzando la mirada hacia el rostro ojeroso de su madre—. Déjame verlo, mamá.

El hombre del traje rojo se había acercado.

—Buenas noches —saludó, con las manos en los bolsillos y el cuello de la chaqueta vuelto.

—Odio esta parte —contestó Jamie—. Odio la escena en que el paleto del traje rojo te dice buenas noches.

—No soy un paleto —replicó el hombre—. Conozco a todo el mundo de aquí a seis manzanas al norte de la calle Wilson.

—No tengo ánimos para discutir con usted —le cortó Jamie.

—Bueno, yo solo pensaba que a lo mejor podía ayudarla.

Realizó un gesto con la palma de la mano hacia Miranda, la maleta y la niña que Jamie llevaba en brazos, como señalándole sus apuros.

—He tomado dos tazas de café en el bar de allí —con la misma mano incluía ahora la estación de autobuses, a su espalda, como parte de los problemas de Jamie—, y usted no hacía más que dar vueltas por ahí dentro. Ahora está fuera. ¿Espera a alguien? ¿Cuál es su historia?

Su actitud preocupada le confería una aureola de inocencia, y de pronto no parecía muy peligroso.

—No hay historia—dijo Jamie—. Voy de vacío.

—No me importa en absoluto lo que opine de mi traje —prosiguió el hombre—. No tengo que rendirle cuentas a nadie sobre cómo me visto. El caso es que estoy en rehabilitación. Tengo una enfermedad. No tengo que trabajar, ni comprar ni vender. ¿Sabes una cosa? —le dijo a Miranda—. Lo único a lo que me dedico es a rondar de un establecimiento a otro y a charlar con la gente de cualquier cosa, de lo que se les antoje. Por eso conozco a todo el mundo de aquí a Wilson y más allá. Así que quería ayudar a tu madre, pero para ella solo soy un paleto con un traje rojo o algo así. ¿Niño o niña? —preguntó a Jamie, contemplando con atención el rostro de Baby Ellen, envuelta en una manta en el regazo de su madre—. Tiene los ojos negros.

—Niña —le informó Jamie.

—Si espera a alguien —insistió el desconocido—, seguro que va a tardar, quienquiera que sea. ¿Está esperando a alguien?

—Busco a alguien. No espero. Busco.

—¿A quién busca? ¡Caramba, qué frío! En invierno hay que resguardarse.

Empujó con la espalda las puertas de cristal de la estación, arrastrando la maleta con las dos manos y atrayendo a Miranda y a Jamie tras él como por influjo de un viento galáctico.

—¿A quién busca? —Bajo la luz más clara, su traje era absolutamente encarnado—. ¿A quién busca? A su novio.

—¡Bill Houston! —dijo Miranda.

—¿Bill Houston? Lo conozco.

—Y yo al papa —ironizó Jamie—. ¿También conoce a mi madre?

—Es un tipo alto, ¿verdad? Bueno, quizá no exactamente alto; o sea, no *enorme*. ¿Tiene un tatuaje en este brazo? O tal vez en este otro, no me acuerdo.

Al mirarlo ahora con redoblada atención, Jamie advirtió que sus cabellos rubios cortados al mismo nivel se disparaban desde su cabeza en todas las direcciones posibles, como chispazos eléctricos. Su traje era del estilo de Elvis Costello. Solo estaba intentando ir a la última moda. No era un espécimen raro.

—Qué casualidad que lo conozca, ¿verdad? Como le explicaba, conozco a todo el mundo.

Con aires de triunfador, se paseó por la hilera de máquinas expendedoras pegadas a la pared de pequeños baldosines amarillentos. Examinó lo que ofrecían, expresando indiferencia: bolas de chicle de tamaño exagerado, anillos de juguete y arañas de broma, todo en su correspondiente cajita de plástico.

—Cómprame un chicle, ¿vale? —le pidió Miranda, que le seguía a duras penas—. ¿Me puedes comprar un chicle? Solo cuesta cinco centavos.

—Oiga —dijo Jamie, que se decidió a caminar tras él no sin antes dudar un poco—, me está paseando por donde usted quiere, y no me gusta.

—¿A qué se refiere? Le prometí ayudarla y no me creyó. Pero sí que puedo. Eso debe decirle algo, ¿no?

Con la niña en el brazo izquierdo, Jamie se llevó a los ojos los dedos de la mano derecha, apretó con firmeza para borrarse por un momento de la cabeza la estación de autobuses y entonces percibió luminosas formas geométricas.

—De acuerdo, escuche —le instó—. Cuénteme algo del Bill Houston del que me habla. Parece el mismo que estoy buscando. Se lo agradecería. ¿Vale?

—Ya se lo he contado —contestó el hombre del traje rojo mientras giraba la palanca de una máquina y recogía el chicle que había caído en la repisa metálica—. Siempre me tropiezo con él por el norte de la ciudad. Es un tipo con el que no le conviene andar. A las mujeres les resulta atractivo, pero cuando bebe se vuelve una persona completamente distinta.

Le dio el chicle a Miranda e introdujo otra moneda en la máquina.

—¿Es ese?

—¡El mismo! ¡Joder, no me lo puedo creer! Oye —se dirigió a Baby Ellen—, que conoce al tío Bill.

—Pero no puedo localizarlo con exactitud.

—Bueno, ¿pues dónde cree que estará?

—Quizá en Rheba. En cualquier sitio del norte de la ciudad. O por la zona de los hippies. Ronda por todas partes. Es esa clase de tipo.

—Sí, claro. Pero ¿cómo puedo encontrarlo? Mire, he venido de muy lejos. Tengo que hablar con él.

—¿Tiene monedas? Quizá consiga llamar a algunos sitios. Como le he explicado antes, por aquí saben quién soy. Si pregunto, me contestarán. Oiga, un momento —dudó de pronto—. ¿Y si él no quiere verla a usted?

—Lo encontraré de todos modos —aseguró Jamie.

—Ya. —Miró a Jamie, a Miranda y a la niña pequeña—. Bueno, espero que no haya problemas. No quisiera que nadie se molestara por mi culpa. En este momento solo tengo amigos.

—Pues eso es lo que yo soy de Bill Houston, una amiga.

—¿Está segura? ¿Completamente?

—Yo solo puedo darle mi palabra. Creerlo es cosa suya.

—Ya.

El hombre demostraba hallarse en un aprieto; se mordía el labio inferior y lanzaba miradas furtivas como si estuviera cercado.

—Muy bien —se decidió—. ¿Tiene monedas para darme? ¡Qué demonios! Dice que lo conoce, ¿no?

—Tome las monedas.

—Sí. Sí, tomo las monedas. Estoy haciendo una buena obra, ¿eh?

Jamie le entregó un par de dólares en calderilla y se sentó durante media hora frente a una televisión de alquiler sin ver nada, ni siquiera su reflejo, en el vacío de la pantalla apagada. Miranda se durmió en la silla de al lado. Baby Ellen roncaba en los brazos de Jamie, que la depositó en el portabebés y le ajustó el cinturón. Era imposible estar menos consciente que Baby Ellen en aquel momento. Respiraba por su boca sin dientes —sus párpados parecían dos hematomas sobre los ojos— como el único habitante a la deriva de una tierra del olvido infantil que a Jamie se le antojaba a la vez envidiable y alarmante.

Jamie no supo qué pasaba cuando el hombre empezó a tirarle de la manga y a acercarle la cara a la suya, con los cabellos rubios borrando el mundo; y entonces comprendió que se había dormido, que ahora se encontraba en Chicago.

—Me he enterado de dónde *estaba* —le notificó el del traje rojo—. Hace media hora se le vio en un establecimiento al norte de la ciudad. Y el camarero dice que apostaría cualquier cosa a que sigue por el mismo barrio. Es al norte de Wilson.

—Entonces ¿qué hacemos? —preguntó Jamie, tratando de concentrarse en la situación.

—Lo malo es que no sé los nombres de los bares de por allí, así que no puedo averiguar los teléfonos. Podemos ir a echar una ojeada y dejar algún recado. A decir verdad, sé muy bien qué hacer. ¿Qué quiere hacer *usted*?

—Pues no sé. Tengo la mente completamente en blanco.

Miró a la planta alta de la estación, buscando en su siniestra monotonía algún indicio del paso que debía dar a continuación.

—Me arde la nuca. —Fue lo único que logró articular.

Aquel hombre, a quien empezaba a considerar de confianza —en realidad, en aquel momento era el único amigo que tenía en el mundo—, le puso con suavidad una mano en el brazo.

—Le digo una cosa. Vamos a tomar un café. Luego vemos qué posibilidades tenemos y aclaramos todo esto.

Trasladarse desde la puerta a la cafetería fue como emprender un safari. Se sentaron en un reservado, el hombre enfrente de las tres. Dejaron la maleta en el pasillo: un baluarte contra el Greyhound y sus embarques precipitados, frías despedidas y movimientos sospechosos. Por dondequiera que miraba parecía recibir un mensaje: *¿No le gustaría reconsiderarlo?* ¿Reconsiderar qué?, se preguntó. Todo lo que hago está mal. ¿De dónde narices me vienen las ideas? Le pusieron un café delante y su amigo, alargando el brazo, dejó dos pastillas blancas con cruces grabadas en el medio junto a la taza.

—En casi todas partes adonde uno va, la estación de autobuses es el centro *exacto* de la ciudad —dijo—. En caso de ataque nuclear, esta estación de autobuses sería el punto de impacto.

Se echó a la boca dos o tres pastillas parecidas y se las tragó con un sorbo de café tan caliente que le hizo torcer el gesto.

—Si nos encontráramos aquí cuando estallase la Tercera Guerra Mundial, caería una bomba casi justo sobre este restaurante y, ¿sabe qué?, nos convertiríamos en *átomos radiactivos*. No sentiríamos agonía. Nos transformaríamos enteramente en partículas luminosas. Esto es el centro de todo.

—¡Vaya centro!

—No es que sea precisamente una película de Disney. Pero es el foco de la explosión.

—¿Qué son esas cosas? —preguntó Jamie, tocando las pastillas que tenía junto a la taza.

—Estimulantes. Son muy suaves. Cada una equivale a dos tazas de café. Te las tragas de golpe y en tres minutos estás completamente despierto. Si quiere alguna más dígamelo. ¿Le apetece una rosquilla o algo así?

Jamie comió una rosquilla. Apoyada en ella, Miranda dormía profundamente, sin moverse lo más mínimo, y, junto a la mayor, Baby Ellen descansaba en su sillita infantil. A Jamie se le ocurrió que en aquel sillín llevaba a todas partes a su hija pequeña como si fuese un aparato doméstico.

Consideraron la situación. Empezaba a parecer dudoso que localizaran a Bill Houston dando una vuelta por el barrio en que decían que estaba. Tenía más sentido realizar un breve trayecto en taxi. Lo pagaría el paleto del traje rojo; no costaría mucho, era un recorrido muy corto hasta el piso de su hermana, y llamarían a un par de sitios hasta que el señor Houston en persona se pusiera al teléfono. Cuanto más examinaba Jamie el problema, más se convencía de que la suerte la acompañaba. En vez de pasar unos días horrorosos buscando a Bill Houston sin ninguna pista de por dónde empezar, emprendería la batida en compañía de uno de sus amigos, una persona que vestía muy mal, desde luego, pero que conocía a fondo la vida de la ciudad y creía en las buenas obras. Además, empezaba a sentirse muy despierta. Llevar a las niñas y la maleta a la calle y meterlas en un taxi no fue una operación complicada. Recorrieron el trayecto como en un cohete. Cuando salió del taxi, con Baby Ellen en un brazo y ayudando a Miranda a bajar a la acera con la mano libre, el mundo exterior la deslumbró. Los ladrillos del edificio de enfrente resaltaban con aristas afiladas. Todo poseía perfiles definidos. Se había desvanecido el aspecto borroso de Chicago. El hombre del traje rojo arreglaba las cosas con la gracia de Fred Astaire, y la hizo subir por la escalera, con las niñas y la maleta, hasta un segundo o tercer piso en lo que le pareció cuestión de segundos.

El pasillo por el que ahora andaban se hallaba cubierto por una alfombra con una ancha franja de goma negra en medio. Las puertas de las diversas viviendas, a través de las cuales parecía que alentaran y susurraran los secretos domésticos, eran de madera contrachapada. Una de ellas, según observó Jamie al pasar, estaba cerrada por fuera con un candado. Otra ostentaba un letrero ribeteado en rojo y verde:

DOCTOR DEL RÍO,
VE, IDENTIFICA Y LE SACA LOS DEMONIOS

La puerta de enfrente se abrió ante ellos y apareció una mujer claramente asustada en una cocina atestada de cosas. La expresión de su rostro turbó a Jamie, porque ella se sentía estupendamente.

—¡Ah! Gracias, Ned —dijo la mujer cuando entraron los cuatro.

Sostenía una lata de cerveza en la mano y empezó a acunarla contra su pecho. Llevaba puesto un abrigo enorme y una boina azul, pero en realidad no parecía que fuera a salir. Tras el fogón hacia el que ahora retrocedía, la negra señal de una quemadura se extendía por la pared como recuerdo de alguna llamarada accidental.

—¡Por Dios, Ned! —exclamó la mujer.

—Es algo tan provisional, que no voy a gastar saliva explicándotelo —aclaró Ned, mientras se cepillaba el traje rojo como si en la calle se le hubiese pegado alguna materia extraña.

Jamie, que aún tenía en brazos a la niña, se dio cuenta de que Ned no llevaba abrigo; simplemente se movía deprisa en las noches de invierno, arropado por el celo de su misión. Se adelantó entonces para abrazar a su hermana, gesto que ella acogió con visos de sobresalto.

Hacia el fondo, de una habitación oscura al lado de la cocina, llegaba la voz de Anne Murray cantando «(Eres mi) posesión más preciada». En el umbral de ese cuarto se presentó entonces un hombre que llevaba gruesas gafas de carey, se apoyó en el marco de la puerta y allí se quedó sin abrir la boca.

—Estaremos aquí unos tres cuartos de hora —anunció Ned—. Tenemos que utilizar el teléfono durante un rato. ¿Vale?

—El teléfono no funciona —contestó la hermana—. Lo han cortado. Ya te enteraste. —Miró al hombre silencioso, que sujetaba entre los dedos el cuello de una botella de cerveza, y le dijo—: Hace dos días que lo sabe.

—Claro que lo sé —convino Ned—. Solo queremos que cuides de las niñas durante cuarenta y cinco minutos, mientras nos vamos a mi casa a hacer unas llamadas.

—¿Qué pretendes? —contestó la hermana, bastante inquieta. Emitía una tensión violenta y fosforescente que iluminaba toda la cocina—. Tú no tienes teléfono.

—Claro que tengo teléfono —la contradijo Ned, sonriéndole.

También sonrió al otro hombre, que levantó la cerveza y bebió un trago sin cambiar la expresión de su rostro.

Esa novedad alteró más a la hermana que cualquier otra cosa que Ned le hubiera dicho.

—¡Mierda! —exclamó—. Dios mío, dios mío.

—¿Iba a salir a alguna parte? —preguntó Ned al otro hombre.

—Creo que le había entrado un poco de frío —le respondió.

—¿Podéis cuidar a las niñas durante un rato?

—Supongo que sí.

—¿Y si te vienes con nosotros? Puede que nos sirvas de ayuda —lo invitó Ned—. Esta es Jamie. La que se esconde detrás de su mamá es Miranda Sue. Y aquí está la pequeña Ellen, que tiene tres meses. ¿Ellen tiene otro nombre, Jamie?

Le tendió a Jamie la palma abierta de la mano, en la que había dos cápsulas rojas.

Estaban ocurriendo un par de cosas más de las que Jamie era capaz de asimilar al mismo tiempo.

—¿Cómo? —dudó—. ¿Qué son estas pastillas? ¿Y quiénes son estas personas?

Una irrealidad fulgurante, áspera y poderosa, empezó a dominar la escena.

—Te preguntaba si Ellen tiene un segundo nombre, porque sentía curiosidad. Y, además, te ofrecía algo para calmarte los nervios. Esta es mi hermana, Jean, y su marido, Randall. Y esto son dos pastillas rojas. Los estimulantes siempre me ponen un poco nervioso al rato de haberme tomado un par. ¿Y a ti?

—Sí. Creo que estoy un poco nerviosa. Por un momento, he tenido la impresión de que la habitación se volvía toda amarilla y retorcida.

Jamie aceptó las dos pastillas rojas. Ned le dio una botella de cerveza de la nevera y ella se tragó las píldoras con un sorbo.

—¿Sabes a lo que me refiero?

—Claro que sí. Amarilla y retorcida. Eso significa que es hora de tranquilizarse y de suavizar las cosas para que todo vaya bien, por así decir. ¿Tú qué opinas, preciosa?

Ofreció a Jean una pastilla roja mientras miraba al cuñado en busca de consentimiento. El cuñado asintió con la cabeza y la hermana se la tomó con rapidez y con un aire de furiosa resignación. Jamie sintió circular un calor líquido por los fríos márgenes de su propio desasosiego. Todo se tornó lento en la habitación.

El piso de Ned estaba en la planta de abajo, y en el pasillo faltaba un par de bombillas. Ned jugueteó con las llaves en la puerta, entreteniéndola con una retahíla de palabras a las que ella no consideró necesario prestar atención alguna.

—Oye, ¿y eso? —preguntó de pronto, mientras observaba cómo manipulaba la llave en la cerradura.

En varios dedos, Ned lucía llamativos anillos con el baño descascarillado, baratijas claramente procedentes de las máquinas expendedoras de chicle a diez centavos.

Abrió la puerta desvelando un interior palpitante de luz ultravioleta. Había pósteres fluorescentes que conferían un brillo violento a las paredes. Su traje resultaba allí enteramente invisible, y tanto sus manos como su cabeza parecían flotar en el aire. Jamie entró tras él en aquel ambiente fantasmagórico.

—Te llamas Ned, ¿eh?

Él cerró la puerta. A la luz ultravioleta, su rostro adquirió un tono muy moreno, y en su esclerótica latía una débil vida azul, como carne de tiburón.

—Me llamo Colocón —dijo.

—¿Conoces a Linda Lovelace? —Esa era la gran pregunta que obsesionaba a Ned Colocón—. ¿Sabes hacerlo igual que Linda Lovelace?

No la abofeteaba fuerte, solo como si tratara de mantenerla consciente. Le ayudaba Randall, el cuñado.

—Es tan maravilloso que no puedo soportarlo —exclamó Ned Colocón.

El cuñado era menos hablador. Se limitaba, cruel, a causarle constantemente dolor de diversas maneras al tiempo que la alzaba por las esposas. Jamie comprendió que era un sádico y que, como mínimo, le rompería los brazos. Se dejó hacer de todo con una náusea incesante que apenas hubiera sabido nombrar en el sereno mundo de barbitúricos que habitaba.

—¡Qué bien..., ay, sí..., qué bien..., ay, sí! —se extasió Ned Colocón.

Jamie estaba afuera, flotando por los pasillos, preocupada por sus hijas. Entonces se angustió por Jamie, que estaba en una de aquellas habitaciones intentando gritar pese a que un hombre le tapaba la boca con la palma de la mano. Le habría gustado llamar a esa puerta, pero era un fantasma sin puño. A la débil luz del corredor no se distinguía el verdadero color del contrachapado; quizá fuese gris, blanco o azul. Dentro, voces incoherentes conspiraban bajo un rock and roll demoledor. En el pasillo, en la puerta de enfrente, leyó un letrero resplandeciente:

MADAME KAY

POSEEDORA DE PERCEPCIÓN EXTRASENSORIAL

POR LA GRACIA DE DIOS

QUIROMÁNTICA Y CONSEJERA

Estamos en el cielo del paleto, se oyó decir en voz alta, y entonces se puso a vomitar mientras el cuñado empezaba a arremeterla por detrás. Justo delante de ella, en un cartel fosforescente, uno de los Siete Enanitos blandía el dedo corazón.

El cuñado pretendía hacer algo con una navaja. Ned Colocón, que llevaba una gorra de oficial de los infantes de Marina de Estados Unidos, intentaba disuadirle. Hablaba y hablaba, más deprisa de lo que nadie había hablado jamás en presencia de Jamie. Necesito una taza de café, pensó Jamie. Aparta de mí a ese tipo. Por mis niñas, por mis niñas. Vale; pues haz lo que sea con la navaja. Yo solo quiero salir viva de esto. Solo quiero cuidar de mis hijas. Observó la navaja del cuñado con una mirada tan insípida e imperturbable como la de una cámara. Se acabó, pensó. La solución está ahí mismo, en su mano.

Quiero que sepas, dijo a la habitación desde el fondo de su ser, que haré todo lo posible por salvar a mis niñas.

Algo apareció por detrás de Randall y le golpeó un lado de la cabeza, y el cuñado cayó sentado al suelo, apoyado en la pared, con las piernas muy separadas, como un oso de felpa.

—¿Por qué? —inquirió—. ¿Por qué?

Ned Colocón estaba allí de pie, con su gorra de infante de marina y una lámpara de mesa en la mano.

—Eres un cabrón inútil —le dijo a su cuñado. Randall se echó a llorar.

—Esta es la *última* vez —le advirtió Ned Colocón.

Muy bien, pensó Jamie, esta la hemos superado. Hemos sobrevivido a la navaja. Ahora la cosa cambia.

Se hallaba de espaldas, con las manos esposadas por detrás y las rodillas pegadas al mentón por los continuos espasmos de adrenalina producidos por el miedo. Periféricamente, comprendió que quien la maltrataba de aquel modo no era un ser humano, sino algo mucho más peligroso, una oscura trama de personas y hechos, algo primario, algo que no tenía nombre. Vio que aquello exigía lo que quedaba de ella, y se sintió capaz de satisfacer sus exigencias. Por el bien de sus hijas, descubrió su nombre. Suplicó, suplicó y suplicó. Rindió su alma.

—Esto es obra del destino. Un caso de pura mala suerte.

En el mismo momento en que el de la banca brindaba tal

conclusión, Bill Houston atisbó lo suficiente de la carta de debajo de su diez de tréboles como para ver que se trataba de un as de diamantes.

—¿Aquí un as y un diez es blackjack? —preguntó.

—¿Lo dices en serio? ¿Habla en serio este tipo?

El de la banca tenía lágrimas en los ojos, y por un instante Bill Houston sintió por él una cálida compasión. El de la banca se autofinanciaba, no estábamos en Las Vegas.

El restaurante donde jugaban se encontraba cerrado al público y casi enteramente a oscuras. Solo una luz por encima de sus cabezas los iluminaba lo suficiente como para realizar las apuestas y confiar en la suerte, contentos de hallarse entre desconocidos.

En el reservado había cuatro, y sentados en sillas estaban otros dos.

—¡Cómo! ¿Cinco veces seguidas? —exclamó alguien.

Los demás reaccionaron bien ante la excelente suerte de Bill Houston o no mostraron emoción alguna, según el interés que cada cual tenía en su propia mano. Bill Houston apostó entonces treinta dólares de golpe, pero el hombre que repartía, un tipo joven tocado con un sombrero andrajoso, su amuleto de la suerte, le advirtió enseguida que le quedaban pocos fondos y había que rebajar el tope. Bill Houston dominó el impulso de contar su dinero, mientras en el corazón se le agolpaba un montón de cifras. El joven del sombrero le arrojó tres billetes de veinte, hizo sus demás pagos y recogidas y repartió otra mano de cartas.

—Quince es el límite —notificó a Houston en tono sombrío—. Muy bien, en esta mano os voy a dejar pelados.

Sirvió las cartas descubiertas. Bill Houston recogió sus treinta dólares y dejó un billete de diez y otro de cinco. Enseñó una reina y hubo unas risitas.

—Todo depende, ¿no? —comentó el de la banca. Mostraba una expresión alegre, pero resultaba evidente que estaba muy enfadado.

Miranda iba rebosante de alegría, sentada en el asiento delantero del taxi.

—¿Qué son estos números, mamá?

—Quita las manos del taxímetro, bonita —le mandó el conductor.

—Creí que me había muerto —dijo Jamie, hablando con Baby Ellen, que descansaba en su regazo.

Ned Colocón no dejaba de meter la mano bajo su falda para estrujarle el muslo desnudo. Jamie apretó el rostro contra la fría ventanilla: dada la situación era imposible apartarse más de él.

—Oiga, yo lo conozco de algo —aseguró Ned al taxista—. ¿Dónde lo he visto antes?

—Mire, me bastaría con que la niña no se moviera del asiento —le cortó el taxista—. ¿A santo de qué me colocan a una niña pequeña en el asiento delantero?

—Bueno, si no le gusta, con pararnos aquí mismo… —replicó Ned Colocón.

—*Mamá*, ¿qué son estos *números*? ¿Es una televisión pequeñita? —preguntó Miranda.

Ned Colocón soltó una carcajada.

—¡Pero qué coño! —observó el taxista sin dirigirse a nadie en concreto.

Jamie no lograba dejar de llorar.

—Cálmate —le recomendó Ned Colocón—. Al fin y al cabo ya no eras virgen, ¿verdad? Yo es que soy un seductor, eso es lo que pasa; demoledor. ¿Sabes qué? —añadió, al tiempo que le pellizcaba el muslo y luego acariciaba la cabeza de Baby Ellen—. No conozco a tu novio. Es decir, *todo el mundo* tiene un tatuaje, ¿no? *Todo el mundo* bebe. ¡Ja, ja, ja!

Se inclinó hacia adelante, apoyando los brazos en el asiento delantero.

—¿Fue en el Salón Bagdad que antes se llamaba El Ladrón

de Bagdad? ¿Ha ido alguna vez por allí? —Cuando comprendió que el taxista no le contestaría, volvió a recostarse en el asiento—. Estoy *seguro* de que lo he visto antes. —Y dirigiéndose a Jamie se burló—: Te engañé pero bien, ¿eh?

Fuera, en el mundo, las calles pasaban vertiginosas como las aspas de un ventilador.

—Tienes que reconocer —prosiguió Ned— que sé cómo conquistar a las mujeres.

En cuanto el taxi se detuvo, la tomó por la barbilla con ambas manos.

—Ahora entraremos ahí y te conseguiremos una habitación. Te meterás en el cuarto y te quedarás dentro toda la noche. Sin salir. ¡Tú cállate! —le espetó de pronto al taxista. Y a Jamie—: Muy bien. Vamos.

Ella se esperó en un pasillo mientras él tocaba timbres y conversaba con gente que Jamie no pudo distinguir. Miranda se abrazó a las piernas de su madre para intentar dormirse de pie, pero ella le advirtió tajante:

—No me toques.

—Por aquí —señaló Ned Colocón.

Estaban delante de una puerta. Al final del pasillo había otra abierta, a través de la cual se vislumbraba una bañera grisácea con pies en forma de garra. Luego pasaron a una habitación y Miranda se tumbó en la cama.

—¿Dónde está el portabebés? ¿La sillita de Ellen? —preguntó Jamie.

—¡A la mierda la sillita! Ponla en la cama —le mandó Ned Colocón, y ella acostó inmediatamente a la niña.

Él le tomó la mano derecha, le puso un dinero entre los dedos y la miró fijamente a los ojos. Ella se preguntó qué iba a pasar.

—No te muevas de esta habitación hasta mañana por la mañana —le dijo—. ¿Entiendes? *No* salgas.

Ella asintió con la cabeza. Parte de la habitación se estrechaba hacia ella y la otra parte le parecía enormemente lejana.

—A lo mejor podríamos estar juntos otra vez —le dijo—. ¿Eh?

Jamie se sentó en la cama.

—¿Estás chalada? —la interpeló Ned Colocón—. Oye, ¿te has vuelto loca?

Ella se examinó la mano. Las cosas estaban fuera de su alcance. Sintió como si las piernas se le acabaran en las rodillas.

—¿Yo? —dijo.

Esta soy yo.

Él se marchó. En la cama descansaban sus dos hijas, y en la mano tenía dos billetes de diez dólares. Esta soy yo. ¿Tienes ya lo que querías? Porque te lo he dado todo.

Esta soy yo esta soy yo esta soy yo.

Estoy fuera de mi órbita, se dijo Bill Houston. Todo el mundo tiene acento extranjero. Se venden frutas y verduras, leyó.

Paseando había llegado a Howard, la divisoria entre Chicago y Evanston. El lado de la calle que correspondía a Chicago estaba salpicado de tabernuchas y de almacenes de bebidas, mientras que la acera de Evanston, donde los establecimientos de bebidas alcohólicas estaban prohibidos, ofrecía solares y comercios insignificantes de escasa rentabilidad. Se detuvo ante un quiosco de periódicos y leyó el pie de una fotografía de una mujer que se parecía mucho a Jamie: «La búsqueda de un amigo acaba en tragedia».

—Veinte centavos —dijo el vendedor, como anunciando el destino de algún viaje.

—¡Dios santo! —exclamó Bill Houston—. ¡Increíble! La conozco. La han *violado*.

Se quedó aturdido.

—Venga ya —le dijo el vendedor de periódicos.

Con la gorra de cazador y el grueso chaquetón a cuadros que Bill Houston llevaba, el vendedor lo miró como si fuera un retrasado mental a quien alguien hubiera vestido para un paseo por el bosque; y Houston se sintió por un momento al borde de la violencia, mirándolo de arriba abajo. Introdujo la mano en su guerrera de excedentes del ejército y conteniéndose entregó una moneda de veinticinco centavos al hombre.

A primera hora de la tarde estaban pasando el aspirador en el Crown & Anchor. Por las dos ventanas que daban a la calle, se veía la puesta de sol. No había nadie excepto dos maestras sustitutas sin trabajo, Bill Houston y el camarero, llevando el aparato de un lado para otro sobre la alfombra raída.

—¿Maestras? —dijo Bill Houston—. Quizá podrían enseñarme algo.

Las mujeres rieron. No sé por qué me hacen caso, pensó Bill, debo de parecer un miserable.

—¿Tiene usted cambio? —le dijo al camarero, que se hizo el sueco; Houston se aproximó a él y le espetó—: No se haga el sueco.

El camarero no era un hombre corpulento. Silenció el zumbido de la máquina con un puntapié, se fue detrás de la barra, en forma de herradura, y abrió la caja registradora. Bill Houston le alargó un billete de veinte dólares y le especificó:

—Démelo en monedas de veinticinco. Necesito cambio.

De pie, delante de la máquina de pinball, situada junto al teléfono público, cerca de los servicios, rompió un cartucho de monedas de veinticinco centavos e introdujo una en la ranura. Era una de esas máquinas que hacen blip, blip, tut, tut. Una idiotez. Bueno. En rápida sucesión, lanzó las tres bolas metálicas, sin prestar atención alguna a su avance, y observó la cara vertical del artefacto: una escena de la era espacial con Styx, el grupo de rock, cuyo guitarrista principal se encontraba claramente a punto de que se la chupara una salvaje con pocas luces echada a sus pies. De fondo, cuerpos intergalácticos que lanzaban destellos eléctricos, fuegos fosforescentes de paciencia infinita. En general, nunca puede vencerse a esos artefactos, porque son muertos vivientes. Se acercó al teléfono, marcó el número, depositó la moneda y dijo:

—Mamá.

Las dos maestras sustitutas eran personas juguetonas. Se liaron a tirarse cubitos de hielo la una a la otra, soltando risitas cursis, mordiendo sus delgadas pajitas de plástico rojo. Con un gesto de contrariedad el camarero señaló los cubitos de hielo caídos en la alfombra y las riñó. La alfombra les hizo una gracia tremenda.

—¿Dónde está James, mamá? —dijo Houston por teléfono—. Estoy buscando a James.

Las maestras pidieron otra ronda, y el camarero intentó convencerlas de que tomaran cerveza. Bill Houston marcó y depositó las monedas. Las maestras acogieron con más risitas la sugerencia de que la cerveza les sentaría bien, y contestaron insinuándole al camarero que se masturbase mientras les preparaba otra copa.

—¿James? —dijo Bill Houston por teléfono—. ¿Sabes quién soy?

Con mirada serena, observó el polvo que caía, iluminado por la luz del sol sobre las cabezas de las dos mujeres y del hombre detrás de la barra. Era una atmósfera silenciosa, enrarecida y sacra.

—Iré directo al grano, James —anunció a su medio hermano—. Necesito que me metas en algo.

Absolutamente inexpresivo, el camarero, delante de una ruidosa batidora, preparaba a sus excitadas clientas otro par de margaritas.

* * *

En el *Tribune*, alguien aconsejó a Bill Houston que llamara a la policía, y la policía le recomendó que se pusiera en contacto con la asistencia social.

—Es a mí a quien andaba buscando —explicó una y otra vez.

Todo el mundo se mostraba servicial al enterarse de que los periódicos mencionaban algo sobre el asunto. La encontró por la tarde, en la División de Servicios para la Infancia, dormitando en un raído sillón de imitación de cuero. Tenía a Baby Ellen en el regazo y, a unas butacas de distancia, Miranda se peleaba con un niñito calvo por la posesión de un cuaderno para pintar. El local olía como un cenicero. Todo el mundo era negro, extranjero o deforme. Había gente con muletas, personas aferradas a revistas mugrientas, y niños por todas partes. Se inclinó muy cerca de ella y musitó «Jamie», esperando decirlo con la suficiente suavidad.

—Te he estado buscando —le comentó Jamie cuando abrió los ojos.

—Pues ya me has encontrado. ¿Qué tal si nos marchamos de aquí?

—Creo que tengo que rellenar unos formularios más.

Miró a su alrededor como si necesitara reencontrar un sitio entre toda aquella gente.

—¡Mierda! Una vez que se empieza a cumplimentar formularios no se acaba nunca.

Intentó hallar la forma de explicarle que, en aquel preciso momento, mientras ellos malgastaban allí su tiempo, esos burócratas seguían inventando formularios capaces de derrotar a sus nietos.

—¿Miranda? Mira quién está aquí.

Jamie alargó la mano y abrió y cerró el puño, como si intentara apoderarse de la atención de su hija.

—Espérate a que me oriente, ¿eh? —le rogó a Bill Houston.

—Oriéntate ahí fuera. Aquí no hay norte, te lo garantizo.

—Mira, a mí no me da vergüenza estar aquí. La mitad de mi puñetera familia vive de la seguridad social.

—Me andabas buscando, ¿no? —se exasperó Bill Houston.

—Tenía que decirte algo.

Recogió su abrigo y el de su hija; luego preparó a las dos niñas. Bill Houston la observaba con atención, preguntándose si aquello le habría dejado alguna secuela. Mientras colocaba a la niña donde antes ella estaba sentada y ayudaba a Miranda a ponerse el abrigo, Jamie solo parecía capaz de ver con un ojo, mientras que el otro vagaba por un mundo de sueños. Bill se sentía inquieto e inútil.

—Hay una maleta mía por aquí. Disculpe —dijo a la matrona que estaba detrás del mostrador—, ¿qué ha pasado con mi maleta? —Y dirigiéndose a Bill Houston—: También tengo unos quince dólares. En esta ciudad me han estado metiendo dinero en la mano.

Bill Houston procuró tomárselo con la mayor calma posible. El martes y el miércoles, Jamie estuvo muy silenciosa; el jueves él contrató a una niñera y la alejó de las niñas durante casi todo el día, porque de pronto se puso incontrolablemente furiosa. Cerca del hotel, a una parada del ferrocarril elevado, echaban su película preferida —*Amor sin fin*— pero, como en la oscuridad del cine se acaloraron discutiendo a viva voz, hubieron de marcharse a media sesión.

—¿Te parece que los monstruos que me hicieron esa cabronada merecen seguir viviendo tan tranquilos? —exclamó llorando frente al cine—. ¿Así son las cosas? ¿Así son las cosas?

Bill Houston le dio su bufanda roja.

—¿Hay algo que sea de otra manera? —La pregunta le salió así, llena de sinceridad.

—¡Por el amor de Dios, Bill, escúchame! ¡Abusaron de mí!

—Lo sé, lo sé, lo sé. ¡Pero, coño! ¿Qué hacías deambulando de noche por Clark? ¡La calle entera iba a abusar de ti! ¿Qué quieres que haga?

—¡Ayúdame a aplastarles la cabeza! ¡Matemos a esos cabrones!

—Eso es lo que tendría que hacer. Con menos no se arreglaría nada. ¿Te das cuenta?

—¡Entonces, hagámoslo! ¡Que lo paguen!

—Joder…

Todo un montón de razones sofocó sus palabras.

—Podemos encontrarlos. Yo sé dónde. ¡Se lo merecen!

Lloraba amargamente.

—De ningún modo —zanjó rotundamente Bill Houston—. Nunca he matado a nadie. Creo que he hecho de todo menos eso.

—¿Por qué no?

Estaba claro que era incapaz de entenderlo.

—¡No sé por qué no! Lo único que sé es que es algo muy jodido.

Jamie se apretaba la bufanda contra la nariz y miraba alrededor.

—Eso es tan cierto como que me llamo Bill.

Eran casi las cinco, la luz iba desapareciendo de las calles.

—¡Mira por dónde! Yo he leído algo sobre este sitio.

Se encontraban en el callejón donde habían asesinado a John Dillinger.

—¿Qué has pedido? —preguntó Miranda, poniendo las manos sobre la mesa y levantándose para ver el plato de Bill Houston.

—Siéntate bien, brujilla —ordenó Bill—. He pedido una hamburguesa con queso, beicon y patatas.

—Tienen patatas fritas. Eso es lo que *yo* quería —insistió Miranda.

—Entonces haberlo dicho antes. Si no pides al principio lo que deseas, después te jodes.

Y se atiborró la boca de comida.

—¿Qué te parece? —se asombró Jamie, mirando a Baby Ellen—. ¡Se lo está bebiendo!

Había puesto Coca-Cola en el biberón de la niña.

—Tendrá sed —sugirió Bill Houston.

—Necesito kétchup. Me hace falta kétchup para las patatas. ¿Puedo pedir patatas fritas?

—¡Joder! —exclamó Bill Houston, fijando la vista en Miranda con expresión de furia.

Se levantó y se dirigió al mostrador.

—Una ración pequeña de patatas fritas —encargó al muchacho.

Eran los únicos clientes del establecimiento, así que el camarero se apresuró a servirles, moviéndose con celeridad en su propio universo de comida rápida: un universo minúsculo, mitad máquinas y mitad carne.

De vuelta en la mesa, Bill Houston dejó el cucurucho de patatas junto a Miranda.

—Ábreme un kétchup, mamá —dijo.

Su madre le recordó que lo pidiera por favor, y entonces ella repitió:

—Por favor por favor por favor por favor por favor.

Por la ventana, un borrachín de rostro alegre empezó a intercambiar con ella muecas de satisfacción sin sentido. Jamie alargó la mano para coger el último sobre de kétchup cuando Bill Houston se la atrapó de pronto entre una de las suyas. Ella se molestó, creyendo que pretendía quitárselo.

—Hay dos razones por las que no me cepillaría a esos tipos —explicó Bill.

Ella lo miró con atención.

—Primera: simplemente, no me apetece cruzar esa línea. No sé qué hay al otro lado. ¿Entiendes lo que quiero decir?

—Desde luego.

—Segunda: creo que con eso no se arreglaría nada.

—¿Cómo lo sabes? —No discutía; solo sentía curiosidad.

—En la cárcel he conocido a tipos que se habían cargado a gente. Nunca comentaban nada, pero te lo podías imaginar. Mira, había uno del que estoy seguro de que no se quedó a gusto con eso. Solo deseaba poder volver a hacerlo. Había asesinado al novio de su mujer.

Jamie se encogió de hombros y tomó un pequeño bocado de su hamburguesa.

—Lo que quiero decir es que no vas a dejar de odiarlos hasta que se te pase el odio.

Jamie se volvió hacia la izquierda y le dio un golpe en la mano a Miranda.

—Aunque solo sea una vez, come como un puñetero ser humano. Venga, límpiate las manos y sigue. ¿Sabes una cosa? —se dirigió a Bill Houston—. Eres buen tío.

—Solo te he dicho lo que pienso —contestó él, pero se sintió halagado.

Y luego mal, porque no era bueno.

—Además —le confesó a ella más tarde, en la calle—, te quiero.

Jamie lo miró con atención. Tenía los ojos enrojecidos y parecía cansado, pero estaba sobrio. En sus torpes brazos sostenía a su hija pequeña. Trató de mostrarse desinteresada, pero en realidad se emocionó al encontrarse protegida, a salvo.

—¿Por qué me quieres, tan de repente? —Miró distraídamente hacia la calle.

—Creo que porque has venido de muy lejos, o algo así… —Bill Houston no atinaba en las palabras—. Para buscarme, ya sabes.

—Y porque, además, me han violado.

Él abrió la boca para negarlo, pero en cambio reconoció:

—Eso también. Me figuro que he de admitirlo.

Ella empezó a abotonar el abrigo de Miranda, observándolo con el rabillo del ojo.

—Bueno, no eres precisamente Martin Hewitt, pero supongo que podrías ser «Mi amor sin fin».

—¡Por Dios! No soporto tanta música de violines.

Empezaron a llamarlo «La violación», y llegó a significarlo todo: el estar unidos mientras se desintegraban, el quererse el uno al otro y odiar a todos los demás, el caminar a velocidad vertiginosa para no ir a ninguna parte, para quedarse helados en la calle y derretirse en las habitaciones del amor. «La violación» constituía algo importante e inútil, como una navaja clavada en medio de todo. La odiaban al tiempo que acomodaban su vida en torno a ella.

Cuando hacían el amor, Jamie se mostraba sosegada durante el acto, como esperando alguna mala noticia. Excitado por el misterio de su presencia violada, Bill Houston no podía separarse de ella pero, nada más terminar, se sentaba con los pies en el suelo, nervioso y confuso, sintiéndose cómplice.

—Mírate las manos —le instó Jamie—. Fíjate, qué dedos tan amarillos tienes. —Le cogió la mano—. Usas los Camel como si quisieras morirte de tanto fumar.

Bill Houston encontró en esa observación la oportunidad para encender un cigarrillo. Tiró la cerilla y la empujó debajo de la cama con la punta del pie.

—He hablado con cierta gente de Phoenix —anunció.

—¿Phoenix? ¿Phoenix, Arizona?

—Es mala gente.

A Jamie se le encogió el estómago.

—¿Phoenix, Arizona, en los Estados Unidos de América? —Dio una calada al cigarrillo de Bill—. ¿Qué te propones?

—Pues no sé —dudó—. Quizá nada. Simplemente he pensado que podríamos ir a Phoenix, eso es todo.

—Pero ¿quién es esa gente con quien has hablado? Esa mala gente.

—Amigos y parientes —contestó Bill Houston.

3

Eran las doce pasadas, pero la casa aún conservaba algo del frío de la noche. En la fresca penumbra, la señora Houston leía la Biblia y escuchaba la emisora KQYT en volumen muy bajo. Ni tomará para sí muchas mujeres, para que su corazón no se desvíe; ni plata ni oro amontonará para sí en abundancia. Deuteronomio 17,17. Esas leyes deberían entenderlas claramente los mormones y los ricos, al este y al norte respectivamente. El encabezamiento de la página rezaba: «TODOS LOS IDÓLATRAS MORIRÁN».

Sonó el ruido metálico del buzón, y apartó el visillo unos centímetros para observar el calor de fuera. El cartero, con pantalones cortos y tocado con un casco colonial, ya se alejaba de su zona. La señora Houston se acercó al armario en busca de algo para protegerse del sol.

Con un enorme sombrero de paja, salió al jardín de tierra. Cerca de la puerta principal pero lejos de la sombra de la casa, un arbusto de mezquite se derrumbaba, descentrado, a la luz resplandeciente de la tarde: parecía a punto de arder. Un pequeño cactus de color púrpura y una cholla en flor de alrededor de un metro de alto —envuelta en una niebla algodonosa, en realidad compuesta de innumerables espinas, diminutas y crueles— se erguían entre los restos de dos Ford de los años cincuenta. Conservaba los coches porque creía que sus hijos le construirían algún día un automóvil que funcionase a partir de aquellos dos montones de chatarra. Sus hijos lo harían porque a los tres les entusiasmaban los coches y entendían su funcionamiento, y además se lo debían. Aunque solo fuera por cortesía le debían obediencia y devoción por el trabajo. Como representaban un purgatorio para ella, al menos aquello se lo debían.

Un sobre marrón con membrete federal yacía solitario en el buzón. Esa pensión mensual de la seguridad social y lo que sacaba de la venta ocasional de pasteles eran sus ingresos. Ahora pasaría por el banco a cobrar el cheque en dinero contante y sonante, que escondería en los cajones de la cómoda, entre la ropa, y a ingresar veintisiete dólares con cincuenta en su cartilla de ahorros. Ignoraba la cantidad que debía de haber ahorrado a lo largo de los años: nunca se había permitido examinar su cuenta bancaria. Jamás había tocado sus ahorros. Con ellos esperaba realizar cosas importantes: tenía planes para el Fin de los Tiempos y para la Abominación de la Desolación.

El barrio era casi todo de mexicanos. Dio un paseo aprovechando la calma de primera hora de la tarde y escupió en la calle. Entre aquellas casas, como la suya, de endeble madera, con interiores oscuros que empezaban a echar fuego por obra del implacable verano, se sintió asfixiada por un catolicismo selvático, supersticioso y diabólico, cuya fascinación por la sexualidad conocía al dedillo. Podía asegurar que no tenía nada en contra de sus vecinos; solo rechazaba todo lo relacionado con ellos.

A su alrededor vivía gente capaz de incomodarla. Algunas casas tenían un vago color rosa, o verde, pero en su mayoría parecía que nunca las hubieran pintado; se habían limitado a construirlas con escombros a los que, presumiblemente, pronto volverían. A solo dos manzanas al oeste, almacenes y fábricas cerradas empezaban a erguirse entre las viviendas. El aeropuerto de Phoenix quedaba hacia el sureste: periódicamente lo evocaba cuando volaba sobre ella un avión a reacción, una presencia humeante de la cual ya ni siquiera era consciente.

Más allá, los mormones y los negros alborotadores se habían infiltrado en el sur, y al norte, la gente podrida de dinero. Mientras subía la temperatura diurna de Phoenix, achicharrándolos vivos a todos, en la cegadora claridad se sintió como una mujer cercada.

Ya en la calle, disponiéndose a ir al banco, le vino a la memoria algo que acababa de leer. La mano de los testigos caerá primero sobre él para matarlo, y después la mano de todo el pueblo; así quitarás el mal de en medio de ti. Dt 17, 7. Esas leyes deberían haber sido entendidas claramente por las multitudes.

Su banco era el First State, una de las tres filiales de idéntica construcción que operaban en el este, el oeste y el centro de Phoenix. Por su estilo suntuoso, semejante al de un jardín botánico, ella siempre se imaginaba que vería pájaros dentro, en lo alto. Un guardia de seguridad atendía un mostrador de información local centralizada. Todo era de mármol. La señora Houston se quedó maravillada ante la fría superficie donde rellenó el impreso de depósito y sobre la que se apoyó a la espera de que desapareciese la cola de gente; y también sintió admiración por el guardia de seguridad, un caballero bronceado de pelo blanco. En aquella luz refrigerada parecía surgir inmaculado como Adán. Procuró acercarse a él al dirigirse a la cola que había ante las ventanillas de los cajeros, y se detuvo un momento para disfrutar del acontecimiento del día.

—Tiene usted un aura de santidad —le dijo.

El guardia esbozó una sonrisa cauta y cortés.

—En los meses calurosos de la primavera puedo ver el aura de la gente —prosiguió la señora Houston—. Se me manifiestan los signos y las tangentes apariciones.

De pronto se sintió horrorizada por haber hecho esa confesión; pero le consideraba un hombre muy amable, preparado para escuchar cualquier noticia con una neutralidad amistosa y un leve movimiento de cabeza, como si se hubiese vuelto sordo. Pero no era sordo.

—¿Tiene usted que hacer alguna operación en este banco, señora? —le preguntó.

—Pues claro que sí —contestó la señora Houston—. ¿Es que no me reconoce?

—Probablemente vea a unas quinientas personas… —repuso el guardia, con un gesto de molesta disculpa.

—He venido aquí cincuenta veces o más —lo interrumpió ella—. Cada primero de mes.

El guardia negó con la cabeza, y le contagió la tristeza con que lo hizo.

—No me conoce —se quejó ella, y se acercó turbada a la cola de los cajeros.

No es que esperase que la recordaran todos los empleados del banco; solo que una vez había sido guapa, y jamás se había creído del todo que con el tiempo pasaría inadvertida.

Por un momento, de pie tras media docena de personas, sintió como si se disgregaran todas las partes de su ser. En ocasiones como aquella, el estómago se le hacía un puño, y comprobó que era inútil clamar al Señor.

La señora Houston caminó siete manzanas hacia los bajos montículos de South Mountain. Hacía calor. Siempre que levantaba la mirada hacia el sol sin darse cuenta, veía luego un punto negro que le estorbaba. Por la calle Carter se metió en el portal del único edificio de tres pisos que había en varios bloques.

Al pie de las escaleras se detuvo para hacer acopio de valor. No es que se encontrase débil, ni que las escaleras le resultaran arduas; pero no tenía idea de lo que le esperaba, de lo que le estaría predestinado en Rosa's Cantina. Al cabo de un momento empezó a subir; pasó por el segundo piso, con el salón de tatuajes cerrado, la tienda de discos de segunda mano y la oficina chicana de rehabilitación para drogadictos. En la tercera planta, tras detenerse a rezar: Dios mío, que se cumpla y me sea favorable, entró en el ambiente permanentemente fresco y opiáceo de Rosa's.

Era una tarde de poco movimiento. Alrededor de la casi media docena de mesas de juego abatibles, las sillas plegables, pintadas con un brillante barniz purpúreo, aguardaban vacías. El suelo era de linóleo, y las paredes estaban adornadas con recortes de unos quince centímetros de guitarras, mariachis y claves de sol, aunque se mantenía un toque de la decoración anterior, como el nombre «Rosa's», de una época pasada en que el local había funcionado efectivamente como una especie de taberna. Cuando entró, deseando que le indicaran la mesa más adecuada para aquella tarde, Carlson apareció de pronto y se apresuró a acomodarla. Era un hombre alto, calvo, que lucía con ostentación, como un sombrero, una peluca patética. La señora Houston no ofreció resistencia mientras él la cogía por el codo para llevarla a una mesa en el centro justo del salón, equidistante de dos paredes en las que colgaban los retratos de una bailarina sobria y hermosa, con un vestido rojo, y un joven torero con su traje de luces.

Respiró con alivio. El aire parecía más fresco de lo que era, porque el sol de última hora de la tarde entraba tamizado por unos visillos blancos y diáfanos. Dos minúsculos aparatos de aire acondicionado llenaban el ambiente de un rumor manso y apagado que hacía casi inaudible la discotequera música latina emitida por unos altavoces estereofónicos y automáticos colocados en el alféizar de una ventana. El señor Carlson le sirvió un té oscuro en una taza con el anagrama grabado de Thomas's Cafeteria.

En la única mesa ocupada, el señor Miguel Michelangelo entretenía a un grupo de tres chicanas jóvenes con una lectura ingeniosa de las cartas del Tarot. Las muchachas solo estaban satisfaciendo su curiosidad y no molestaban a nadie más que a la señora Houston, que no aprobaba aquella situación. Mirando la taza, se contuvo un momento antes de beber el primer sorbo de té. Se tomaba aquellas ocasiones con seriedad, con el propósito de adquirir alguna información sobre sus tres hijos, todos los cuales se encontraban hostigados, atormentados y dominados de manera intermitente por el Maligno.

La señorita Sybil, que estaba sentada en silencio junto a la ventana, mirando con detenimiento los visillos como si contemplara un mundo de blanco significado, percibió ahora la presencia de la señora Houston, se acercó a su mesa y se sentó. La señorita Sybil esperó cortésmente con las manos cruzadas, sin decir palabra; era una mujer judía de Queens, con un sostén monstruoso cuyo contorno se transparentaba enteramente a través de su blusa de un amarillo chillón. Cuando la señora Houston se hubo bebido la mitad del té, la señorita Sybil alzó la taza y empezó a remover las hojas, apartándolas hacia las paredes del recipiente con la cucharilla.

—Veo que va mejorando —dijo—. También que ha sufrido una decepción. La veo mejorar y empeorar, aunque esto último solo un poco, y en el futuro sobre todo mejorará. ¿Tiene hijos? Veo hijos, chicos. ¿Chicos? ¿Cuántos? ¿Tres? ¿Y cuántas chicas veo, dos, una? Ninguna chica, muy bien. ¿Sigue en casa algún chico? Eso es, veo a uno que casi vive en casa, va mucho de visita. ¿El más joven?

Hizo una pausa para cobrar aliento mientras removía las hojas. La señora Houston se sintió vagamente molesta porque la señorita Sybil fingía no recordar nada de ella; siempre tenía que descubrirlo todo de nuevo en las hojas de té, inspirada, de eso estaba segura, por las involuntarias respuestas que le lograba arrancar.

—¿Qué es esto? —preguntó entonces la señorita Sybil, volviendo a guardar silencio. El rumor del aire acondicionado lo nivelaba todo; el ambiente no sufría ninguna turbación—. Veo que está usted preocupada por algo…, algo…, algo…

—William Junior, el mayor. ¿Qué ve?

—Veo al mayor, al mayor…, ¿no está ahora en la ciudad? No, ya no vive aquí…, ¿va a verlo pronto? ¿Quizá?

—¿Cuándo? —preguntó la señora Houston, agarrando a la mujer por la muñeca.

—Muy pronto —respondió la señorita Sybil, liberándose con una sacudida de la mano—. Creo que… quizá muy pronto, tal vez no tarde mucho. A lo mejor dentro de pocos días.

—¿Le ha ocurrido algo malo a mi chico?

La señorita Sybil dejó la taza en la mesa. Bajo el exótico maquillaje, la señorita Sybil tenía unos ojos corrientes, redondos, brillantes y disconformes con el mundo visible.

—¿Algo malo?

La señorita Sybil tenía dos hijos. Hacía once años que había emigrado de Queens.

—¿Qué de malo, exactamente?

Observó a la anciana sentada al otro lado de la mesa, a la madre en tensión, a la campesina inconmovible. No era preciso estudiar las hojas para adivinar qué clase de existencia había a sus espaldas o quedaba ante ella, una vida muy parecida a la de la señorita Sybil, que guiñó dos veces los ojos mirando a la señora Houston y afirmó:

—Sí, el Mal se ha apoderado de él.

A la señora Houston le aturdió su tono rotundo.

—Pero ¿no…?

Se calló, y su silencio se fundió con las voces blancas de los aparatos de aire acondicionado.

—¿No qué? —la incitó a continuar la señorita Sybil, escrutándose la palma de la mano.

La señora Houston volvió a agarrarla de la muñeca, casi con violencia.

—¿No triunfará el bien? Usted siempre ve lo bueno de las cosas. Siempre dice que al final…

—Eso es en un futuro —repuso, irritada, la señorita Sybil—. Es fácil predecir que el futuro será bueno y todo eso, porque nunca llega, querida. Pero basta con que por un momento eche una ojeada a su alrededor. Para nadie es un secreto que todos estamos en el barro. Que vivimos en una cloaca. Para mañana, el pronóstico es el mismo. No me dé propina, querida mía; no quiero su dinero.

Se levantó bruscamente, con un movimiento que llamó la atención del señor Miguel Michelangelo y de las tres jóvenes.

—Tiene usted demasiada mala suerte.

Desapareció con la taza de té en la pequeña cocina.

La señora Houston, muy a su pesar, siguió sentada, acalorada y agobiada ante la visión de un terrible futuro.

Un complejo rataplán de bongos y de piano irrumpió en sus pensamientos, y vio que un joven chicano vestido con un traje de color canela manipulaba los mandos del estéreo. Se sentó en la mesa más cercana a los altavoces, privilegiada e individualizada por la fresca luz que le daba de lleno. A ojos de la señora Houston, emanaba una presencia mística cautivadora. No sintió deseos de aproximarse a él.

«Corazón, ¡ay, ay!, corazón», cantaban los altavoces en tono bajo. El muchacho, que probablemente no tendría más de dieciséis años, empezó a hablar solo sin mirar a nadie. Resultaba evidente que había caído en una especie de trance. Sintiéndose como una transgresora, la señora Houston lo miró con fijeza. No era guapo, pero su aire pulcro se intuía difícil de mantener. Sus labios, que se juntaban y separaban con rapidez, independientemente de sus rasgos pétreos, parecían tan rojos como los de una muñeca. No alcanzaba a oír lo que estaba diciendo —ahora apenas susurraba—, pero creyó distinguir la palabra «morir» o «mártir», y otra semejante a «serio» o «serie». Se preguntó si estaría hablando en inglés. Jamás había visto antes a una persona en trance. Entonces se acercó a él, como impelida.

Con cuidado de no provocar ruido alguno al mover la silla, se sentó a su lado. El muchacho, con la vista al frente y las pupilas negras ligeramente levantadas, apoyaba las manos entrelazadas con fuerza sobre la mesa delante de él.

—El vacío de los santos adultera las obras del pasado —musitaba el muchacho sin tono ni inflexión en la voz—. La fe y la agonía se quejan de los ojales. Muchos ojales pequeños que ven muchas cosas.

La señora Houston pensó en su hijo William y se concentró en su imagen. Depositó dos dólares junto a las convulsivas manos del muchacho. Desechó la idea de que estuviera fingiendo. No entendía nada pero creía que allí se hallaba la solución.

—La búsqueda de cosas en el espacio —decía el muchacho—, cosas que hemos perdido, que vuelven, que desaparecen en el vacío de la mirada. Cada rostro es un momento, cada momento es una palabra, cada palabra es un sí, cada sí es un ahora, cada ahora es una visión de fe.

Aunque no tenía los ojos cerrados, a la señora Houston le dio la impresión de que los había abierto de pronto.

—¿Había que interpretar algo? —preguntó el muchacho—. Tal vez haya oído algo sobre lo que valga la pena meditar. Lo ignoro.

No tocó el dinero. La señora Houston guardaba silencio, tratando de recordar y de aprenderse de memoria la profecía musitada. El rostro es momento, es palabra, es sí, es ahora; cada ahora es una visión de fe. Sabía lo que significaba «sí»: William Junior. Sí, venía a Phoenix. El resto tendría que meditarlo como había sugerido el vidente.

Ella se turbó bajo su tierna mirada. Sintió deseos de decir algo que le impulsara a marcharse. Hizo un gesto hacia los dos dólares que había dejado en la mesa, entre ambos.

—Hábleme de usted, por favor —le indicó el muchacho—. Solo un ratito; luego tengo que marcharme.

Su interés era tan claramente genuino que ella se alarmó. El corazón empezó a latirle con violencia.

—Pues ¿qué le voy a decir? De repente me siento tan tímida como una muchacha. Pero ya no lo soy —aclaró, recordando la indiferencia del guardia del banco—. El primero de agosto cumpliré setenta años, si Dios quiere.

Se calló; pero el muchacho no dejó de mirarla a la cara. No la sondeaba, ni siquiera parecía muy curioso. Solo permanecía quieto, simplemente interesado.

—Me gusta escuchar la KQYT —se aventuró a decir—. Ya sabe, la emisora donde nunca hablan. La pongo muy baja, casi como si no estuviera. Una cajera del supermercado me dijo, en el Bayless, que tendría que volverme al monte si no me gustaban aquellos precios. Pues bien, pretendo explicarle a usted que subsisto gracias a unos ingresos fijos. Tendré que quejarme de esos precios, ¿no le parece? Alguien, *todos* debemos quejarnos y rogarle al presidente que se apiade de nosotros. Y yo no soy de monte, si vamos a eso. Yo vengo de la tierra roja del mismísimo centro de Oklahoma. De cuando en cuando se ve algún cerrillo por ahí, pero ningún monte, se lo juro. Me preocupan mis hijos porque han caído. Dos de ellos han estado en la cárcel, y el pequeño no sabe dónde tiene la cabeza; él también acabará entrando antes de que me muera. Viviré para verlo sufrir en la oscuridad de una celda, igual que los otros dos. William Junior es el mayor, de mi primer marido, el verdadero. A James y Burris los tuve con Harold Carter Sandover. No me avergüenzo de no haberme casado con él; quiero decir que él no se casó conmigo, eso es todo. Sabía hablar bien, de esa manera con que se logra que una mujer confíe en un hombre, creyendo que ya está casada y se le ha olvidado. ¡Vaya, que te apagaba las luces y te montaba una película de la nada solo con palabras! Y tanto hablaba que acabó en la cárcel de Florence, módulo seis, el de alta seguridad. Nunca jamás saldrá en libertad, y yo no puedo ir a visitarlo ni serle de ayuda ni nada. ¡Culpa suya! ¿Quién consintió en casarse con él al instante? ¿Con quién afirmó que se casaría mañana, y luego nunca lo hizo? Me dijeron que saldría al cabo de dos a cinco años, pero allí se metió en una especie de jaleo, según cuentan, con algunos de los que controlan que no se escapen. Luego lo encerraron en el recinto de máxima seguridad, y allí estuvo bien una temporada, pero un hombre recibió una noche una bala en un brazo, y una pandilla trató de convencer a todo el mundo de que H.C. Sandover tenía el revólver en la mano cuando se disparó el tiro. Luego murió, no H.C., no me refiero a él, sino al hombre que inició el alboroto por el que tuvieron que dispararle; creo que así pasó, al menos esa es la noticia que me llegó: en la cárcel hay que ajustarse a un código o morir, y aquel hombre había quebrantado el código. Y metieron a H.C. en la supermáxima, donde solo puede ir de visita la familia, política y de sangre. Pero ¿por qué dejan entrar a todos esos periodistas para entrevistar a alguien como Stacey Winters? ¡La semana pasada apareció en los periódicos! No es justo, ¿verdad? Yo me rijo por la palabra de nuestro Señor Jesucristo. Me aferro a él como a una roca en la tormenta, sigo sus enseñanzas, amén, amén, pero no alcanzo a comprenderlo. Y exclamo mierda, mierda; no me importa decirlo, es una palabra que se encuentra en la Biblia. Ahora está en el módulo seis, y noto que el mal está cayendo sobre mi hijo mayor, William Junior, como el sarpullido que produce un jersey de lana. —Sacudió los dedos e hizo una mueca, como si hubiera tocado algo con cierta carga de electricidad—. Tenía treinta y tres años cuando di a luz a mi primer hijo.

Y de pronto se quedó callada, rascándose la nariz, como si hubiese olvidado de qué estaba hablando.

El muchacho se levantó de la mesa sin comentar nada. Allí quedó el dinero que ella le había dejado. El señor Carlson salió a encender las luces fluorescentes.

Cuando ella bajó las escaleras y salió del edificio, se sorprendió al comprobar que ya anochecía. En la esquina de la calle una ambulancia parada emitía destellos azules y blancos. Todo parecía increíblemente silencioso. Había niños alrededor y apenas hablaban. Se veían siluetas de curiosos fisgoneando en las ventanas. La señora Houston sintió como un puño de hielo en el pecho, que se aflojó y desapareció cuando se dio cuenta de que la ambulancia, la gente, la tragedia de la calle, fuera lo que fuese, no le incumbía en absoluto. Unos hombres sacaban una camilla de aluminio de un billar, cogiéndola por los brazos; después, en cuanto las puertas traseras de la ambulancia se cerraron de golpe, volvió el ruido y la escena empezó a esfumarse. A oídos de la señora Houston, aquellas sirenas modernas parecían aullar: «¡AY, TÚ!, ¡AY, TÚ! ¡AY, TÚ!». Los curiosos desaparecieron. La calle recobró el aspecto de lugar donde nunca ocurre nada. Alzó la vista a la ventana del tercer piso: tras los diáfanos visillos distinguió al señor Carlson, que limpiaba una mesa.

Al caer la noche, casi instantáneamente se notó más frío en las calles. Empezó a correr viento, como siempre a aquella hora, levantando nubes de polvo y haciendo resonar las cosas. La señora Houston avanzaba laboriosamente, cubriéndose la boca con un pañuelo, cuando casi tropezó con Jeanine Phillips junto al buzón, porque no la había visto acercarse. Que el cielo tenga piedad de mí, pensó la señora Houston. Jeanine llevaba bajo el brazo el grueso libro religioso de color azul oscuro.

—Iba a dejarle una nota —aclaró Jeanine, apartando la mano del buzón de la señora Houston.

—Estás buscando mi cheque —repuso la señora Houston—. Andas detrás de mi cheque.

Jeanine presentaba un semblante muy vivaracho aquella noche; parecía una enfermera. Llevaba una gabardina blanca y se había cortado mucho el pelo rubio.

—No estaba haciendo nada —dijo con empeño.

—Mi dinero está en el banco —anunció la señora Houston.

—¿Puedo pasar un momento a charlar con usted? He de hablarle de Burris.

—A Burris no le vendría mal pasarse un día sin su droga.

Se quedaron un momento a la intemperie, calladas.

—A algunas personas —empezó a explicar Jeanine— les resulta muy dolorosa la vida material. Reconozco que estaba completamente loca por Burris y olvidé que lo primero es lo primero; que deberíamos ayudarlo para que alcanzara el plano superior, señora Houston: la vida morontial.

La señora Houston sintió pasar el aire a través de su cuerpo como si fuera de gasa y cerró los ojos. Siempre la aturdía el enrevesado catecismo gnóstico de la novia del menor de sus hijos.

—Repítele a Burris lo que voy a decirte ahora mismo: con mi dinero solo comprará más sufrimiento. Tiene que aprender... ¡Vaya! —De pronto la dominó la pasión—. ¡Que el mundo es hermoso! La alegría es nuestro objetivo principal...

—El caso es... —la interrumpió Jeanine—. Señora Houston, el caso es que no come, no duerme y no contacta con su Ajustador del Pensamiento. Todos tenemos una especie de Ajustador del Pensamiento más o menos asignado. Y cuando uno duerme..., bueno, no sé cómo es. Burris necesita dormir. Le hace falta. No puede dormir.

—Dile que lo que le urge es arrodillarse en su desgracia y *rezar*.

Jeanine emitió un sollozo desagradable que casi sonó como el ladrido de un perro.

—¡Nunca se pondrá a rezar!

Se encontraba de pie en el jardín, con el grueso libro lleno de estupideces con el cual pretendía regir su vida. Tras ella, la casa permanecía oscura. La señora Houston notó polvo y sal en los labios.

—Bueno —la confortó—, ¿quieres un poco de limonada? Si no te apetece, tengo chocolate con leche.

—Gracias —contestó Jeanine.

—Pero no hay dinero para la droga de Burris. Solo limonada o chocolate con leche, eso es todo.

Entró en la casa.

Jeanine se marchó antes de las once. Otros veinte dólares tirados; ¿y por qué? Porque quiero a mi hijo. En este momento siento lo mismo que cuando lo mecía entre mis brazos y era mi chiquitín. Yo tenía cuarenta y cinco años... Se movió por la casa limpiando cosas con el pañuelo. Durante años había sido asidua de los programas de entrevistas, pero desde Navidad estaba sin televisión; le habían robado el aparato el 24 de diciembre. No le gustaba pensar que había sido Burris, pero ¿quién, si no, podría habérsela llevado?

Dejó encendida la luz de la cocina y fue a acostarse a la habitación del fondo, con la Biblia. A veces se sentía confundida al alzar los ojos del Viejo Testamento y ver el reloj eléctrico sobre la cómoda, para luego pensar en el mundo con su radar, las microondas y el Valley Communications Building, hecho enteramente de cristal.

Apoyó la Biblia sobre su estómago y se quedó dormida con la luz encendida. Soñó que mataban a un hombre a tiros.

* * *

Era domingo.

James Houston sacó la cabeza por la ventanilla de la furgoneta y escupió un salivazo que las fuertes náuseas le habían acumulado en la boca. Conducía Ford Williams, y Dwight Snow iba entre los dos con la tablilla en el regazo.

—¿Qué te pasa? —preguntó Ford, alzando la voz por encima del fragor del viento que levantaban a su paso.

Conducía con una mano, frotándose los ojos y gesticulando nervioso con la otra.

—No sé, amigo —respondió James—. Creo que anoche comí alguna porquería que no me sentó bien al cuerpo.

Había una cerveza encajada en el revestimiento desgarrado de la puerta para que se mantuviera derecha, y una especie de flor artificial sobresalía del cuello de la botella.

—No me sentó pero nada bien.

Sacó la flor, la olió y la tiró por la ventanilla. Dwight Snow exclamó: «¡Eh!», y luego encendió un cigarrillo.

James dijo unas cuantas palabras más que nadie oyó, porque asomaba la cabeza por la ventanilla.

Avanzaban a más de cien kilómetros por hora por un paisaje que se iba ensanchando cada vez más. Eran las siete menos cuarto, hora de la mañana presidida por la mitad de un sol perfectamente plano y de un naranja maligno. Los cactus que se alzaban en el desierto a la altura de la rodilla arrojaban sombras de casi veinte metros de largo. A docenas de kilómetros a su alrededor, todas las superficies eran púrpuras o deslumbrantes. Detrás de ellos, al suroeste, quedaba Phoenix, como un sueño materializado entre el humo y la niebla.

—Pues dicen —aseguró Ford Williams— que los fritos revuelven la sangre.

—¿Y eso a qué viene? —preguntó James. Apenas se oía a sí mismo, con el viento y el traqueteo.

—Muchacho, no son ni las putas siete de la mañana —contestó Ford—, así que no preguntes.

—Solo quiero saber qué pasa. Es decir, de si estamos teniendo una conversación de verdad o una conversación de siete de la mañana —puntualizó James.

—Yo empiezo ahora a tener confianza en esta carretera. Dentro de dos o tres minutos estaré medio despierto —comentó Ford. Volvió la cabeza y gritó al oído de Dwight Snow—: ¡Café!

Dwight ni siquiera pestañeó; dio una calada al cigarrillo y miró fijamente a la carretera con unos ojos opacos semejantes a los de un lagarto.

En un momento, Dwight consultó los datos de los vehículos en la tablilla.

—Debemos tomar la salida catorce —informó.

—¿Eso es todo lo que dice? —preguntó James, escupiendo otra vez por la ventanilla—. Quiero todos los detalles. ¿Cómo vamos a encontrarlos?

Están junto a la carretera. Son dos motocicletas, un Cadillac rojo y un BMW deportivo, de color verde azulado. Cuando los encontremos, habremos llegado.

—A unos seis kilómetros. Hasta la salida catorce —añadió Ford.

—¿Se ha llevado todo eso? —se admiró James—. ¿Las motos y todo lo demás?

—Esa persona no conoce límites, ¿eh? —dijo Ford.

—Dos motocicletas. Un Cadillac. Un BMW —apostilló Dwight.

—Ese tipo debe tener su propia deuda pública o algo así —observó Ford.

—Si le birlamos todos sus cacharros, ¿cómo va a ir por agua al almacén? —preguntó James.

—Probablemente tendrá otros diez coches —sugirió Ford—. Financiados por otras bandas.

Dwight escribió unos garabatos con el lápiz en la tablilla, como si realmente estuviera anotando algo, pero no había razón alguna para subrayar los títulos.

—Tenemos que pensar cómo vamos a llevarnos todo eso —dijo.

—Yo digo que aparezcamos a punta de pistola y lo inmovilicemos por completo mientras cumplimos nuestra misión divina y nos agenciamos las cosas —repuso Ford—. Como si entráramos por la puerta trasera de su casa.

Dwight resopló fuerte para que se le oyera pese al viento y al ruido de la camioneta.

—Bueno, no creo que podamos llevarnos todo el material sin que él se entere —ironizó Ford—. Sé razonable, por favor.

—¿Razonable? —replicó Dwight—. Tú no sabes lo que significa esa palabra.

James se llevó a la boca un vaso de plástico y vomitó un poco. Trató de asustar a Dwight simulando que se lo vertía en el regazo y luego lo tiró por la ventanilla. Golpeó en la guantera hasta que se abrió y sacó un enorme revólver Colt.

—¿Qué vas a hacer con eso? —preguntó Dwight.

—Voy a matarte, hijoputa —le espetó James.

Y empezó a disparar por la ventanilla, al desierto.

Una de las motocicletas era una preciosa Harley con parabrisas y maletines traseros, y la otra una pequeña Honda todoterreno maltratada y envejecida de forma prematura. James y Dwight levantaron sin esfuerzo la moto campera y la metieron en la parte de atrás de la furgoneta, pero para cargar la Harley tendrían que ponerla en marcha y subirla por la rampa portátil, arrancando a la vez el Cadillac y el BMW para no perder tiempo.

—Esto no va a ser fácil —comentó Ford.

Habló en voz muy baja, con los brazos apoyados sobre la barandilla de la camioneta y la cabeza descansando en los brazos, como si fuera a dormirse. No parecía que hubiesen notado su presencia. La casa —una cabaña, en realidad, con un par de habitaciones y nada más— se erguía a la sombra de una roca enorme. El Cadillac se encontraba junto a la vivienda, justo debajo de una ventana. El BMW, pegado a la parte trasera del Cadillac; no había ni un centímetro de espacio entre los dos. Evidentemente, habían tomado precauciones.

—Así que ¿cómo lo vamos a hacer, amigos? —preguntó Ford.

—Yo digo que entremos, le volemos la cabeza, violemos a las mujeres, nos comamos la comida y le quememos la casa —sugirió James.

—Hemos de actuar según las normas —recordó Dwight.

—Pareces un poco pálido, Dwight —observó Ford—. ¿Estás asustado?

—No me da mucho el sol últimamente —repuso Dwight—. Vamos a proceder. Yo, al BMW; tú, al Cadillac; James, a la Harley. —Y volviéndose a James, añadió—: Y, desde luego, tú tendrás que conducir la camioneta.

—Claro que sí, me encanta.

—Si os creéis que os estoy dando lo más difícil y yo me quedo con lo fácil —dijo Dwight—, habéis acertado.

Se pusieron a la tarea, cobrando un aire de cautelosa eficiencia que rayaba en el espanto. El sol brillaba más alto. A su alrededor, el cañón sin salida parecía una cuchara de luz. Dwight encontró ciertas dificultades para abrir la puerta del BMW con el gancho de una percha. Ford tuvo que ayudarlo cuando terminó con el Cadillac. Ninguno hablaba. James había quitado la tapa del contacto de la Harley y la depositaba con suavidad en la parte de atrás de la furgoneta, cuando Dwight se acercó a él, furioso, murmurando:

—¡Joder! ¿Qué llevas en el cinturón? Deja eso en la camioneta.

James lo miró fijamente, poniendo la mano en la culata del Colt, que le sobresalía por el pantalón.

—Es que me gusta sentir que estoy al mando, Dwight.

—Pues no estás al mando de nada. Lo estoy yo. Esta operación es mía. Lo que estamos haciendo es una recuperación legítima de bienes por los que un ciudadano normal y corriente no ha pagado. Si insistes en llevar el arma, nos vamos al ámbito de robo con agravante.

—No quiero que me disparen.

—Ese pistolón no te protegerá de las balas. Solo te va a dejar bien jodido si nos pillan. Ya hemos discutido esto, James. Utiliza la cabeza, ¿de acuerdo?

—Anda y que te jodan.

—Ya no trabajas más para mí—dijo Dwight, con un suspiro.

—Bla, bla, bla —dijo James, suspirando también, pero dio la vuelta a la camioneta y depositó el revólver en el asiento.

Ford hacía señas con la mano por fuera de la ventanilla del Cadillac, indicando que estaba listo para empalmar el puente de contacto. Dwight se acercó a él.

—¿Has mirado bajo el capó? —le preguntó.

—¿Qué más da? —repuso Ford—. O arranca o no arranca.

Si han quitado los distribuidores, los han quitado y punto. ¿Quieres que nos larguemos o no?

—No nos conviene que aquel se ponga en marcha —señaló al BMW— y que este no arranque. Porque entonces oirán ruido y no podremos largarnos.

Por encima del Cadillac miró hacia las colinas, lejanas y bajas.

Indicando con un encogimiento de hombros que nada de aquello era necesario, Ford salió del coche y, con el mayor sigilo, levantó el capó. Luego lo bajó y volvió a subir al automóvil, dando a entender con idéntico gesto de hombros que tenía razón.

—Venga, vamos a intentarlo —dijo Dwight.

Entró despacio en el BMW azul y juntó los cables debajo del salpicadero. James montó en la Harley y alzó la mano. Dwight sacó el brazo por la ventanilla del BMW.

Me toca a mí, pensó James. Dwight bajó la mano.

Me encanta, pensó James. Conectó los cables y la Harley se puso en marcha; metió la velocidad con el pie y subió por la rampa. Al mismo tiempo, los tubos de escape del BMW y del Cadillac expelieron humo. James subió a la camioneta con la Harley y la depositó de lado. Los dos coches se movieron hacia atrás casi al unísono. James echó la rampa a la parte de atrás de la camioneta, como si no pesara nada, y cerró la trampilla de golpe. Dwight ya estaba en la carretera; Ford Williams iba justo detrás de él.

Desde una de las ventanas de la casa dispararon un arma.

Los coches ya se habían alejado de la escena, pero James aún no había arrancado la furgoneta. Fuera lo que fuese lo que utilizara el inquilino de la casa, revelaba un grueso calibre y una sincera intención de tirar a matar: las balas mordían el polvo y resonaban con horrible estruendo en la carrocería de la camioneta. Una metralleta, soy hombre muerto, pensó James. Abrió la puerta y alargó la mano para coger el Colt del asiento. El arma automática dejó de disparar durante un momento, pero volvió a abrir fuego y lanzó contra el costado de la furgoneta una andanada que la hizo parecer muy frágil. Tumbado sobre el asiento, James sacó el revólver por la ventanilla y disparó dos veces. El fuerte retroceso del Colt, del calibre cuarenta y cuatro, casi le arrancó el dedo. Con la mano izquierda giró la llave de contacto. Disparó otras dos veces, acertando solo al cielo infinitamente azul de la mañana, dejó el revólver en el asiento y se incorporó para manipular las marchas. Me mata, me mata, me mata; el humo acre y azufrado de la pólvora llenaba la cabina, y James no podía respirar. Desde la cabaña dispararon otra andanada, pero fue a parar lejos de él mientras la camioneta saltaba hacia adelante. Al salir de los terrenos de la casa y torcer hacia la carretera, sintió un violento dolor en la espalda, donde la carne había presentido las heridas.

A la entrada de la autopista le esperaban el Cadillac y el BMW. Con los parachoques pegados, se precipitaron a la carretera a ciento treinta por hora.

—Caravana —dijo James, aunque nadie pudiera oírle—. Una puta caravana.

Solo percibía un tremendo rumor en su cabeza. El sol de la mañana, que entraba por el cristal trasero de la cabina, daba un increíble tinte de oro al interior de la camioneta, el oro de los conquistadores, el oro de la obsesión y de la servidumbre.

Al entrar, James se iba limpiando el rostro con un pañuelo. Su casa era una de las pocas de dos pisos que había en el barrio, y la cocina, por razones que ya nadie podía explicar, estaba en la planta superior. Respiraba con cierta dificultad, de pie ante la nevera, cuya puerta abierta sujetaba con una mano mientras con la otra se tiraba del borde de la camiseta.

—¿No hay limonada? —preguntó a Stevie.

Stevie tenía una revista abierta ante ella, sobre la mesa de formica. Junto a la revista había unas tijeras y un montón de cupones de descuento.

—¿Limonada? Me parece que sí. ¿No hay?

—¿Y Wyatt? —quiso saber James al tiempo que destapaba una cerveza.

—Abajo. En la parte de atrás, supongo.

—¿En la parte de atrás? ¿Qué está haciendo?

—Déjalo en paz, cariño.

—Solo he preguntado qué está haciendo. No me he movido de aquí, ¿vale?

Sintió un escalofrío de júbilo al mirar por la ventana hacia los tejados de las casas bajas y el barrio polvoriento, y pensar que las balas habían atravesado el costado de la camioneta, pero él seguía allí, vivo.

—¿No te parece bien que me interese por mi hijo?

Viendo a Stevie con la revista, las tijeras y los cupones, sintió la misma exaltación, un estremecimiento tan fresco y tangible como la cerveza en su estómago, y comprendió que quería muchísimo a su mujer.

—Te quiero, Stevie —dijo.

Sorprendida, ella alzó la cara y lo miró. Tenía las uñas largas y pintadas de rojo, a juego con los labios. Un pañuelo con flores estampadas cubría algunos rulos en su cabello moreno.

—Yo también te quiero, cariño —contestó.

Le tendió la mano. James se inclinó y la tomó en la suya. Así permanecieron durante un minuto, torpemente, casi como si James pretendiera tomarle el pulso y hubiese descubierto que no tenía.

—He preparado las camas para tu hermano y su compañera de viaje —comentó ella—. Vamos a ser buenos anfitriones con todo el mundo.

Su hijo Wyatt empezó a graznar como un cuervo junto a la puerta.

—¿Es que no sabe abrir la puerta él solo? —inquirió James, soltando la mano de su mujer y rascándose el vientre con furia.

—A lo mejor tiene las manos ocupadas —sugirió Stevie.

—¡Si quieres que te abran la puerta, dilo en cristiano! —gritó James, asomándose a la escalera.

En el fogón había un cacharro de barro; de pronto observó que las ventanas estaban opacas de vaho y que las paredes rezumaban un poco de humedad: Stevie había preparado un estofado, o un caldo. Sintió claustrofobia. Fue a la escalera y vio a su hijo tras la puerta de alambrera. Llevaba un sombrero verde de vaquero sujeto con una cinta a la barbilla y gritaba, haciendo como que no sabía hablar ni abrir una puerta.

—Oye —le dijo James—. Abre esa puerta tú solo.

—Amor… —dijo Stevie, mientras Wyatt lanzaba otro chillido de supuesta desesperación.

—Se porta como si tuviera dos años —dijo James a Stevie y, en voz alta, añadió en dirección a la escalera—: Cállate y abre la puerta.

Wyatt siguió aullando sin palabras. A James le pareció que se dirigía a su madre y a él lo ignoraba, como si no estuviese allí en absoluto. Una rabia casi incontrolable se apoderó del padre.

—Si me haces bajar la escalera, te vas a enterar —advirtió a su hijo.

Luego bajó los peldaños de dos en dos y abrió la puerta de golpe, de modo que Wyatt cayó sentado. El niño soltó un llanto perfectamente auténtico que revelaba no poco terror. James lo puso en pie de un tirón y le mostró la puerta. Se sorprendió al ver que todavía tenía la cerveza en la mano y dio un trago mientras se esforzaba por calmarse.

—Ahora abre esa puta puerta o te mato.

Wyatt alzó el brazo y lo dejó caer, desistiendo con un desconsolado sollozo.

—¡No me jodas! —exclamó James.

Le dio media vuelta y le atizó tres fuertes cachetes sobre los fondillos del pantalón, corto, negro y de una talla exagerada. Volvió a ponerle delante de la puerta.

—Vamos, mierdica —le dijo—. No me desobedezcas.

Aunque Wyatt alzó el brazo y cogió el picaporte, parecía no saber cómo manejarlo. Convencido de que estaba fingiendo, James lo volvió hacia sí y le dio dos bofetadas en la cara, primero con el dorso y luego con la palma de la mano. Wyatt cayó al porche de madera como fulminado por un ataque de parálisis. Los sollozos del niño resonaban por toda la calle. James permanecía de pie junto a él, con la cerveza en la mano.

De pronto, la vergüenza le hizo abandonar aquel enfrentamiento de voluntades. Abrió la puerta de alambrera, hizo pasar a su hijo arrastrándolo con una mano, lo dejó allí y luego salió al porche y miró hacia la casa del vecino de enfrente, sintiéndose como si lo hubieran hecho pedazos. Creía que estaban espiando. Tiró la lata de cerveza a la calzada, entre su casa y los ojos de los curiosos, tratando de encontrar alguna palabra que hiciese comprensible aquel inesperado incidente. Vivo en una de las poquísimas casas de dos pisos en toda esta parte de la ciudad, se figuró que le explicaba a algún inquisidor.

Decidió ir a Michael's Tavern, que se encontraba a un par de manzanas, a tomar algo bien frío. Mientras caminaba junto a la calzada sintió que la ira lo abrasaba por dentro en el caluroso mediodía, y se vio a sí mismo, como le sucedía con frecuencia cuando salía en días de calor, ardiendo en enormes hogueras cuyo sentido escapaba a su imaginación. Solo iba andando por la calle hacia un bar, pero mentalmente participaba de la eternidad de aquel lugar. Tenía la impresión, y no era la primera vez, de que su sitio estaba en el infierno y de que allí siempre sería dichoso. Le daba la sensación de que tocar a James Houston era como tocar una partícula del inmenso caparazón que formaba el desierto y con el que ocultaba los fuegos del centro de la Tierra.

* * *

Fuera, en plena noche, el polvo empezó a cubrir la superficie del agua, y el salvavidas de plástico, colgado de una cuerda de nailon, golpeaba de manera continua contra los eslabones de la cadena que rodeaba la piscina. Burris Houston se concentró en ese ruido y en el rumor de las cosas agitadas por el viento que penetraba al interior de la casa por cualquier rendija minúscula. Sentado en el sillón de mimbre del cuarto de estar, en la penumbra proporcionada por la luz de una pequeña lámpara, con las rodillas levantadas hasta el mentón, bebía cerveza y whisky Jack Daniels y veía cómo se movía por la pared la sombra de un modelo de Zero japonés. Se sentía mal, al abstenerse, contra su voluntad, de inyectarse.

Trató de olvidarse de su cuerpo observando la sombra móvil del arma de una nación derrotada, sorbiendo whisky y escuchando las repetidas señales, casi comprensibles, del salvavidas al chocar contra la cerca. Trató de concentrarse en el ambiente, en el polvo y en la falsa apariencia de madera de las viviendas precipitadamente construidas en el desierto en torno a las piscinas. En un estado que superaba la paciencia y la impaciencia, esperaba a su mujer. En su imaginación, y en la encogida estancia de su corazón, Jeanine se acercaba a él con dinero en la mano, flotando como un espíritu compasivo por la calle sin asfaltar, donde coches trucados, sin ruedas, se alineaban en la pista de ceniza.

Pero íntimamente no consideraba a Jeanine su mujer. En medio de una racha de buena suerte, estupefacientes y dinero, había estado catorce meses casado con Eileen Wade, a quien no había dejado de querer pese a que la odiaba apasionadamente.

En el trabajo, en un local de rock and roll de la calle Mac-Dowell, Eileen siempre llevaba pantalones muy cortos y medias con costura, y todas las noches él se apoyaba en la barra, sin oír al grupo que estuviera tocando, orgulloso de que ella le dedicara una atención especial porque era su mujer, y más satisfecho aún al pensar que los demás hombres acodados en el mostrador —vaqueros robustos y borrachos que no sabían cómo habían llegado hasta allí o pequeños proveedores de cocaína que llevaban anillos de oro y collares que parecían a punto de estrangularlos— ansiaban lo que él tenía y no podían alcanzarlo. Necesitaban compartir sus secretos con una mujer hermosa, desprenderse de una capa tras otra, de un antifaz tras otro, y aun así seguir sintiéndose adorado.

Pero todo se había desmoronado en algún tumultuoso bar de la ciudad, e inexplicablemente Eileen se había ido con otro: todas las canciones de la radio hablaban de su experiencia. Eileen vivía ahora con un hombre que él solo conocía como Critter, traficante de drogas y persona muy bien relacionada, y corría el rumor de que estaba embarazada, aunque Burris no lo creía. Critter poseía muchas cualidades de las que admiran las mujeres, pero había algo que fallaba; cuando Burris se ponía a pensar, siempre le parecía que alguna cosa no encajaba en aquella situación, y le daba la impresión de que no era más que un asunto provisional, un estúpido error, algo de lo que Eileen se arrepentiría pronto. Y mientras hacía esas consideraciones, sintiendo avanzar la abstinencia por las costillas y el pecho, bañando en whisky los electrizados huesos para calmarlos, se convenció de que Eileen ya estaba arrepentida, y comprendió que lo único que necesitaba para que todo cambiase era verla una sola vez.

Le asaltaron recuerdos de la gentileza con la que hablaba, tocaba o se movía, de cómo le había querido apasionadamente a pesar de sus errores y flaquezas. Y llegó al convencimiento de que un amor como el suyo no podía cambiar.

El viento seguía soplando cuando salió de la casa y casi le arrancó el pomo de la puerta de la mano, pero había amainado cuando llegó a la calle Roosevelt, a seis manzanas de distancia, donde permaneció en la acera con el dedo pulgar extendido. Había polvo en el aire, bajo las farolas; las estrellas brillarían pronto sobre la ciudad. Aquella noche no pasaban muchos coches; se le ocurrió a Burris que podría entrar en algún sitio a tomar una copa y preguntar a algún otro cliente si lo llevaba en coche. Le sorprendió lo sencillo que era todo en realidad: solo tenía que ir a verla y decirle que estaba preparado, que ya podía regresar, y todo volvería a su cauce. El orgullo lo había cegado en el pasado, y un dolor que esta noche lo eludía, y una ira hacia ella que ya no sentía. Liberado de energías negativas, se acercaba fácilmente a la solución.

Una camioneta pasó por su lado y, en la parte de atrás, un hombre se puso en pie con los pantalones bajados y le enseñó las nalgas. Alguien gritó algo que no llegó a comprender, y la camioneta desapareció por una esquina. Se quedó sorprendido y molesto. De pronto empezó a dolerle el corazón. Y como si aquella afrenta humillante hubiese removido sus recuerdos, comprendió que esta vez no iba a ser diferente de la media docena de ocasiones anteriores en que había tratado de restañar las heridas de su amor. Eileen no estaría en casa, o él no llegaría hasta ella, o, a lo peor, resultaba como la única vez que logró verla: con aire de fastidio, Eileen había llamado a Critter para que acudiese a la puerta, y Burris había intentado pasar por delante de él para explicarse con su mujer.

—¿Cariño? —no dejó de repetir—. ¿Cariño? Estoy aquí, recoge tus cosas.

Al principio, Critter hizo un mínimo esfuerzo para contenerlo, pero todo terminó de manera horrible, con Burris histérico, la cara llena de sangre, esposado y amarrado a unas anillas metálicas en el suelo de un coche patrulla. Ni siquiera se dio cuenta de que se había producido un enfrentamiento violento —tan absorto estaba en lo que quería decir a su mujer— hasta que logró calmarse en la comisaría mientras la sangre le goteaba desde la nariz a los vaqueros.

De pie ahora en la calle Roosevelt, mientras la temperatura nocturna iba descendiendo, volvió a consumirse de resentimiento. ¿Qué le había hecho pensar que podría perdonarla alguna vez? ¿Y cómo había podido ella tratarlo de aquel modo, a menos que solo sintiera odio hacia él? Dio vueltas por la acera, absolutamente incapaz de encontrar la dirección correcta. Moteles, gasolineras y farolas en las esquinas se cruzaban en su campo de visión. ¿Y cómo podía ella odiarlo ahora, si entonces lo había querido?

—Eres como un alcohólico —observó Jeanine.

Miraba los preparativos de Burris para pincharse.

Burris no encontró palabras para contestarle. La inexorable severidad de Jeanine, que él consideraba una estupidez, siempre lo desconcertaba.

—En tu actual existencia material no tomas más que decisiones inadecuadas. Estamos aquí para elegir. ¿Sabes lo que dicen los japoneses? Primero, el hombre toma una copa; luego, la copa toma una copa —prosiguió ella, inclinándose hacia adelante en el sofá, donde estaba sentada—. Después, la copa toma al hombre. O quizá sean los chinos, o quien sea.

—Como se me vierta esto por tu culpa —le advirtió Burris, retorciendo conjuntamente tres cerillas de papel—, te voy a pegar hasta que se me quite el enfado.

Rascó las cerillas y, sujetándolas con una mano mientras se encendían, alzó la cuchara con la otra.

—Burris, déjame hablar contigo un momento antes de que… ya sabes, antes de que te marches.

—¿Quieres hablar? Pues habla.

Burris sopló con cuidado sobre la cuchara para enfriar el líquido.

—Hablar es lo único que puedo hacer —le dijo Jeanine—. No puedo hacer nada más.

Alargó la mano para coger el grueso libro azul que tenía a su lado, en el sofá, y por un instante Burris la sintió en la periferia de su visión, una especie de graciosa y serena presencia blanca que llenaba el cuarto, pero mantuvo el foco de su atención en la cuchara de heroína licuada. Mientras pasaba las páginas del libro, Jeanine arrugó la nariz.

—Esa cosa siempre huele a colilla de cigarrillo rancio. A ver. Lucifer, al rebelarse contra Cristo Miguel se convirtió en uno de los que han sucumbido al ansia de egoísmo y se han rendido a la espuria libertad personal.

—¿Qué coño es eso? —exclamó Burris—. ¡Ah! —Vio que estaba leyendo.

—¿Ves? Eso es justamente lo que te pasa a ti, cariño. Como si ingresaras dinero en un mal banco. Cada vez que haces eso, eliges la extinción. Estás besando a la muerte. —Y siguió leyendo—: «El rechazo de la fidelidad universal y el descuido de las obligaciones fraternales. Ceguera ante las relaciones cósmicas». Oye, pensaba que ibas a escucharme un momento.

Burris sintió una pena inmensa de sí mismo en el mismo instante en que se introducía la aguja en la vena del brazo, porque los veinte dólares de droga no eran más que una broma pesada, un gesto medicinal casi inútil, una parodia de intoxicación que, sin embargo, lo ayudaría a dormir durante unas horas.

—Estoy escuchándote —dijo a Jeanine y, con aire ausente, añadió—: ¡Ojalá tuviéramos teléfono, coño!

—Te estaba contando lo que le pasó a Lucifer. ¿Sabes quién es Lucifer? ¿El demonio? Pero el que nosotros llamamos demonio en realidad se llama Caligastia. Aquí dice que era un príncipe; un príncipe destronado del planeta Urantia.

Por sus relaciones con Jeanine, Burris comprendía que Urantia era el planeta Tierra.

—Estás tan loca… —dijo, no sin afecto.

Cuando la heroína le subió, sintió que se le abrían las fosas nasales.

Jeanine sostenía en el regazo el voluminoso *Libro de Urantia*, examinándolo alegremente como si se tratara de un álbum de familia.

—La rebelión de Lucifer fue un enorme fracaso. Pero dice

aquí, en la página 609…, escucha: «Mientras Lucifer quedó despojado de toda autoridad administrativa en Satania, no existía ningún poder ni tribunal en el universo que pudiese detener o aniquilar al perverso rebelde». Y luego añade que sigue actuando, Burris. «Y así se les permitió a los rebeldes vagar por todo el sistema para que buscaran cauce a sus doctrinas de descontento y afirmación personal». Y aquí dice: «Prosiguen sus intentos engañosos y seductores para confundir y descarriar la mente de hombres y ángeles». Continúan sembrando profusamente el mal aquí mismo, en Urantia.

—Bueno —dijo Burris—, desde luego no hay riesgo de sobredosis, pero me sirve.

Lanzó un suspiro como si hubiera estado aguantando la respiración más de lo que podía resistir. Tenía las fosas nasales completamente liberadas. La gratitud del superviviente, la gratitud disolvente y femenina del que se siente salvado le iluminaba todos los folículos internos.

— ¿Sabes qué? Ahora mismo, tú pareces un ángel. Con esa gabardina blanca.

De pronto, el sabor de la cerveza le dio asco y le tendió a Jeanine su Schlitz a medio terminar.

Jeanine se acercó a él, se sentó en el suelo junto al sillón de mimbre, cogió la cerveza y bebió un trago. Cuando Burris la besó en la frente, ella apoyó la cabeza en su rodilla y le rodeó con los brazos hasta casi abarcarle la cintura.

—Tus vibraciones me contagian —le dijo Jeanine—. Cuando te colocas, yo también me coloco.

La paz se aposentó hacia medianoche. Burris se reclinó en el silencio y la ceguera de la heroína mexicana: un silencio que no está vacío y una ceguera que no es oscura.

4

Jamie se hallaba de pie en medio del jardín, al parecer nada segura de cómo localizar la casa, que tenía a diez metros; o tal vez un poco confusa, posiblemente un tanto desconcertada por la bandeja de pollo frito que Bill Houston acababa de pasarle. Ella y Burris habían tomado unas pastillas que él tenía. Era cosa de familia. Incluso la propia señora Houston, mientras observaba a la amiga de su hijo desde el cuarto de estar, bebía zumo V-8 con vodka en un vaso grande.

Bajo la implacable tromba de luz de la tarde, el aura de Jamie resultaba naturalmente visible a los ojos de la señora Houston como una atmósfera de niebla que la rodeara. La madre de Bill contuvo el aliento. Sin la menor vía de escape, sin el más mínimo y pobre resquicio por el que pudiera llegar a ella el sustento divino, Jamie aparecía acosada y enteramente poseída por el Maligno. La señora Houston vio con claridad que, en su esclavitud absoluta, se permitía a su posible futura nuera vivir y moverse entre un engañoso ectoplasma psíquico de gracia inconsciente, porque aún solo la poseían las funestas tinieblas de Satanás, y el Maligno esperaba su oportunidad; dejaba a Jamie para más tarde, para los postres. La señora Houston se puso a rezar por ella: solo los gritos incesantes de los que ya se habían salvado podían quizá atravesar los muros que aprisionaban a la joven que estaba en el patio, perdida entre pastillas y vino tinto, ridícula con sus vaqueros cortados y sus zapatos violetas de tacón alto, tratando de descifrar una bandeja de pollo.

William Junior atendía la barbacoa y Burris estaba en la cocina, tamborileando sobre la radio con las manos como un congoleño mientras Jeanine preparaba una ensalada. La señora Houston, rodeada de todos sus hijos, dejó flotar su corazón en un amor fluido. Desde el cuarto de estar, sentada en su gran butaca, que antes había sido de Harold Carter Sandover, veía a su hijo mayor cocinando el pollo, al pequeño, Burris, en la cocina —«Ven a a ven aa encender mi fuegooo», gritaba—, y delante, a James, el mediano, con el torso bajo el capó del Ford convertido en chatarra. La niña dormía en la cama de la señora Houston, en la habitación del fondo de la casa, y Stevie, la mujer de James, estaba con su chico y la pequeña de Jamie en el cuarto de baño, tratando de adecentarlos para la cena. La señora Houston los quería a todos. En aquel momento abstraído del tiempo no llegaba a inquietarla que algunos de ellos se hubieran abandonado al destino y convertido en personas peligrosas. Y ahora mismo no le preocupaba que ya hubiese visto antes aquellas conferencias entre hombres: durante las reuniones familiares de vez en cuando se ponían a hablar de forma seca entre ellos cuando nadie los oía. Después ocurrían cosas horribles.

Y de pronto, como caída del cielo, la niña de Jamie surgió ante ella. Parecía a punto de decir algo. En el fresco cuarto de estar, antes de que se oyeran las palabras, distanciada de las otras voces y demás ruidos del mundo, la señora Houston sintió que ambas se hallaban inmersas en la más absoluta soledad, y supo que los demás se habían olvidado de ellas.

—¿Puedo quitar los pelillos de las mazorcas? —le preguntó la niña.

Antes de que la señora Houston se hiciera una idea de lo que quería decir, la niña desapareció. Bien podría haber sido un espíritu.

Hágase tu voluntad, dijo para sus adentros. Y más tarde, en los últimos años, lo repetiría con conocimiento de causa.

A la hora de cenar, Jamie se sentó en el suelo en vez de hacerlo en su silla.

—¡Joder! —dijo—. ¿Qué coño pasa aquí? Todo está como lleno de grasa.

Stevie esperaba de pie junto a la mesa a que los demás se acomodaran para sentarse ella.

—Buena condena te ha caído, ¿no? —le preguntó a Bill Houston, que ayudaba a Jamie a levantarse.

—Pero solo es provisional, ¿sabes? Una especie de arreglo o algo así, supongo.

Los ojos de Bill, ahogados en ginebra, parecían dos puestas de sol.

—Algo provisional significa que te vienen recuerdos de cuando las cosas eran diferentes. Pero nunca será lo mismo.

Todos se agolpaban en torno a la mesa, en la cocina, salvo Ellen y Burris, quien estaba nada menos que en la habitación del fondo dando a la pequeña un poco de leche con el biberón. Comieron el pollo y las mazorcas de maíz en platos de papel, y a Wyatt se le cayeron al regazo trozos de tomate de la ensalada. Burris apareció al cabo de un rato con la niña, a quien sentó en sus rodillas; la movía de un lado para otro, con lo que a la niña le costaba tomarse el biberón que le estaba dando.

—Mira qué manos. Mira qué dedos —observaba—. Parecen de verdad, ¿eh?

Él no comía nada.

—Burris sería un padrazo —comentó Jeanine. Como respuesta hubo un silencio conmocionado. Añadió—: Pues lo sería. Ha hecho un avioncito a escala. Él solo.

—Ojalá pudiera Harry estar aquí, para bendecir la mesa —lamentó la señora Houston—. Pero lo tienen allí con todos los asesinos.

No miraba a nadie, y parecía dirigirse a su plato.

—Con los *demás* asesinos —puntualizó Stevie, molesta.

Ya eran casi las seis, y el sol daba un tinte rosáceo al extremo occidental del horizonte. Bill y James Houston, a la sombra del capó del viejo Ford, observaban cómo se alejaba Burris lentamente por la calle en la camioneta de James.

—No volverá —vaticinó James.

—¿No?

—Esta noche no. ¿Le has dado dinero?

—Le he prestado veinte dólares —contestó Bill.

No era preciso añadir más. Era una de esas ocasiones en que se fingía que los seres queridos no tenían problemas y podía esperarse que Burris se aprovechara de ello sin vacilar.

—Pues esto no lo podemos arreglar con unos ridículos alicates —dijo James—. Se ha llevado todas mis herramientas.

—¿Pensabas hacer una chapuza con este montón de chatarra? ¿En serio?

James soltó una carcajada, lanzó los alicates al aire y volvió a cogerlos.

—Es que no aguanto ese griterío de ahí dentro. —Señaló hacia la casa con un gesto.

En la corta distancia que los separaba del edificio, no se oía ruido alguno. Suavizada a la última luz de la tarde, la palidez de la casa empezaba a parecer impalpable en vez de gris, y el aire de paz que emanaba habría hecho pensar a un transeúnte que en su interior se encontraba reunida una familia. Dentro, Baby Ellen dormía. Los otros dos niños estaban solos, sentados en el cuarto de estar, mirando las ilustraciones de una Biblia enorme, mientras Wyatt le contaba a Miranda la historia de David y Goliat. Nadie había encendido las luces, aunque empezaba a oscurecer. En la cocina, las dos mujeres más jóvenes estaban sentadas con la señora Houston. Jamie, en la butaca, tenía el aspecto de una enorme muñeca de trapo, con la mirada fija y la mente en blanco, la cabeza como una selva de martillos. Stevie bebía una taza de café y asentía rítmicamente a las palabras de su suegra.

—En agosto cumpliré setenta años, si Dios quiere.

Stevie sabía que la señora Houston cumpliría los setenta en agosto. La política de Stevie era interrumpirla antes de que empezara, recordándole que todos habían oído aquello antes, pero esa noche se sintió frenada por el letargo del afecto familiar, por encontrarse con la madre de su marido en una casa a oscuras, y le apetecía dejar que su suegra no perdiese la ilusión de que estaba entreteniendo a Jamie, como si Jamie se encontrara en condiciones de entretenerse.

—Tenía treinta y tres años cuando di a luz a mi primer hijo —decía la señora Houston—. Clamaba al Señor en mi corazón porque era una mujer inútil, casada desde hacía doce años, y el reverendo John Miller me puso la mano en la frente el día de mi cumpleaños de 1945 en una iglesia santificada, que desde entonces se ha convertido, me avergüenza decíroslo, en una pista de patinaje. Y una semana después de que me impusiera las manos, tiraron sobre los japoneses la mayor bomba que haya existido. —Cogió un trozo de apio y luego, como sorprendida por su tacto, lo dejó caer—. Y aquel día, cuando contaron lo de la bomba sobre el Japón, sin consultar a ningún médico supe que llevaba un niño en las entrañas.

Le hablaba a la casa, no a ninguna de aquellas dos mujeres que sentía ajenas y por quienes se veía ligeramente despreciada.

En el jardín, los dos hombres hablaban del futuro.

—Un tal Dwight Snow —decía James—. ¿Has oído hablar de él? Es un maestro.

—¿Un maestro? Nunca he oído hablar de él. ¿Estuvo en Florence?

—No. —James tiró la lata vacía de cerveza al interior del coche por la ventanilla trasera—. No estuvo en Florence.

—Pues no sé si trabajar con alguien que no se relaciona con la misma gente que yo. ¿A quién conoce? ¿En qué cárcel ha estado?

—No conoce a nadie. No ha estado en la cárcel.

Bill Houston se metió las manos en los bolsillos de los vaqueros y empezó a pasear en círculo.

—No lo entiendo, James —dijo.

—¡Está limpio! No tiene antecedentes, ni colegas sospechosos ni nada.

—¿Y quieres ir con él a dar un golpe por ahí? No lo entiendo.

—¿No lo entiendes? —James se sintió molesto con su hermano, dio una patada a un flanco del coche y meneó la cabeza—. Es que no lo han *cogido*, hombre, porque es bueno.

—Eso es lo que él dice, ¿eh? ¿Qué es lo que te ha contado, James?

—Mira, tiene por lo menos doscientos mil dólares en diamantes, y ahora está tratando de colocarlos.

—¿Los has visto?

—Los he visto. Y sabe cómo colocarlos. No es un angelito principiante.

—Pues es que… —dijo Bill Houston—. No sé.

—Ese tipo es una eminencia del atraco a mano armada, eso te lo digo yo. Lo *estudia*. Lo ha hecho, ha hablado con gente que lo ha hecho y te aseguro que domina el tema. —Se apoyó contra el Ford—. Oye, tendrías que ver esos diamantes. Arcoíris en pequeño, tío. Los coges y parece que te la están chupando. —Observó atentamente la expresión de su hermano—. Creí que querías participar en un golpe, Bill Junior.

—Pues sí.

—Bueno, pues yo respondo de ese tipo y de la situación. Si te parece que hay demasiado riesgo, bienvenido al oeste, hermanito.

Bill Houston miró hacia el débil resplandor de la lejanía, donde un DC-10, la imagen lenta y pesada del cansancio del mundo, ascendía al cielo.

—Aún hace calor —dijo.

—¿Quieres ganar dinero, Bill Junior? Porque yo sí. Y Burris también.

—¿Burris?

—Burris ya está crecidito.

—¿Burris?

Bill Houston sintió que le afectaba el calor de la última hora del día. Aunque el sudor se le secaba al salir de los poros, sabía que transpiraba mucho porque la sal le escocía en los ojos. Sacudió la cabeza, pero solo sirvió para dejarle más aturdido.

—Burris no puede enfrentarse con algo así, hombre.

—Ya es adulto, Bill Junior. Si tengo que trabajar con gente, prefiero que sea de la familia.

—Vaya, vaya —dijo Bill Houston—. Hmm.

—¿Quieres ganar dinero? —preguntó su hermano, cogiéndole del brazo—. ¿Dinero sea como sea?

A Bill Houston siempre le había gustado oír aquello.

—Sí —contestó—. Dinero sea como sea.

Los dos miraron en dirección a la casa. Aunque no habían sido compañeros de juventud porque se llevaban varios años, en su manera de estar juntos se apreciaba una especie de culpabilidad propia de conspiraciones infantiles.

—Mamá ha cambiado —dijo James de pronto—. No me gusta cómo habla, como si no la escuchara nadie.

—Sé lo que quieres decir.

—¿Sabes lo que digo? Me gustaría que no lo hiciera.

—¿Por qué no se lo comentas? —sugirió Bill Houston.

—Cuando estoy a punto de hacerlo, de repente no puedo. Es muy raro.

—No lo entiendo —dijo Bill Houston—. ¿Por qué no vas y simplemente le dices que cada vez que habla mira para otro lado?

—¿Y por qué no se lo dices tú?

—Porque… No sé —contestó Bill Houston. Tenía el estómago hinchado y deseó no haber comido tanto—. Es difícil explicar eso a tu propia madre.

* * *

Dwight Snow, James y Bill Houston estaban sentados en raídas butacas en el patio, a la sombra de una marquesina verde de plástico ondulado de la que James estaba muy orgulloso. Miraban alrededor como si esperasen el comienzo de algún espectáculo. Pero no había más que una extensión de hierbajos agostados, y contra la valla, junto a la puerta trasera, un montón de astillas de leña podrida.

Dwight no tardó mucho en dirigir la conversación. Lo que empezó como una descripción general de sus planes respecto al First State Bank de la Central Avenue se convirtió en una explicación sobre su experiencia.

—Me hice con esa pistola a los veintiún años —dijo—. En seis años nunca he oído una sirena, ni dispararse una alarma, ni un agente de la ley pisándome los talones. He sido, y trato de seguir siendo, un delincuente que siempre se sale con la suya.

No apartaba la vista del rostro de Bill Houston.

—¿Haces robo con allanamiento? —preguntó Bill Houston.

La mañana se iba haciendo calurosa. Le dolía el estómago y Dwight Snow le irritaba sobremanera. Pero sentía curiosidad por saber cómo había conseguido los diamantes.

—Eso es una locura —contestó Dwight—. Tengo motivos para saberlo, me he visto en bastantes. Vas de puntillas y no tienes ningún control sobre lo que te rodea, ni idea de lo que te espera ahí dentro. Te puedes encontrar delante del calibre doce de un vigilante. A un psicópata paranoico que se pasa la vida en la cama puesto hasta las cejas. Me siento mucho más cómodo dando un golpe durante el día en la caja de ahorros del barrio o en la joyería de la esquina. Sé quién es el que manda: *yo*, y sé exactamente quién anda por allí, dónde está y qué es lo que hace antes de dar un solo paso. Conozco la situación al cien por cien; si no, me voy a casa. Siempre puedo volver al día siguiente, ¿no? Siempre puedo decir «paso» en cualquier circunstancia en la que no esté seguro de burlar a las fuerzas contrarias.

»Pero un banco…, bueno, ninguno de vosotros ha atracado

un banco. Muy bien. Os llevaréis una agradable sorpresa. Diez segundos después de empezar la sesión ya no parece un atraco. Es como una transacción corriente. Porque esa gente está acostumbrada a pagar talones, hacer préstamos y operaciones diversas, cheques de viajero, etcétera, y además está preparada para vérselas con un atraco. Les dan instrucciones para eso, ¿entendéis? No pierden nada por darte el mejor servicio posible; todo el dinero está asegurado; *quieren* que todo vaya bien. Tienen la norma de no oponer resistencia, de obedecer órdenes y de reducir los riesgos al mínimo. Yo les digo que no quiero llevarme a casa nada de dinero raro, que espero no oír ninguna alarma y que nada de policía: exijo y preveo colaboración plena de todos los empleados presentes. Y la *consigo*. Voy a coger un montón de billetes y me dicen: «Humm, disculpe, señor, pero esto está conectado a una alarma; disculpe, caballero, esos billetes están marcados; ese cajón está provisto de una alarma silenciosa». Os lo digo en serio: en este negocio, el beneficio supera los riesgos en una proporción de cien a uno, o más.

Con la última afirmación, se recostó un poco en la butaca y se quitó la gorra de béisbol roja, de tejido sintético en forma de malla y con un escudo en la parte delantera. Lo que irritaba a Bill Houston era la eficacia de sus gestos y la precisión de sus palabras: Houston relacionaba esas cualidades con homosexuales, maestros de escuela y oficiales cobardes del ejército. Dwight se quitó las gafas –Bill Houston observó que le faltaba el dedo índice–, y sus ojos eran enormes, tan azules y líquidos como el mar, con pestañas largas como las de una mujer o un niño, pero medio tapados por los párpados, como un reptil. Parecía extasiado en su visión de transacciones ilegales mientras se limpiaba cuidadosamente la cara con un pañuelo blanco y bien doblado. Houston observó que su gorra roja parecía estar forrada con papel de estaño o algo semejante que brillaba al sol de la mañana.

Cuando acabaron de hablar era casi mediodía. Dwight se marchó por donde había venido, por la puerta trasera.

Bill y James permanecieron en el patio, aturdidos por la creciente humedad e hipnotizados por las maniobras de un camión gigantesco en el callejón de la parte posterior de la casa de James. Bill Houston no pudo evitar una sensación de identificación con su voracidad mientras el vehículo levantaba un contenedor verde de basura y lo vertía sobre sí mismo. Un cambio rápido en el tono de la atmósfera mientras unas nubes se agolpaban de pronto en el cielo comprimiendo la luz dio a aquellos escasos momentos el carácter irreal de una película de dibujos animados. Mientras el inmenso vehículo se desplazaba por el callejón, deteniéndose más o menos cada treinta metros para devorar más despojos malolientes, un rayo cayó en el horizonte y espesas gotas de agua empezaron a derramarse alrededor. El olor de la lluvia en el asfalto los dejó sin aliento.

—Me gustan estas tormentas —dijo James.

El estruendo desencadenado sobre la marquesina que los protegía era ensordecedor.

—Va a diluviar —anunció James—, y yo me voy a emborrachar poquito a poco.

Los hermanos entraron en la casa desde el patio para coger un par de cervezas. A James le gustaba mezclar la cerveza con limonada.

—Oye, tendrías que hacer algo por ella —le dijo a Bill cuando se encontraron con Jamie, que descansaba en una silla de lona en actitud furiosa frente al televisor.

Llevaba una camiseta y unos vaqueros recortados y, sentada con las piernas cruzadas a estilo indio, miraba con los ojos entornados *El mundo de los animales salvajes*, mientras sorbía un vaso de vino con hielo intentando alejarse de lo que consideraba el límite de las cosas.

—Creo que voy a dejarla en paz hasta que asimile completamente lo que le pasa, sea lo que sea —repuso Bill Houston—. No puedo meterme en ello. La clase de problemas que tiene, lo que está rumiando ahora mismo, es como un montón de ruedecitas conectadas entre sí. Como las tripas de un reloj, ¿sabes a lo que me refiero, James?

Guardaron silencio, viendo cómo el presentador del programa retozaba con unos cachorros de leopardo delante de su tienda de campaña. A Bill Houston le molestó que Jamie se estuviera convirtiendo en esa clase de personas de las que se puede hablar sin que intervengan aunque se hallen presentes en la misma habitación.

Se sentó en el sofá que, de noche, le servía de cama a Miranda. Se le avecinaba un día sin perspectivas, pero no estaba aburrido. Se había metido en el asunto que tenía más a mano. Habían preparado los planes. Iban a embarcarse en un trabajo. Cuenta atrás. Incluso las cosas corrientes cobraban vida, y esperó con interés el siguiente programa de televisión.

—Ese hijoputa está muy fuerte para ser tan viejo —observó Jamie, refiriéndose al caballero de la pantalla.

Mascó con energía el hielo, al tiempo que daba pataditas al vaso vacío.

James subió al piso de arriba, bajó dos cervezas y se sentó en el sofá al lado de su hermano. Empezaron a emitir el telediario de mediodía, que habló del índice Dow Jones y mencionó algunas actividades sin importancia del presidente.

—¿Y qué coño es eso del Dow Jones? ¡Dios santo! —gritó Jamie de repente, estirando las piernas desnudas como si hubiese recibido una descarga eléctrica—. No hago más que fingir que siento.

James cambió de canal.

—¿Y qué sientes?

—Es que no soporto nada de esta mierda. Lo odio con todas mis fuerzas. Otros días me encuentro muy animada, chispeante, pero ahora mismo ni siquiera recuerdo el nombre de esa ciudad.

—¿Qué ciudad? —inquirió James.

—La Ciudad del Amor. O como coño sea. Ya sabes.

—¡Vaya! —dijo James—. Sí que estás animada.

—Yo sé lo que me digo, aunque tú no lo entiendas.

Se levantó y, haciendo equilibrios como si quisiera mantenerse de pie en una barca de remos, se dirigió a las escaleras para subir a la cocina.

Bill y James vieron el comienzo del programa local de *Dialing for Dollars*.

—¿Tienes que estar en lista para eso? —se preguntó James—. Setecientos ochenta y siete dólares. Ojalá nos llamen.

Su voz parecía diluirse en el ruido húmedo de la lluvia.

Jamie volvió con otra copa. Stevie había salido con su prima a ver tiendas de segunda mano, y los dos niños de cinco años estaban en la guardería Tiny Town. Baby Ellen jugaba con un móvil extendido por encima de su cabeza, de lado a lado de la cuna de mimbre, y su fascinación se renovaba continuamente a la vista de cosas que siempre eran las mismas. De momento, la comunidad de la sangre, del tiempo y del lugar los hacía una familia, mientras el aguacero que caía en el patio llenaba el aire de un mohoso olor a amoniaco y empapaba una ciudad que durante semanas no había conocido ni gota de humedad.

Nadie atendía al programa. James trajo de la cocina una jarra de limonada y una botella de ginebra Gordon's. Vertió ginebra en una mezcla de cerveza y limonada. Bill Houston permanecía inmóvil, disfrutando de los latidos de su corazón, soportando con paciencia el día lluvioso. Cuenta atrás. Se quitó las botas de un puntapié.

—Mira —dijo—, yo lo que quiero es hacer un trabajo, probar suerte y sacar dinero, y este tipo habla como si fuéramos a enfrentarnos al enemigo, James. «Burlar a las fuerzas contrarias». A ver si burla a mi polla cuando le dé por el culo.

—Que no hay otro en la ciudad —dijo James, encogiéndose de hombros.

—¿Cómo perdió el dedo? ¿Os lo ha contado alguna vez?

—Creo que le mordió una serpiente —contestó James.

—Pues no sé. A mí me parece que no es más que un nazi rabioso. No encaja entre la gente normal. Lo sepa o no, acabará en el trullo, y cuando lo metan dentro, le darán una gorra y en secreto le harán coronel de la Hermandad Aria.

—Ya tiene una gorra muy bonita —repuso James, riendo.

—Sí. ¿Qué es lo que lleva escrito? ¿Alterna?

—Alterna —confirmó James.

—¿Qué es eso?

—Me dijo que era una especie de serpiente.

—Y la gorra con papel de estaño. ¿Para qué?

James empezaba a ponerse un poco nervioso.

—Pues dice que le protege de los rayos E.

—Rayos E. ¿Has dicho rayos E?

—No sé qué es eso, Bill Junior. Lo único que sé es que yo no llevo papel de estaño en la gorra.

—Ese es nuestro jefe —apostilló Bill Houston—. Un fulano con papel de estaño en la cabeza.

—¿Qué quieres que te diga? Tomo nota de tu queja.

Ellen empezó a lloriquear y a hacer ruidos en la cuna, que se volvían más intensos a medida que respiraba, creciendo hasta adquirir caracteres de indignación.

—Llamando a mamá —dijo Jamie—. De niña a mamá. Ven, mamá. Llamando a mamá.

La lluvia caía. La televisión no paraba de hablar. Inspiración y espiración. Cuenta atrás.

* * *

Jamie estaba bebiendo una cerveza en el coche de Dwight Snow, estacionado en el aparcamiento de Bashas', un lago resplandeciente de asfalto derretido, y enfocaba hacia su rostro los conductos de entrada del aire acondicionado. Aunque lo había puesto al máximo, el aparato resultaba insuficiente contra aquel bochorno; cuando le dio en la cara, sintió calor en las rodillas; en la parte de atrás hacía unos seis grados más que en los asientos delanteros. Dwight estaba en el supermercado, comprando limones y tequila. Tenía un coche muy bonito, un Buick Riviera con asientos rojos que aún olían a nuevo. Jamie no sabía cómo se las arreglaba para acabar metida en sitios así.

Sujetando la lata de cerveza entre las rodillas, cogió una cápsula de anfetamina de un sobre que llevaba en el bolsillo de la camisa —una Black Beauty, cortesía del menor de los Houston—, y la masticó despacio. Se había acostumbrado a partirlas con los dientes, le gustaba el sabor amargo, el sabor negro, era una «belleza negra», ¿no? Ya no como otra cosa.

El espejo retrovisor le devolvió su imagen, de mejillas hundidas y ojos saltones, y al abrir los labios se vio ante la representación de la histeria canina: los dientes revelaban un matiz violáceo de interminables días de vino tinto. Casi como una realidad tangible, en alguna parte del cuadrante superior izquierdo del pecho acechaba el verdadero conocimiento de lo que estaba haciendo, y con las tres cuartas partes restantes de su mente el veredicto sobre el abuso de drogas fue: A tomar por culo. Una persona necesita pastillas para enfrentarse al mundo, y vino para acompañar las pastillas. Si hay algo más, ya te lo diré.

Ya le estaba haciendo efecto; el día le parecía más luminoso, y el despacioso movimiento de vehículos y personas en el aparcamiento cobraba a su alrededor el ritmo y la coreografía de una danza. En la radio, rústicas voces salmodiaban terror

> *En tu apartamento del piso treinta y uno*
> *tu puerta de oro y plata*
> *no impedirá que entre el fuego del Señor*

y un Lincoln de color crema, conducido por un joven mexicano cubierto con un monstruoso sombrero blanco de vaquero, pasó con suma lentitud frente a su campo de visión. De pronto imaginó que a última hora de la tarde el reflejo de la nieve volvía de color rosa los blancos edificios de Chicago. Con mano temblorosa apagó la radio. Se miró los pies, calzados con zapatillas de tiras de goma, y movió los dedos pintados con laca dorada. Desde que llegó a Phoenix había descubierto que le gustaba mucho pintarse las uñas de las manos y de los pies, que disfrutaba quitándose el esmalte y volviéndoselas a pintar; a veces se pasaba horas bebiendo un poco de vino tinto y adornándose las extremidades. Se sobresaltó al abrirse la puerta y entrar una bocanada de aire caliente. Dwight se sentó al volante y echó al asiento trasero la bolsa con los ingredientes para preparar margaritas.

—Nuestra alfombra mágica —dijo.

Encendió la radio, sintonizó una emisora con música clásica y arrancó el coche.

Atravesaron los barrios del este de la ciudad tan rápido que Jamie apenas reparó en ellos; luego desapareció la inmaculada serenidad de las urbanizaciones de alto nivel y Jamie y Dwight vieron campos llanos —algodón recogido en invierno e hileras en barbecho— que se desplazaban a su paso como disparados por una máquina inmensa hacia las bajas colinas y más allá, hasta las lejanas montañas que se fundían con las nubes, oscuras, alucinantes y vagas. Dwight condujo hacia la extensión vacía y detuvo el coche.

—¿Se ha acabado la ciudad? —indagó Jamie.

—¿Sabes lo que hay por allá? —preguntó Dwight, señalando hacia un conglomerado de edificios modernos en medio de los extensos campos—. Es un colegio universitario. Mixto. Para chicos y chicas.

Se inclinó hacia delante y golpeó con los nudillos el parabrisas del Riviera, como si aquel gesto pudiese borrar del cristal las imágenes de aquellas estructuras hechas por el hombre.

—La mascota del colegio, su emblema, el símbolo de toda su educación, es la alcachofa. No te estoy tomando el pelo, Jamie. Su equipo se llama Las Alcachofas. Los colores del colegio son el rosa y el verde. Para ellos es como un chiste. Y toda esa tierra es suya. —Señaló a su espalda con el muñón del dedo índice, haciendo un giro de trescientos sesenta grados en torno al coche—. Los ricos tienen demasiado dinero. Yo pretendo hacer algo para equilibrar las cosas.

—Me han dicho que una serpiente te comió el dedo —observó Jamie.

—Me mordió una serpiente de cascabel. Soy alérgico al antídoto del veneno, así que perdí el dedo.

Miró su perfil: un ojo azul, enorme, detrás del tipo de gafas que llevaba Clark Kent; una patilla que casi le cubría toda la mandíbula; medio bigote que se iba retorciendo como un manillar de bicicleta; bajo la gorra de béisbol, el pelo muy corto. Parecía una persona que sabía salirse con la suya, pero a quien en realidad no le importaba si se salía con la suya o no. Su mirada era práctica y directa: tenía exactamente el aspecto de un presidiario. Empezaron a sonar alarmas en los campos que los rodeaban.

—¿Te ha dicho Bill que me violaron en Chicago?

Dwight desvió la vista de los campos y la miró de frente.

—Algo me han comentado.

—Si me tocas morirás. —Jamie quería dejar las cosas claras. Dwight parpadeó dos veces. Sonaba música clásica, una especie de piano, y el conducto del aire acondicionado vomitaba una corriente fresca.

—Brindaré por eso —dijo él, alargando la mano hacia el asiento trasero para coger la bolsa de la compra—. En la guantera tienes una navaja.

Rebuscó dentro de la bolsa y eligió un limón.

Bajo unos mapas sobresalía el mango negro de una navaja automática. Al abrirla, Jamie dio un respingo: casi le voló de los dedos cuando apretó el pulsador. Dwight puso un limón en el salpicadero, delante de ella.

—Corta un par de rodajas finas, ¿quieres?

Cogió de la bolsa la botella de Jose Cuervo Gold, quitó el tapón y olfateó el aroma.

Jamie partió el limón, sosteniéndolo torpemente en el aire. Algo se movió a la derecha del coche y luego desapareció. Le brotó sangre del pulgar.

—Estoy empezando a ver cosas por el rabillo del ojo. Una especie de paranoia.

Dwight arrancó un trozo de papel de la bolsa; Jamie se lo enrolló en el pulgar y terminó de cortar las rodajas.

Pero ahora Dwight parecía haberse olvidado del tequila.

—En el Ejército escribí varios guiones cinematográficos y me gustaría que los produjeran. Las perspectivas mejorarían mucho si pudiera ocuparme personalmente de la financiación. Uno era una continuación de las películas de *Los caraduras*: *Los caraduras 3*. El rendimiento de la inversión sería impresionante. Por eso nos hemos metido en esto, yo y los tres hermanos Houston, con uno de los cuales mantienes relaciones íntimas.

—Si estás intentando decirme que os habéis montado una buena juerga, te lo puedes ahorrar. Ya me sé esa historia.

Pero ¿por qué nadie le había contado exactamente lo que pasaba? Sintió que en la cabeza le estallaba una rabia ardiente, como cables al rojo vivo que a duras penas le atravesaron las sienes. Se lo habían ocultado, como se le oculta a una criatura que hay una enfermedad en casa.

—Solo quería que supieras que por aquí no todos somos vaqueros echados a perder. En este oficio, suelo acabar trabajando con individuos que únicamente aspiran a tener unos billetes en el bolsillo. Pero para mí este proyecto es parte de un todo, un paso más en el camino. Hay que evaluar el talento propio y hacer lo necesario para sacar el mayor partido de sus posibilidades. Hacerlo fructificar.

—Cuando a alguien le da la vena, empieza a decir sandeces —repuso Jamie, sacándose otra cápsula del bolsillo de la camisa y mascándola.

—Puedo convertirme en alguien importante en la industria cinematográfica —insistió Dwight.

Las nubes eran negras y amenazadoras, y se movían despacio. Era el terreno más llano que había visto jamás. Dwight apoyó el brazo en el respaldo, por detrás de ella, rozándole el hombro con los dedos.

—Todos estamos metidos en este proyecto general, todos juntos —anunció.

Su brazo la rodeaba claramente. Jamie lo consideró muy extraño.

—Pero algunos nos metemos en una cosa y otros en otra completamente distinta. Así es —prosiguió, volviéndose y mirándola con sus enormes ojos—. Hay algunos que están por el negocio, que se mueven pura y llanamente en un mundo de pérdidas y ganancias. —Su boca le pareció de pronto a Jamie como una vagina aleteante, un sexo de mujer— y que cogen la pistola por instinto cuando necesitan capital. Luego están los deficientes mentales que aprietan el gatillo y a quienes les gusta jugar fuerte, especialmente consigo mismos. Creen que morir a balazos es lo bastante estrepitoso como para que tenga sentido, y suponen que, con todo ese estrépito, no es doloroso. —Algo ocurrió en la parte baja de las nubes; cuando el sol declinó en el horizonte que se extendía ante ellos, las montañas fulguraron con un reflejo de oro puro—. Algunos están en esto por los beneficios, Jamie, y otros por las pérdidas. —Aquellos ojos le estaban devorando la cara—. Solo debes tener presente que a los inútiles los eliminan.

En muchos aspectos no le comprendía; pero en otro entendía perfectamente, en el plano en que la metedrina se acoplaba a cada una de sus palabras. De manera bastante inesperada se le ocurrió que Curt, su marido, en quien rara vez pensaba, era buena persona. Esta gente no lo era. Sabía que se encontraba en una situación muy peligrosa: que cualquier cosa que hiciera estaría mal. La oscuridad, la nada, los lugares ausentes detrás de las puertas y en el interior de las cosas: miró los campos absortos en una milagrosa puesta de sol.

—Eres una persona que da miedo –le dijo a Dwight Snow–. No me sorprenderá cuando te paren los pies.

Él le cogió del regazo una rodaja de limón, le quitó la venda marrón, le apretó el dedo y exprimió una gota escarlata sobre la pálida luna amarilla.

—¿Has oído hablar de rituales de sangre? ¿De ritos caníbales?

—No.

—Es esto. En eso estamos.

Bebió tequila tras morder la fruta ensangrentada.

Y luego pasaron de nuevo por la abrupta divisoria entre campos de algodón y barrios residenciales, y se encaminaron en zigzag hacia el sur y el oeste, de manera que pronto dejaron de perseguirlos las casas de muestra recién abiertas de las urbanizaciones y se internaron en territorio de gasolineras, tabernuchos y solares llenos de basura, de billares rancios, de paredes de estuco con inscripciones negras, casas bajas y ruinosas y caravanas que aireaban los letreros pintados a mano de cualquier azarosa empresa: MUNICIÓN POR MENOS; LLANTAS USADAS GARANTIZADAS EN EL NOMBRE DE DIOS; PELUQUERÍA BROADWAY; REVISIÓN Y PUESTA A PUNTO 20 $. Cuando llegaron de vuelta a casa de James, ella asomó la cabeza por la escalera para ver quién se encontraba abajo. Solo vio a James, sentado en el cuarto de estar, en la silla de lona, mirando hacia el patio a través de las puertas correderas. El hermano de Bill, al reparar en su presencia, alzó dos dedos en señal de paz. Jamie siguió a Dwight a la cocina.

—¿Cómo conociste a los peristas? —preguntó Bill Houston.

Dwight estaba observando a Jamie. Ella no lo miró; siguió cortando limones y limas.

—Durante un par de años me gané la vida entrando en sitios por la fuerza y llevándome cosas —contestó Dwight; y dirigiéndose momentáneamente a ella—: Haz las rodajas más finas. No quiero beberme el limón, solo que dé sabor... Así que conocí a un perista por el simple procedimiento de entrar en relación con un individuo a quien acababan de trincar por robo con escalo. —Se quitó sus gafas de Clark Kent, se frotó los ojos y miró a Bill Houston—. Su nombre salió en los periódicos.

—¿Y te dijo quién era su perista?

—No fui a ver a nadie diciendo que lo necesitaba. Me presenté como una persona a la que hay que tenerle miedo. Y al perista me presenté como alguien al que hay que tenerle miedo. O sea que ahora tengo un perista muy bueno. Brinda conmigo —propuso a Jamie, sirviendo tequila en dos tazas de café.

Echó la cabeza hacia atrás, alzó el salero y en su boca cayeron chispas cristalinas que Jamie, con su percepción anfetamínica, distinguió cada una por separado; luego se lo pasó a ella.

Mirando a Bill Houston, Jamie agitó el salero y se echó sal en la boca. Dwight la tomó de la mano, enlazó su brazo con el de ella por el codo y le puso una taza entre los dedos.

—Por el atraco —dijo.

Lo bebieron de un trago y mordieron un trozo de limón.

Jamie dio el salero a Bill Houston y realizó con él el mismo ritual, cogidos del brazo y cada uno con una jarra de tequila. Le rodeó la rodilla con la pierna y lo miró fijamente.

—No me dejes al margen —le pidió.

—¿Quién te deja al margen? —contestó Bill Houston—. Ahora mismo estás aquí y me importa un carajo.

—Muy bien —concluyó ella.

—Oye —dijo Bill, mirando con curiosidad a Dwight—, ¿por qué no lo dejamos para otro momento?

Dwight sirvió otras tres copas más.

—Creía que esta mujer era de la familia —observó.

—Lo soy —repuso Jamie—. Si no lo fuera me llevaría una sorpresa, porque he estado viajando a todas partes con este hombre.

—¿Viajando? —inquirió Dwight—. Qué bien.

Los tres empinaron el codo otra vez. Hubo un silencio tan largo que se convirtió en algo palpable.

—En esta cocina nadie confía en nadie —sentenció Jamie. Los dejó solos, bajando velozmente las escaleras en dirección al cuarto de estar.

Salió al patio con medio limón en la mano. En el terreno desnudo, el polvo hervía. Era lo bastante consciente de la temperatura como para haber comentado algo al respecto, pero no *sentía calor.*

Matar o morir.

Clavando la uña en la pulpa, notó cómo el jugo de las células del limón le estallaban en la palma de la mano. *Vienen a por ti.* La espalda se le puso en carne de gallina. Algo la había rozado por detrás. *Hazlo.*

¿Hacer qué? La estaban confundiendo. Eran dos o tres, hablando a la vez; llevaban ropa rara, de colores vivos.

Volvió dentro. La televisión estaba encendida, y decía: «Se ha desobedecido la orden del presidente. Solo quedan diez días».

Bill Houston se despertó. Era de noche. Se encontró raro y desprevenido.

Tardó un minuto en comprender que se hallaba en casa de su hermano y que Baby Ellen le había despertado con su llanto. Jamie la tenía en brazos, al fondo del cuarto de estar, y la luz estaba encendida. Evidentemente, acababa de traer a la niña de la cocina, donde había calentado un biberón de leche. Se sentó. Sostenía a Ellen con un brazo doblado, y por un momento, mientras alargaba la otra mano para encender la radio, aguantó el biberón entre el hombro y la barbilla, como hubiera hecho con el teléfono, manteniendo la tetilla de goma en la boca de la niña. Puso el volumen muy bajo, y la música surgía y desaparecía; era una vieja canción de los Four Tops que Bill Houston recordó como de otra época y de otro lugar. Se incorporó sobre el codo, como si la espiara, porque en aquel momento ella no advertía su presencia. Llevaba una camiseta y nada más. Un moretón le cubría el empeine del pie izquierdo. Sé de media docena de personas de tu edad que ya están muertas, sintió deseos de decirle.

Baby Ellen había cogido el sueño. Con sumo cuidado, Jamie volvió a depositarla en la cuna y fue a ver a Miranda, que dormía, tapada con una chaqueta de cuero, en el sofá. El locutor anunció la hora y el nombre de la emisora —eran las cuatro de la mañana en Little Rock–, y luego su voz desapareció mientras la señal se perdía entre las circunstancias atmosféricas de lejanas montañas y Bill Houston tenía una de esas vívidas experiencias de encontrarse a la deriva, como una revelación de lo perdidos que estaban, solo ellos despiertos en la gran oscuridad, la única luz del mundo —Dios estaba a punto de hablar, Dios estaba aquí y ellos se hallaban en la boca de Dios, en aquella luz–, y vio, maravillado y espantado, cómo Jamie desenroscaba la tetilla, se llevaba a los labios el biberón traslúcido de plástico azul y se bebía la leche.

* * *

A las nueve de la mañana, los tres hermanos recogieron a Dwight en la esquina de Broadway con Central. Estaba frente a un establecimiento de pollo frito con una bolsa de papel marrón en la que había varios artículos de carnaval y el pie apoyado en un petate oliváceo que contenía dos revólveres, una metralleta alemana y una escopeta del calibre veinte con los cañones y la culata recortados.

—Amigos y vecinos —saludó Dwight.

Ahora podía salir mal cualquier cosa.

El Chrysler de cuatro puertas y tamaño medio en el que viajaban los hombres no era exactamente robado. Señalado como recuperable por falta de pago por uno de los rivales de Dwight Snow, los Houston lo habían recuperado primero. Burris hizo ademán de apartarse del volante, pero Dwight lo contuvo con un gesto.

—Tú dame las llaves. De ahora en adelante, no dejes el asiento del conductor hasta que hayamos terminado con este coche.

—No hay llaves —le informó Burris—. Forzamos el maletero y lo cerramos con alambre.

—Bien. No hay pega.

Dwight dejó el petate en el maletero. Se acomodó en el asiento de atrás, junto a Bill Houston, y repartió el contenido de la bolsa de papel: un bigote para James, grandes y redondas gafas de sol para Bill y, para Burris, una ridícula barba gris.

—Nadie se fija en una persona que va en coche —explicó Dwight a Burris—. Así que no importa que parezca falsa. Lo único que necesitamos es camuflaje para la cara. ¿Las flores?

James, que iba en el asiento delantero, se inclinó y recogió de entre los pies un ramo de flores silvestres envueltas en papel verde, un artículo de regalo vendido en las esquinas de la ciudad por muchachas semivestidas: «Aquí, cariño».

Dwight cogió el ramo y separó algunas flores.

—Oye, ¿por qué no nos las ponemos en el ojal? Un poco de distinción. Solo por las apariencias.

Su pulcra eficiencia al coger cada flor por el tallo entre el pulgar y el índice, al mirar a cada uno de ellos entregándoles una flor, al desplazar continuamente la vista alrededor, fuera del coche —calle trasera, tugurio mexicano, cruce, tienda de pollo frito, calle delantera—, era una fuente de inspiración para los hermanos. Bill Houston, sentado a su lado, observaba a sus compañeros, notaba que el sol empezaba a calentar el interior

del coche y sintió que el miedo se le concentraba en la seque-
dad de la boca.

—¿Dónde vamos a repartir las armas? —preguntó James.

—¡Vaya! Tengo que hacer pis. Tengo unas ganas tremendas
de mear —dijo Burris.

A Bill Houston no le gustó el lamento subyacente que
notó en la voz de su hermano menor. Le revolvió el estómago. Le dio miedo.

Dwight se inclinó hacia delante y apoyó una mano sobre
el hombro de Burris.

—Eres el eslabón más débil de esta operación. Te exigire-
mos justo hasta donde puedas llegar. Pero vienes con nosotros
porque estoy completamente seguro de que hoy harás todo
lo que digamos con tranquilidad y eficacia. ¿Entendido?

—Claro —contestó Burris.

—Ya conoces tu trabajo. Te quedas aparcado enfrente todo
el tiempo que haga falta. ¿Qué pasa si no salimos?

—Yo no me muevo.

—Sobresaliente. No te mueves. Te quedas allí todo el tiempo que haga falta. Te pondrás nervioso, pero no te moverás.
Si pensara que eres de los que se rajan, estaría otro conduciendo este coche. Ahora pararemos en una gasolinera, trae-
remos las armas delante y podrás mear. Dirígete a la calle
Séptima.

Era como si la mano de Dwight transmitiera serenidad.
Se tranquilizó.

Según las indicaciones de Dwight Snow, condujo despacio
por la calle Séptima y luego hacia el norte, hasta una gasolinera de dudosa calidad, manteniendo siempre la mano derecha
sobre el salpicadero y el pulgar en los botones de la radio,
moviéndolos continuamente para cambiar de emisora, cortando la voz de los locutores y huyendo de los programas
hablados.

Cuando Burris terminó en el servicio, volvió y se apoyó en el coche mientras Bill Houston iba a evacuar. A Bill no le gustaba el aspecto de Burris. Ahora podía fallar cualquier cosa. Al salir, igual se encontraba el Chrysler rodeado de coches patrulla, gracias al más mínimo imprevisto, a factores insignificantes y a las jugarretas de la mala suerte.

En los servicios de la gasolinera, mugrientos y devastados, se puso delante del mingitorio con una mano en la cadera mientras con la otra se bajaba la cremallera de los pantalones, pero al ver las diminutas manchas de sangre en el espejo de encima del lavabo se le quitaron las ganas de orinar y el estómago se le puso tan duro como el hielo. Sintió que, ahora, se hallaba ante un imprevisto.

—¿Tú qué te crees que vamos a hacer? —le espetó a Burris al salir—. ¿Te parece que estamos jugando? ¿Te crees que vamos a colocarnos para luego ir al cine?

Dwight salió del coche en aquel momento y se dirigió al maletero.

—¿Algún problema, Bill?

Desató el alambre, levantó la tapa y sacó el petate lleno de armas de fuego.

—Este hijo de puta se ha metido ahí dentro a pincharse un chute —explicó Bill Houston—. Hay sangre en el espejo.

—Sangre en el espejo —repitió Dwight.

—Solía jugar a las cartas con un par de drogatas en la Reserva de Tacoma —dijo Bill Houston a su hermano—. Siempre salpicaban así la pared cuando se pinchaban. ¿Crees que no sé de qué es esa sangre? —Se dirigió a Dwight y añadió—: Ni siquiera ha tratado de ocultarlo.

Burris se encogió de hombros, examinándose las botas y comportándose como si tuviera algo en ellas que debiera quitarse con un cepillo.

—Tendría que arrancarte la cabeza, gilipollas —le increpó Bill Houston.

Estaba a punto de echarse a llorar.

—Lo hablamos en un momento. Tengo que apartar esto de la curiosidad pública —terció Dwight, dirigiéndose al servicio con el petate. Por encima del hombro, añadió para James—: Trae las flores. —Y a Burris—: Quédate en el coche.

Cuando Bill y James se reunieron con él en el servicio, James llevaba el ramo de flores y Dwight opinó:

—Creo que deberíamos actuar según lo planeado. —Se arrodilló en el suelo para sacar del petate la metralleta con dos cargadores—. Si el colocón le impide actuar, podemos improvisar.

James no objetó nada. Miró fijamente al espejo manchado de grasa, en el que había un reguero de diminutas gotas de sangre; al verse el rostro, su expresión reflejó un súbito alivio.

—¿Improvisar? —repitió Bill Houston—. ¡Joder! ¿Improvisar?

Cogió la escopeta de cañones recortados que le tendió Dwight, y luego una caja con doce cartuchos. Observó a su alrededor, al suelo y las paredes del ruinoso retrete, pero no halló nada con que justificar la necesidad que sentía de renunciar a la operación.

—Oye —dijo por fin a James—. ¿Qué tal si desenvuelves las margaritas?

Abrió la escopeta y empezó a introducir cartuchos. Era una Remington de repetición y, a su pesar, experimentó una sensación de felicidad.

—Nunca se sabe. Tal vez actúe con mayor precisión —aventuró Dwight.

Se desabrochó la llamativa camisa tropical y se embutió la metralleta en una funda preparada con un cinturón de vaquero y cinta aislante de color negro alrededor del pecho; el arma se le quedó pegada a la caja torácica, bajo el brazo izquierdo. Ayudó a Bill Houston a abrir el ramo de flores y rehacerlo camuflando la escopeta recortada dentro. James cargó los dos revólveres, un Ruger de nueve milímetros de acero inoxidable y su Colt de cañón largo, antes de volverlos a guardar en el petate junto con las cajas de munición.

Los tres se irguieron y se escrutaron mutuamente —Bill Houston sosteniendo el ramo mortal, James con la bolsa de viaje, Dwight manteniendo el brazo pegado al cuerpo como si hubiese sufrido un ataque— con una expresión parecida al amor, con una especie de inmensa aprobación, porque ahora dependían los unos de los otros.

—Yo noto muy buen ambiente —dijo Dwight—. Es evidente que nadie quiere bajarse del barco. Sigamos el camino que nos hemos marcado. Si Burris la caga, lo dejamos y repetimos mañana.

Ningún hermano discrepó. Estaba claro que el momento había llegado.

Burris los recibió con otro encogimiento de hombros cuando se subieron al coche y no dijeron más que: «En marcha». Sabía que pensaban que era un incompetente.

—¿Dónde está mi arma? —preguntó.

—En esta bolsa —le contestó James—. Cuando nos pongamos manos a la obra te dejo a mi monstruita. Yo me llevo el Ruger.

Habló mirando por la ventana, en el tono más natural del mundo.

Burris siguió con cuidado las instrucciones de Dwight, girando al oeste solo cuando se lo indicaban, al norte cuando así se lo mandaban, manzana tras manzana. Se proponía que confiaran en su competencia; que vieran que la media papelina —no una dosis mortal, ni mucho menos— le empezaba a hacer efecto, centrando su atención y limando algunas asperezas. Se encontraba en su sitio y se sentía aliviado más allá de la simple acción de la heroína: se había arriesgado al colocarse así, eso por descontado. Y admitió que podría haberse pasado. Pero a veces era necesaria una dosis adecuada de químicos. Se sorprendió cuando Dwight le ordenó:

—Para aquí.

Aparcaron en Central Avenue, delante del banco First State.

—Hemos llegado —se animó James.

Dejó el Colt cuarenta y cuatro en el asiento, entre los dos, rozando la pierna de Burris.

—La calle está tranquila y soleada —comentó Bill Houston.

—Recuerda: el motor siempre en marcha —advirtió Dwight.

La nuez de Burris se llenó de cemento húmedo y sus ojos se nublaron con lágrimas ardientes.

—Tardaremos siete minutos como máximo —oyó que le explicaba la voz de Dwight—. Pero suponte que nos tirarnos siete horas ahí dentro, ¿qué harás?

—Nada —contestó Burris—. Me quedo aquí.

Pero sabía que todos sabían que era un incompetente.

Avanzaron muy despacio, comprobando cada centímetro del terreno.

Al entrar, James sintió que se le dilataban dolorosamente las ventanas de la nariz, y del pene le salió semen que le ensució los calzoncillos. El cañón de acero inoxidable del revólver le rozaba el muslo como un dedo amoroso, y mentalmente le dijo: Lo eres todo para mí. Durante los siete próximos minutos serás mi mujer, mi abogado y mi dinero.

Ahora respira despacio, se recomendó, e inspiró con lentitud. El olor del ramo de flores silvestres, que su hermano movía de un lado para otro, resultaba abrumador. El banco le pareció una campana gigantesca que debía mantenerse en absoluto silencio, pero capaz de resonar en todos sus puntos.

En las últimas semanas, James había pasado muchas veces por delante de aquellas ventanas, y se creía familiarizado con el banco. Pero en cierto modo no se hallaba preparado para enfrentarse a toda aquella amplitud, a la insignificancia de la gente que los rodeaba, como si aquella vasta cámara con sus plantas de dimensiones exageradas y la fuente con su alto y fino chorro de agua se hubiera construido para una raza de monstruos. Sintió deseos de detener a sus compañeros, de invitarlos a que se compenetraran con el lugar. Pero era demasiado tarde. Todo estaba ya en marcha. Bill Houston pasó el elevado mostrador semicircular de seguridad; el guardia, en un plano más alto, tal vez subido a una plataforma, no prestó atención a aquel hombre. James se regocijó por la tranquilidad con que su hermano depositó las flores en uno de los mostradores para rellenar cheques y cruzó las manos sobre el ramo, con la vista fija en la hilera de ventanillas de los cajeros. Dwight se desplazó a la parte de atrás, donde se hallaban los empleados, y se situó de espaldas a varios escritorios donde algunos hombres y mujeres estudiaban cifras o charlaban con clientes en busca de créditos. Se llevó la mano izquierda a los botones de su estampada camisa hawaiana.

James se acercó con calma al guardia y se apoyó en el mostrador en forma de media luna, dejando la mano derecha a la altura del cinturón e introduciéndola en la camisa, acariciando con los dedos la culata del Ruger. El guardia, inmaculado, de cabello cano y aire distinguido, bajó la vista y se fijó en James con sus pálidos ojos grises, y el mediano de los Houston sintió que se escrutaban directamente el alma, que los dos comprendían a la perfección las exigencias y parámetros de la situación. Estuvo a punto de decir algo sin importancia —¿este es el banco que regala tostadoras?, ¿no le conozco de la bolera de los jueves?— y charlar hasta que llegara la señal. Pero entonces advirtió en sus ojos que se percataba de lo que sucedía y se quedó quieto: *lo sabe*. Lo sabe; va a sacar su arma y me va a encañonar; ¡joder, Dwight!, da la señal o empiezo yo por mi cuenta...

Dwight inclinó la cabeza una vez. Las armas salieron a relucir.

—Señoras y caballeros: su dinero es mío —gritó Dwight con claridad.

James puso el Ruger bajo la nariz del guardia. Bill Houston alzó en el aire la escopeta para anunciar su autoridad y gritó:

—¡Queremos que todo esté en absoluto silencio!

Sin embargo, nadie había dicho una palabra ni hecho el menor ruido. El único rumor que se oía era el del agua en la abstraída fuente, que caía incesante sobre la pila, un sonido que se mezclaba con el estrépito de la sangre en las arterias de James, cuyo pulso resultaba tan apremiante que lo sentía en la palma de la mano al empuñar el revólver. La mayoría de los presentes —esa mañana no había más de una docena de clientes, algunos en la cola de caja, un par de ellos en los mostradores, dos o tres por los escritorios junto a los empleados del banco— encontró alguna razón para mirar a otro lado, sin comprender aún que representaban un peligro para los atracadores y que les ordenarían que se movieran. Uno de ellos siguió escribiendo en su talonario de cheques cerca del desgarrado envoltorio verde del ramo, con un surtido multicolor de flores silvestres a los pies, la cabeza inclinada, ignorando al hombre armado y bien afianzado con las piernas separadas a menos de dos metros de distancia, desentendiéndose de aquel hecho misterioso y violento.

Se encontraban en pleno atraco.

En la parte de atrás, Dwight maltrató brevemente al empleado de mayor categoría que le caía más a mano y le habló en voz tan baja que James no alcanzó a oírlo. Bill Houston cubría a los cajeros y a los clientes del centro. James apretó el Ruger contra la cara del guardia, como obligándolo a oler el acero inoxidable: en cuanto apareciese el dinero, tenía que dar la vuelta y desarmarle y luego ocuparse de los cajeros uno y dos. Entre James y Bill había clientes que aún no estaban completamente neutralizados. Los atracadores eran pocos —lo sabían—, pero asaltar el banco con un cuarto hombre armado les habría costado diez mil dólares a cada uno.

Dwight discurseó:

—Muy bien, entramos en la fase dos, control y movimiento. —A los cajeros—: *No quiero alarmas.* —A los empleados—: *No quiero alarmas.* —A los cajeros—: Quiero los *cajones abiertos.* Los billetes en montones. —Señalando hacia la bóveda situada detrás de los empleados, manifestó–: ¿Veis esa bóveda? La quiero limpia de dinero en tres minutos. Empezad *ya*. Todos los demás de esta zona, a cuatro patas; que se acerquen a gatas los cajeros que quedan a mi derecha, ahora mismo. *Vamos. A gatas.* –Mientras cajeros, empleados y clientes empezaban a cumplir sus órdenes, salmodiaba cada cinco segundos–: *No* quiero *alarmas*, ni *billetes marcados. No* quiero *alarmas*, ni *billetes marcados.*

El dinero fue apareciendo. James sintió deseos de mirar el reloj que presidía la zona de los cajeros, pero lo pensó mejor. Vigiló el rostro del guardia mientras, despacio, daba la vuelta al mostrador para desarmarlo. Y el rostro que vio resultaba alarmante. Suave, enmarcado entre cabellos blancos, y absolutamente congestionado. Los ojos grises, casi descoloridos, no veían, tal vez estaba padeciendo una especie de ataque.

Burris pensó que su trabajo era el más duro: sentado en el coche, observando sin hacer nada.

Durante unos momentos, después de que James encañonara al guardia, Burris solo localizaba a James y a Bill Junior. Y entonces apareció Dwight al fondo del establecimiento, con la metralleta alemana en alto como si la protegiera de una inundación reuniendo a un grupo de personas y obligándolas a tumbarse en el suelo.

La escena se le presentó a Burris como un diagrama pegado al cristal de la ventana, como una visión que revelaba los puntos flacos del plan. Era un banco grande. Mientras Dwight avanzaba, Bill tenía que cubrir él solo casi la mitad de la zona. El arma de James no servía de nada hasta que desarmara al guardia. En las profundidades del banco, donde la mirada de Burris no podía penetrar, estaban sacando el dinero de la bóveda prácticamente sin vigilancia. Burris se había preparado para enfrentarse con un desastre inesperado –la llegada de un policía para cobrar el cheque de su paga, un ciudadano armado abriendo fuego para defender sus ahorros–, pero al comprobar la fragilidad de su dominio sobre el banco y los clientes, sabiendo que cualquier intento de resistencia sería incontenible, lo arruinaría todo y los hundiría en el caos, le venían ganas de echar a correr, de entrar en el banco y liarse a tiros con la gente. ¡Era un engaño! ¡Una estafa! Pretendían marcarse un farol, proponiéndose dar impresión de fuerza y largarse con el dinero mediante la intimidación. No lo conseguiremos, pensó. No lograremos resistir frente a la más mínima contrariedad. Tengo que salir de aquí, tengo que salir de aquí. ¡Esto es una locura!

Y entonces la operación *empezó* a ir mal de verdad. Oyó detonaciones en el interior del banco y vio a James, que daba la vuelta al mostrador para desarmar al guardia, desplazarse bruscamente hacia atrás, como si le hubiesen tirado del cinturón. El guardia se hallaba ahora erguido y, debido a la elevación del mostrador –así construido para brindarle una vista panorámica del banco y convertirlo en su personaje más impresionante–, parecía más alto que el común de los hombres. En la mano empuñaba un revólver negro, y Burris advirtió claramente la expresión decidida de su rostro cuando volvió a disparar e hirió a James en el abdomen. Tenía los rasgos contraídos y la cara casi tan pálida como su pelo blanco. James cayó hacia atrás y desapareció de la vista de su hermano.

Y entonces el guardia se encontró sin saber qué hacer a continuación. Únicamente se quedó parado. Dwight miraba por encima del hombro derecho, intentando cubrir la zona a espaldas de las ventanillas de los cajeros. Y Burris *sintió* que pulsaban los botones, *sintió* el martilleante temblor de alarmas silenciosas que se transmitía por debajo de la tierra y le subía por las piernas.

En su quieto asombro, el guardia parecía de cera.

Burris abandonó su asiento sin darse cuenta y se puso de pie junto a la puerta abierta del coche: un atracador desarmado con una barba postiza, en la acera, delante de un banco.

—¡Que alguien mate a ese cabrón! —gritó—. ¡Matad a ese hijo de puta!

Su hermano había caído. Reclamando visceralmente justicia, gritó:

—¡Matadlo!

Y Bill Houston lo hizo.

Ahora que había empezado el tiroteo, Bill Houston deseó que no terminase nunca. Apuntar la escopeta hacia el guardia y disparar era como rociar pintura: intentar que todo el espacio quedara cubierto. Debía estar seguro de que borraba todo rastro de vida. No quería que el guardia siguiera vivo para levantarse y matarlo a su vez. Cuando el guardia se quedó inmóvil, tendido en la entrada de su mostrador semicircular, con la mandíbula colgando a un lado y la sangre corriéndole por el cuello, el pelo y la oreja, Bill le disparó dos veces más en el pecho, y habría vaciado la escopeta en su cuerpo de no haberse detenido de pronto pensando que no debía gastar cartuchos, porque ahora las balas valían mucho más que todo el dinero que los rodeaba. El humo de las detonaciones flotó en el aire en bandas verticales en torno a su cabeza, brillando a la luz que traspasaba la fuente. En el centro de su corazón la tensión de toda una vida se disolvió en miel. No oía nada aparte del zumbido en sus oídos.

* * *

Mientras Jamie conducía la camioneta de James —prestada hacía un poco, no recordaba exactamente cuándo—, se sintió como si pilotara un barco. Las ruedas traseras parecían desconectadas de la parte de delante. El calor de última hora de la mañana salpicaba el asfalto de líquidos imaginarios, y era como si el mundo hubiese perdido su sincronización. Tenía encendido el transistor negro en el salpicadero, pero sus bisbiseos y risitas se perdían entre el ruido del tráfico. Todo se le hacía goma en las manos.

De pie en el asiento, agarrada con una mano al marco de la ventanilla y con la otra al salpicadero, Miranda contemplaba a Jamie como una muñeca Paradise con un vestido nuevo de Marshall's, una tienda de rebajas. Miranda cantaba una canción: «Tengo que ir, tengo que ir, tengo que ir», y al cabo del rato, como si al recitarlas hubiera convertido las palabras en realidad, su voz destiló cierta necesidad y ya no cantaba sino que inició una salmodia:

—Mamá, tengo que ir, tengo que hacer, tengo que ir al baño, tengo que ir, tengo que hacer, tengo que ir al baño, tengo…

—¡Calla, por el amor de Dios! —replicó Jamie, y entonces, con toda claridad, el transistor dijo sobre el salpicadero: «Solo quedan veinte días». Una descarga de miedo le recorrió las piernas.

—Yo también tengo que ir —observó.

Estaban justo en el centro de la ciudad, en lo que se le antojó una calle de dirección única. En el límite de la periferia de su visión, vislumbró flores que caían como lluvia cuando volvió la cabeza para buscar un espacio donde aparcar.

—Tengo que ir ya, ahora mismo, porque no puedo aguantarme —anunció Miranda, desesperada.

Como si la furgoneta acabara de cobrar vida, Jamie sintió a su alrededor la ronca vibración del motor y, más allá, el martilleo del calor —tan intenso, que la ensordeció—, la pulsación del pensamiento, de la realidad misma, y pisó de golpe el freno, abrumada por la sensación de que a continuación, en un instante, se decidiría todo.

La radio le habló suavemente: «Llame al 248-SAVE».

—¡Oh, Dios mío! —exclamó Jamie, mientras le brotaban lágrimas de los ojos—. Quédate aquí —le ordenó a Miranda.

Salió de la camioneta.

—¡Mamá! —la llamó Miranda, asustada, brincando en el asiento.

—¡Quédate ahí! —repitió Jamie por la ventanilla.

Dejó el coche mal estacionado. En un restaurante había un teléfono público. En los vaqueros llevaba tres monedas de diez centavos; introdujo las tres en el aparato y pulsó los botones: 248-SAVE.

– Teléfono de la Esperanza –oyó cuando descolgaron.

–Soy Jamie –balbució ella. Tenía la boca seca de miedo.

–¿Jamie? –dijeron. Y luego–: Pues hola, Jamie. ¿En qué podemos ayudarte?

Con el sudor el aparato crepitó en su oreja. Su respiración era jadeante.

–¿Tiene algún mensaje para mí? –preguntó al fin.

–¿Un… mensaje? –inquirió la voz con ese tono servicial de telefonista semejante al timbre inerte y sumiso de una máquina–. Creo que no la entiendo, Jamie.

Colgó, con la cabeza zumbándole de vergüenza. Observó las inscripciones de las paredes que la rodeaban, escritas en otra lengua, con extrañas letras que semejaban pirámides y esvásticas; no pudo descifrar ninguna, pero algunos caracteres parecían decir: «¡Oh, Dios mío!» y «¡Oh, Dios mío!».

–¡Me lo voy a hacer en las bragas!

Miranda tenía el vestido nuevo manchado de lágrimas cuando Jamie regresó a la camioneta; la puso en marcha rápidamente sin volver la mirada. Solo media manzana más adelante divisó un espacio vacío en la calzada en el que cabían varios vehículos. Jamie se inclinó sobre Miranda y le abrió la puerta antes de salir ella.

–¡Oiga! ¿Puede indicarme dónde hay un servicio? –le preguntó a un hombre con uniforme verde de conserje.

El conserje, un indio con los ojos inyectados en sangre y la esclerótica casi tan oscura como la piel, señaló con el cigarrillo hacia la parte trasera.

–Quizá ahí dentro, ¿eh? –sugirió.

Jamie arrastró a la niña de la mano por los escalones de cemento y pasaron al interior del edificio.

Era la comisaría de policía. Jamie se sobresaltó y la mente

se le quedó en blanco. A su alrededor, todo era completamente nuevo. Tenía la blusa pegada a la espalda. Vio algunas personas y policías diseminados, pero el lugar parecía vacío. La espaciosa habitación se ensanchaba y desvanecía de manera imperceptible. Alarmada, se esforzó en borrar todo lo que le rondaba por la cabeza.

Detrás del mostrador principal, un agente uniformado examinaba papeles blancos y amarillos. Saludó a Jamie con un gesto de cabeza y la miró.

—¿Qué le ocurre?

Jamie notó como si un radar le atravesara la piel. El rostro del agente era un brillante muro de carne informatizada.

En un súbito acto de rendición, con el único deseo de despojarse de la vergüenza, declaró:

—No sé.

Sintió como si lo estuviera confesando todo.

—Yo quiero ir al baño —insistió Miranda.

El policía se levantó. Era un hombre de poca estatura. Observó a Miranda por encima del mostrador y se echó a reír.

—¡Un segundo más! —la animó indicándole el camino—. ¡Seis metros más!

Jamie siguió a su hija al servicio de señoras y entró en el compartimiento contiguo al de ella. Se bajó los vaqueros recortados y las bragas y se sentó con la impresión de sentirse segura, segura, segura: encerrada en el retrete, en las entrañas de la policía. De pronto comprendió la tensión que había soportado su vejiga. Parecía que no iba a terminar nunca. Notó que estaba moviendo los pies y abriendo y cerrando la mandíbula hasta que le dolió la cabeza. Si esto no es el fin de todo, sencillamente no sé qué será, pensó. El ruido del chorro que se derramaba bajo ella sonaba cerca y lejos. Durante un par de segundos fue como si solo recordara, como alguien que hubiera muerto hacía poco; decidió olvidar las compras y concentrarse en volver a casa enseguida, en dejar atrás a la policía, y oyó ciertas palabras en el ruido del líquido, débiles voces que acechaban en el límite de su capacidad para afrontar las cosas.

* * *

Antes de sumirse en la oscuridad del cine, Burris compró un envase de plástico lleno de palomitas de maíz. Le resultaría imposible comer ninguna, pero quería dar impresión de naturalidad. Era media tarde, y era presa de un terror absoluto.

Mortecinas bombillas en receptáculos transparentes arrojaban desde arriba una débil luz sobre el patio de butacas, donde no más de media docena de personas esperaban con paciencia el final de la película. Solo había hombres y ninguno estaba acompañado, aunque en las primeras filas uno de ellos hablaba en voz alta como si eso le hiciera suficiente compañía. Era un cine de antes de la guerra, caduco y ostentoso. Burris percibió más que vio las inútiles cortinas que caían como putrefactas de las paredes, mientras aguardaba al comienzo del pasillo a que sus ojos se acostumbraran a la oscuridad. La butaca que escogió, justo en la primera fila, crujió al sentarse. Distraídamente, metió la mano en las palomitas y al instante su tacto grasiento le dio náuseas. Dejándolas a un lado, se sacó del bolsillo trasero del pantalón una botella de Jack Daniels y fijó la mirada en la pantalla sin ver absolutamente nada mientras bebía un trago de la botella cada diez segundos hasta ventilarse la mitad del whisky. A su alrededor los hombres tosían y carraspeaban, y el parlanchín explicaba a la oscuridad que a él ningún indio mestizo iba a cortarlo en pedacitos por culpa de una puta barata. Luego se calló.

En la pantalla, dos hombres peleaban a cuchillo en un bar del Oeste.

De momento Burris no entendía nada. Le dolía la garganta y la cabeza le latía con fuerza. El aire acondicionado del cine parecía demasiado frío, pero en cuanto se acostumbró empezó a transpirar. La garganta le dolía cada vez más —como si una pelota de tenis se le hubiese atravesado en la nuez y se fuera hinchando de manera inexorable—, y de pronto le brotaron del pecho grandes sollozos.

Se inclinó sobre la butaca, llorando y tosiendo; se le metió saliva por las fosas nasales, quemándole los ojos y la nariz. Las lágrimas le chorreaban por las mejillas. Tratando de contener el llanto emitió un ruido ahogado. En la pantalla, la multitud del bar gritó y exclamó cosas incoherentes, y detrás de Burris los espectadores guardaban silencio.

Al cabo de un minuto se acomodó de nuevo en la butaca y dejó que la luz de la pantalla jugara sobre él, muy aliviado y tranquilo. Pero no sabía qué hacer —ya nunca podría volver a verse con nadie que lo conociera; además, los desconocidos resultarían un peligro—, y comprendió que estaba atrapado. Casi con la misma rapidez con que se le había pasado, sintió que en lo más profundo de su ser renacía el pánico. Notó escalofríos en la cara. Un cosquilleo le recorrió brazos y piernas, como si sus extremidades empezaran a despertarse. Vació la botella de un trago y casi vomitó. Con largas gabardinas, escopetas de cañones recortados y fusiles, un grupo de hombres cabalgaba por un camino polvoriento; se adentraron en un bosque y se dirigieron a una cabaña en un claro. Burris deseó incorporarse a la narración, a una historia de hombres armados casi exactamente igual que la suya, con la diferencia fundamental, la gran verdad jamás captada por los espectadores de cine, consistente en que aquellos hombres cambiarían todo lo que poseían por un solo minuto de paz.

Mientras miraba a la pantalla con la boca abierta, casi aplanado por el whisky, sus ojos adquirieron de pronto una expresión horrorosa y experimentó un desgarrón en el estómago. Tratando de asumir el aspecto de quien no tiene prisa, de alguien a quien no valiera la pena mirar ni recordar, se precipitó hacia el fétido retrete, donde se sentó, tembloroso y con náuseas, en una de las dos tazas disponibles.

A Burris le entraron ganas de llorar de frustración porque el váter olía a rayos, y los compartimientos, en uno de los cuales se hallaba, helado y vulnerable, sentado con los pantalones en torno a los tobillos y las manos abrazadas al vientre, carecían de puertas. Sus tripas se revolvieron con un retortijón que lo estremeció, y empezó a encontrarse mejor. A lo mejor no entraba nadie mientras él seguía allí sentado, en la más absoluta impotencia. Pensó que los hombres dueños de sí mismos, sin nada que temer, que entraran a orinar le achacarían los olores a él solo.

Pero no había nada ni nadie que lo distrajera de su persona, salvo los dibujos de genitales y los mensajes apremiantes, depravados, raspados sobre las paredes que lo confinaban. En aquel momento el espíritu de Burris se concentró en el único hecho del que podía estar seguro: era un hombre fracasado y desesperado que se odiaba a sí mismo. Cualquiera que en aquel momento se plantara delante de él, vería a Burris Houston tal como era en realidad: al fin desnudo, a la postre revelado. Por encima de todo, sabía que lo atraparían. Lo detendrían y le harían daño. Lo único que deseaba era que lo consiguieran. Del bolsillo de la camisa sacó un bolígrafo, uno barato que no escribía bien, y en la mampara de separación, a su izquierda, anotó despacio:

Te voy a chupar la polla mmmmm

Y debajo:

Cuándo   Pon fecha y hora

Y añadió, más abajo:

Jodeos, maricones.

Creyó oír que venía alguien; utilizó apresuradamente el papel higiénico y, aunque temía otro espasmo intestinal, se subió los pantalones. Medio borracho y aún con el miedo hasta la médula, se miró al espejo y no vio nada. Allí no había nadie. Se marchó rápidamente. La siguiente película que iban a proyectar era *Coma*, y no quería perderse ni un plano.

Pero la historia de los sombríos y terribles acontecimientos de la vida de los bandidos armados seguía en pantalla cuando se sentó, y faltaba mucho para que acabase.

Le pareció que ya había visto aquella película en la televisión: abocados a medidas desesperadas por su condición de renegados después de la Guerra Civil, los hermanos James, de Missouri, se pasaban la vida luchando y ocultándose. Fueron los primeros en asaltar trenes. Los habitantes de las regiones remotas donde crecieron los protegían de la autoridad. ¿Dónde había ido a parar la época en que una persona podía contar con sus vecinos?

Burris se identificó fácilmente con aquellos hombres. En cuanto traspasaron la frontera de la ley, todo lo que se produjo a continuación cobraba la precisión inexorable de una roca que cae por una pendiente y va arrastrando despojos a su paso hasta que una avalancha de gente, lugares y cosas te machaca convirtiéndote en un amasijo sangriento. ¿Y qué se podía hacer? No cabía esperar que los James se dedicaran a buscar empleo, estando como estaban perseguidos como animales por el FBI o quienquiera que fuese —la Pinkerton, según oyó—, así que, al final, aunque eran mayores y probablemente entonces no les importaba nada la Guerra Civil, a pesar de que ya no odiaran a sus enemigos y solo quisieran cabalgar, cazar, vivir y respirar en los bosques de su infancia, al calor de la familia, en compañía de los amigos, se vieron obligados de todos modos a actuar de nuevo como bandoleros. Cuando los seis miembros de la banda entraron a caballo en la ciudad de Northfield, en Minnesota, sintiéndose como los dueños del lugar, todo empezó a ir mal. El cajero del banco aseguró que no podía abrir la bóveda, y en un momento hipnótico de ira y caos alguien le destrozó la cara de un tiro; pero resultaba que los habitantes de la ciudad de Northfield habían tomado posiciones en todas partes —detrás de barriles, sobre los tejados de madera, bajo los conductos de agua— para tenderles una emboscada a los hermanos y a sus compañeros cuando salieron por la puerta del banco. De un extremo a otro de la calle, los hombres no vieron más que la potencia de fuego de inmundos desconocidos. Burris nunca había presenciado nada tan horrible. No entendía por qué una gente que no los conocía, que jamás los había visto, podía estar tan llena de odio como para arriesgar la vida para matarlos; por qué el guardia del banco se había levantado con los ojos como dos espejos blancos de terror para destrozar de un balazo al pobre James Houston, aunque él mismo tuviera que salir con los pies por delante en el intento.

Burris no sabía por qué había abandonado a sus hermanos. No había sido una decisión consciente. De pronto estaba en la acera, y luego, al parecer casi simultáneamente, se alejaba del Chrysler por la orilla del Salt River, un río seco.

Burris sintió que de nuevo se le hinchaba la garganta y comprendió que estaba a punto de llorar, pero la banda de los James, lenta e implacablemente mermada mientras se enfrentaba con un feroz enjambre de balas, por detrás y por delante, acosada como una manada de lobos, atrapados a cada extremo por ciudadanos homicidas protegidos detrás de barricadas, no conocía la angustia, la pesadumbre ni el miedo. Metódicamente, recorrieron la calle de un lado a otro en busca de una salida para escapar, cada vez más diezmados, recogiendo a los heridos cuando caían del caballo, arriesgándolo todo, absolutamente todo, para llevar a casa a sus hermanos. Con la mandíbula cerrada con fuerza, las lágrimas quemándole la cara en la oscuridad del cine lleno de hombres solitarios, Burris comprendió al fin que cualesquiera que fuesen las posibilidades, las circunstancias desfavorables o el resultado, e independientemente de lo que les cayera encima, aquellos hijos de puta no tenían intención de volverse atrás. No se arredraron ni se rindieron; y nunca, jamás, se traicionaron los unos a los otros.

A Burris le parecía ahora estar absolutamente desprovisto de cuerpo −le había resultado invisible ante el espejo del servicio, apenas lo sentía dentro de su ropa−, porque el flujo de acontecimientos lo había transformado de persona en historia. Era uno de la banda de los Houston: hijo bastardo del asesino H.C. Sandover, hermano del asesino Bill Houston. Era alguien que jamás podía haber imaginado, miembro de un clan unido por vínculos más profundos que la sangre. Podéis hacernos lo que queráis, pensó; pero no os será posible actuar como si nunca hubiésemos existido. Se le ocurrió que todo lo que lo rodeaba en la oscuridad era una impostura y que solo él era real; la parte delantera de su cuerpo estaba bañada con la luz de la torturada pantalla, donde los hermanos James abandonaban a sus compañeros heridos en el bosque y se aprestaban con las manos vacías a un futuro de crímenes y prisión: un futuro exactamente igual que el pasado.

* * *

En menos de media hectárea, el ruido que emitían centenares de máquinas que rivalizaban para anegar la cabeza de sonido era tan enorme y palpable como el silencio. La entrada y salida de decenas de miles de botellas de plástico vacías confería al edificio el ambiente estruendoso de una bolera sumergida y febril que se extendía al infinito en todas direcciones y que sin embargo estaba contenida dentro de sí misma, lo que era, según comprendió Burris, la condición del universo. En aquella tormenta de ruido, los oídos perdían la conciencia. Nadie hablaba salvo en los descansos, cuando las máquinas se tornaban alarmantes en su sueño metálico y no había necesidad de gritar. Y, sin embargo, mientras la maquinaria estaba en marcha, cualquier trabajador podía oír otros ruidos pequeños dentro del clamor general de la industria. En la línea número seis, adyacente a la de Burris, una mujer que tenía el privilegio de fumar grandes puros y de escuchar la radio mientras trabajaba tenía su destartalada Sony encendida toda la noche con antiguas canciones famosas y Burris las adivinaba sin dificultad como con un sexto sentido, no como si las escuchara, sino simplemente sabiéndolas.

O venían por él o no venían.

Él era el cargador de tolva de la línea número cinco. Una carretilla elevadora le traía un palé cargado con cuatrocientas ochenta cajas de cartón, y cada caja contenía doce botellas de plástico vacías. Con una cuchilla de afeitar cortaba las cuerdas que sujetaban el enorme paquete. Burris levantaba y volcaba cada caja, vertiendo su contenido en una caja de cartón más grande, hasta que vaciaba ocho de las pequeñas y la grande quedaba llena. La utilización del receptáculo de mayor capacidad le evitaba repetir ocho veces la siguiente y más importante parte de su trabajo, que consistía en alzarse de puntillas, levantar la caja por encima de la cabeza y volcar noventa y seis botellas vacías en el depósito alimentador. En un océano de ruido, la radio de la mujer que fumaba puros emitía *Louie Louie*. Burris acomodó sus movimientos al ritmo de la canción.

En la base del alimentador, junto al conducto de salida, donde las blancas y anónimas botellas se derramaban como baba sobre la cinta transportadora, había una mujer voluminosa que, sin moverse del asiento, iba poniendo en pie dos envases a la vez. Durante meses ella y Burris se habían ocupado juntos de esa tarea, pero debido al ruido y la fealdad personal de la mujer Burris nunca había sentido deseos de hablar con ella. Era una anciana de hombros hundidos cuyo rostro parecía modelado en barro por las manos de un niño, hinchada y cansada, con una invariable expresión de tristeza sombría.

Burris colocaba una encima de otra las ocho cajas de cartón vacías, y luego, mientras las botellas se desplazaban por la línea bajo las pantallas de seda, empujaba el montón hacia el extremo de la cinta transportadora, donde un joven negro con el pelo recogido en minúsculos mechones envasaba las botellas, ya con etiqueta e instrucciones, en las mismas cajas que le habían llegado nueve o diez minutos antes. Cerca de él, un viejo con la cara llena de cicatrices, flaco y estirado, orgulloso de trabajar deprisa, colocaba las cajas llenas en fardos de cuatrocientas ochenta, las sujetaba con cintas de acero y hacía un gesto cargado de autoridad mientras una carretilla elevadora, cuyo operario ignoraba los ademanes del anciano, sacaba las cajas del edificio para introducirlas en camiones que las distribuirían finalmente por las cocinas y cuartos de baño de la nación. Burris odiaba al viejo, porque aborrecía aquel trabajo y al anciano parecía gustarle.

Hoy estaba trabajando porque no se le ocurría otro sitio donde meterse. Tenía una media borrachera y no le quedaba dinero para ir al cine.

Vestía camiseta y vaqueros recortados, para que las autoridades vieran que no llevaba armas.

Quedaban treinta minutos para el almuerzo, y sentía la fuerza y agilidad de un hombre que trabajaba bien bajo el influjo de las anfetaminas con que trapicheaban en los servicios de caballeros durante el cambio de turno. Se volvía, alzaba, volcaba formas; una y otra vez. El increíble ruido se apoderaba de todo, pero él estaba allí, era parte del fragor, volviéndose, alzando, volcando: era un habitante de la turbulenta marea mecánica. La caja grande estaba llena. La volvió, la cogió, la alzó y la izó, volcando formas en el alimentador. Las puertas dobles de la nave estaban abiertas, y en el cuadrante de luz que dejaban pasar vio unos coches patrulla que se detenían. En la radio de la mujer del puro sonaba «Like a rolling stone», y Burris también era parte de eso, y todo era un gigantesco torbellino del que escapaban pequeñas formas de botella a las aguas de la vida cotidiana de Estados Unidos. Algo en su oído interno —más presentido que escuchado— decía «Burris, Burris» mientras se volvía, alzaba, volcaba: un guardia, que apuntaba al pecho de Burris con una escopeta de cañones recortados. La boca del guardia era como una erupción en su rostro encendido, y «Burris, Burris Houston» eran palabras que Burris reconocía. Igual que «As you stare into the vackyoom of his eyes», y al dar la espalda a todo aquello, envuelto en una capa de terror, la radio se lo hacía saber: «How does it feel. Tell me how does it feel».

5

El primer día, Bill Houston permaneció tumbado de espaldas en la litera de abajo sin saber si estaba dormido o despierto.

Una sucesión de triángulos y cuadrados rojos le cruzaba la mente.

El segundo día se despertó con una sensación extraña y descubrió que su mano izquierda, que colgaba por fuera del camastro, estaba sumergida en agua. ¡Por Dios! Nos van a matar. Nos ahogarán a todos.

Puede que los barrotes, pintados del pálido verde oficial, no estuvieran allí. Los espacios que los separaban bien podrían ser paneles incoloros pegados a un aire de color verde.

Se agarró al borde de la litera superior y se incorporó. Las preguntas y exclamaciones de las celdas vecinas le hicieron comprender que las cañerías del edificio se habían estropeado. Se quitó los calcetines −le habían dejado sin zapatos ni camisa−, y dio dos pasos a través de una inundación de diez centímetros hasta llegar al espacio dedicado a retrete y lavabo. Mientras se acercaba a la pared y al espejo −un círculo de metal bruñido soldado al lavabo al fondo de la celda−, comprendió que había recorrido el último trecho de un viaje que se había propuesto realizar mucho tiempo atrás. Ahora había terminado. Y comenzaba otro.

Estaba solo. Era uno de los internos especiales en régimen

de aislamiento porque lo consideraban muy violento. Le dolía la cabeza desde la nuca y el cráneo hasta más abajo del puente de la nariz: en el espejo vio que tenía los ojos amoratados. Un círculo de cardenales le rodeaba el vientre por debajo de las costillas. Lo que verdaderamente deseaba en aquella coyuntura, más que la inocencia, más que la libertad, era una copa de Seagram's Seven con Seven-Up. Luego imaginó que la tomaba con desconocidos agradables en un lugar lleno de paz: un bar de pulidas mesas de roble y taburetes de cuero de imitación. El ansia febril le estalló en la garganta; antes de comprender que estaba derramando lágrimas, abrió el grifo y se remojó la cara.

Inclinado aún sobre el agua, miró los clavos que tachonaban la pared, cuyas cabezas verdes descascarilladas revelaban la primera pintura, de color cereza. El sumidero no tragaba. Círculos vertiginosos le entorpecían la visión, y se apoyó en la pila descansando la rodilla en la taza metálica que partía a la izquierda de la misma tubería atascada que servía al lavabo.

El ruido de pisadas fuertes y los gritos de los presos, el chirrido de cubos sobre el angosto pasillo, el batir de las puertas de acero, el chapoteo del agua contra los tabiques —hombres que blasfemaban y destrozaban fregonas contra los barrotes de hierro—, todo aquello se parecía mucho al ambiente de un buque en alta mar, y ambas experiencias, la penal y la naval, se fundieron por un instante en la mente de Bill Houston, quien se aferró a la idea de que tal vez solo lo hubieran asignado temporalmente a la bodega del barco.

En Pearl Harbor había deambulado una vez por un destructor en dique seco —el extinguido y calcinado Somerville, de San Diego—, y se había perdido en su interior, sumamente extrañado de su estático y fantasmal silencio, de su fracaso para vivir en el movimiento. Aquella tarde se convirtió en un intruso que se hallaba en un sepulcro prohibido, un marinero en un barco en tierra firme, incapaz de navegar, de flotar o de hacer otra cosa que alejarse sobre sus dos piernas, dejando sin cumplir la misión, cualquiera que fuese, que lo había llevado allí. Y ahora tenía la misma sensación, pero no podía marcharse. Esta vez lo habían atrapado. Después de esta vez, ya no habría más veces.

Cuando los guardianes fueron a ponerlo presentable y a llevarlo momentáneamente entre personas libres, rechazó la navaja de afeitar que le ofrecían.

—Es tu cara —dijo el obeso guardián, mientras le daba una camisa.

El otro le devolvió las botas. Los dos eran gordos. Con su enorme volumen lo acompañaron, uno a cada lado, por la hilera de celdas hasta el centro de control del ala A del edificio principal de la cárcel del condado de Maricopa. A su paso, los prisioneros guardaban silencio y desviaban la mirada a la izquierda o a la derecha de Bill Houston, pero mostrando una fervorosa atención que apenas podían disimular y que él no había visto jamás en ningún hombre.

—Esta vez la he cagado bien, ¿verdad? —dijo a los guardianes.

Transpiraba en medio del aire acondicionado, y deseó que hiciesen un poco el tonto, como suelen hacerlo los carceleros. Pero ellos estaban asimismo inquietos por el gélido silencio general de unos hombres que normalmente reaccionaban con vocinglero interés y con burlas a sus idas y venidas, de manera que también iban callados.

Esposado, lo condujeron por puertas y pasillos hasta una sección del edificio construida antes de la guerra que olía a pintura fresca, y luego a través de un vestíbulo salpicado de trapos y escaleras de mano. Cuando pasaron, los pintores que allí trabajaban saludaron y charlaron con los guardias. Bill Houston se tranquilizó al comprobar que en algunos círculos seguía siendo desconocido. Cuando lo hicieron pasar a una espaciosa sala de reuniones aún en plena reforma, donde dos ventiladores cenitales daban fatigosas vueltas en el techo y la radio de un obrero sonaba suavemente, miró a su abogado por primera vez. Era del tipo que siempre le había tocado: alrededor de un metro setenta de estatura, gafas redondas y bigote, corbata fina del Oeste; un abogado de oficio con aire adolescente y una cartera de plástico probablemente vacía. Bill Houston se sentó frente a él, al otro lado de la mesa, y le espetó:

—Usted no me inspira confianza.

—Si pudieras pagar a un abogado caro no estarías aquí, me parece —replicó su defensor—. Imagino que eres una persona a quien no le gusta matar a la gente. Imagino que querías dinero, pero no sangre. Imagino que no eres un homicida.

—No lo soy —convino Bill Houston—. No pretendíamos hacerlo.

—De eso es de lo que vamos a persuadir al jurado. Conseguiremos convencerle de que eres un individuo trágico y estúpido, pero en el fondo un buen tío.

—¿Cómo está mi hermano?

—¿Cuál de ellos?

—Aquí solo ha participado uno. James.

—James está vivo. Tal vez tengan que operarle otra vez, más adelante. Burris está ya encartado. También está detenido, en el anexo, así como un tal Dwight David Snow. Nadie ha querido decírmelo, pero creo que probablemente los haya delatado James.

—Imposible.

Bill Houston cerró la mandíbula con fuerza para vencer la súbita sensación de que podía echarse a llorar delante de su abogado.

—Resultó herido de mucha gravedad, William.

—¿Podemos acogernos a una petición de clemencia o algo así? ¿Cómo se llama usted?

El abogado tenía un aspecto cansado.

—Me llamo Samuel Fredericks, aunque todo el mundo me llama Fred. O Freddy, más bien —admitió. Parecía harto hasta de su nombre—. El fiscal te ofrece este trato: si consientes en declararte culpable de asesinato en primer grado, hará todo lo que esté a su alcance para ejecutarte. El ayudante del fiscal del distrito dice que es casi como quedar libre.

—¡Joder! —exclamó Bill Houston—. ¿Duele?

—¿Cómo?

—Que si duele. El gas.

Bill Houston apoyó la cabeza en los brazos y sintió que la desdicha lo acometía de tal modo que le daban ganas de vomitar.

—Si no duele, lo aceptaré.

Con lengua vacilante probó el metal de la mesa de reuniones. Oírse decir «el gas» le sacaba de quicio. Estaba metido en la piel de otra persona, de un asesino.

—¿Duele?

—No te lo puedes ni imaginar —contestó Fred.

En la celda de enfrente había un tipo tumbado en la litera de arriba —aunque nadie ocupaba la inferior— que con el brazo derecho se tapaba los ojos y con los dedos de la mano izquierda toqueteaba, uno por uno y sin parar hasta que se dormía, los clavos situados en el techo por encima de su cabeza. Bill Houston pasaba gran cantidad de tiempo apoyado contra los barrotes de la celda, con los brazos colgando hacia el pasillo, como si a través de ellos respirase el aire de una libertad relativa; y observaba a su vecino. No quería tumbarse porque de espaldas se sentía indefenso ante sus pensamientos: el miedo a encontrarse frente a una puerta que se abriera a una galería de rostros, los de los parientes del hombre que había matado. A caminar entre un grupo de empleados, gente normal que sabía vivir la vida. A que lo obligaran a mirar la cara muerta de su víctima. Tenía la sensación de que iba a descubrir algo terrible acerca de sí mismo, algo mucho peor que ser un asesino, algo tan fundamentalmente cierto que resultara absolutamente increíble. Soñaba con los testigos. Con los parientes de facciones desfiguradas tras el cristal: cuanto más lo atormentaban, con más crudeza sufrían todos, y él jamás podría darles justa reparación. Lo que dolía no era el castigo, sino que la expiación no fuera suficiente. Tales visiones e intuiciones seguían presentes cuando, de pie, se abrazaba a los barrotes verticales de la celda; pero entonces parecían menos reales, menos verosímiles, como si aferrándose a lo que le impedía caminar libremente por el mundo llegara a comprender lo que le mantenía a salvo del futuro.

La inmovilidad de su derrotado vecino lo empujaba a la actividad. Paseaba por la celda y a veces estallaba en ruidosos arranques gimnásticos que lo dejaban exhausto y lo serenaban por un rato. Pidió una pluma y un cuaderno, y cuando sus pensamientos se encaminaban a Jamie, dejaba que trasmitieran un mensaje ardiente −tres o cuatro palabras al día, no era persona instruida− en la página:

La separación es dolorosa. Sigo pensando en ti todos los días. Hubo una inundación aquí fue el 2.º día después de que me cogieran. Luego todo el mundo se enteró de que fueron 2 cocineros, lo hicieron a propósito y jorobaron los sumideros de la cocina. Oye espero que tengas oportunidad de decir a todos que lo siento. Esta la va a entregar Freddy mi abogado. Me alegro de que James no muriese.

Lo que siento por ti sabes es difícil decirlo. Dile a Burris que no estoy enfadado, eso puede pasarle a cualquiera.

La separación es dolorosa. ¿Pero quién sabe de la esperanza de mañana? A lo mejor volveremos a vernos en un día de sol Jamey.

Te quiero

WM HOUSTON JR

Dile a Burris que sigue siendo mi hermano

—Me han informado de que, en contra de tu solicitud, en el ala A no puedes ver la televisión —le anunció Fredericks—. Eso es para los que están cumpliendo condena. Tú no estás clasificado, eres violento, etcétera, etcétera. Nada de televisión.

—Vale —repuso Bill Houston—. No te preocupes. Más adelante veré suficiente tele como para hartarme.

Fredericks sostenía el mensaje de Bill Houston en la mano.

—Trataré de que lo entreguen. Pero creo que deberías saber que Jamie se encuentra en el hospital.

—¿Qué ha pasado? ¿Está mal o qué?

Fredericks le había traído Camel. Encendió uno con aire tranquilo. No quería que aquella gente se enterase de sus verdaderas preocupaciones.

—Se encuentra en el hospital —repitió Fredericks—. No conozco los detalles. Sufrió una crisis nerviosa o algo así.

—Estaba un poco hecha polvo, ¿no?

Fredericks lo miró con curiosidad hasta que Houston preguntó:

—¿Y las niñas?

—No sé nada de las niñas. Ignoraba que hubiera niñas de por medio. Supongo que se habrán ocupado de ellas.

—Vale. Bueno —inquirió, empujando el cenicero por la mesa, hacia Fredericks—. ¿Qué tal está James?

Pero Fredericks no fumaba.

—James se está recuperando estupendamente. Evoluciona muy bien. Y creo que al final os van a juzgar por separado, porque Dwight Snow cuenta con un abogado astuto, influyente. Se defenderá aparte.

—¿Aparte?

—Le han dado el cambio de jurisdicción. Un juicio para él solo en otro condado. Alegará circunstancias atenuantes: carece de antecedentes y portaba un arma que no disparó.

—Ese hijoputa irá por su cuenta hasta que yo me encargue de él —amenazó Bill Houston.

—No te he oído decir eso.

—Yo no tengo nada que ocultar.

Eso era algo que había aprendido de Jamie.

—De todos modos, el revólver de James sí lo habían disparado, pero él sostiene que es porque no lo había limpiado ni tampoco lo había cargado entero.

—Y es cierto. No recuerdo que efectuase ningún disparo.

—Quizá os juzguen juntos, pero están empezando a ver que podría convertirse en un lío. Y a Burris, aparte, desde luego; ya se ha definido su posición con mayor claridad que la de Dwight Snow.

—No entiendo nada de esto —dijo Bill Houston—. Tú tráeme tebeos y cigarrillos. Me rindo.

—Bueno, te estoy hablando de estrategia, estrategia destinada a mantenerte vivo. Yo quería que os juzgaran a todos por separado, pero ahora no sé. Quizá sea bueno que James y tú vayáis juntos. En realidad no daré nada por resuelto hasta conseguir que el fiscal se ablande un poco. —Impidió que Bill Houston siguiera agitando nerviosamente la mano colocando la suya encima—. El caso es que en la oficina del fiscal del distrito todo el mundo está muy misterioso. Estoy empezando a sospechar que, pretendan lo que pretendan, nuestra política debe ser la contraria. Nada de colaboración.

Bill Houston abrió la colilla. Ambos hombres observaron arrobados los pequeños movimientos de sus gruesos dedos, hasta que añadió el tabaco al contenido de la bolsa de plástico, proporcionada por el condado, y se limpió de los dedos las últimas hebras.

—¿No podrías intentarlo otra vez? Ya sabes, lo de trasladarme a algún sitio más cercano donde haya televisión.

Fredericks quitó de encima de la mesa el cenicero y su cartera con un movimiento rápido y brusco del brazo; los dos guardianes, los mismos que acompañaban a Houston fuera de la celda, se colocaron en posición de alerta, pero no se acercaron.

La expresión del abogado no revelaba sus posibles sentimientos. Su tono de voz sonó idéntico al que siempre utilizaba con cualquier acusado.

—Eres un desgraciado, William. Eres el típico delincuentillo barato. Careces del más mínimo sentido de la responsabilidad personal, ni siquiera por tu propia vida. Pero voy a salvarte el pellejo.

—Oye, no creas que me intimidas…, no me asustas con esas gilipolleces.

—Muy bien —replicó el abogado—, espero que tampoco te asustes cuando se te pongan rojos los pulmones. Ojalá no te asustes cuando se te salga el alma por la boca en la cámara de gas.

Bill Houston se quedó sentado con las piernas estiradas y los pies cruzados, mirándose las botas, y lo repitió por enésima vez. En la celda se lo decía en silencio, a las paredes, y durmiendo lo gritaba en voz alta y despertaba a los de las celdas vecinas: «Lo he matado».

* * *

Jamie tenía muy presentes los amplios y agostados terrenos que rodeaban los aburridos interiores, pero nada de aquel mundo exterior se hallaba al alcance de la vista de las internas porque las ventanas estaban muy altas. Aquella mañana los barrotes arrojaban al suelo sombras de líneas entrecruzadas, de modo que cuando Jamie entró con los artículos de baño que acababan de entregarle, sus pies, calzados con zapatillas desechables de papel, se arrastraron por cuadrángulos de luz.

Arrimadas a los muros del pabellón se extendían dos filas de ocho camas, la mayoría con agradables colchas de lana de color verde o rojo. Instalaciones eléctricas embutidas en mallas de alambre interrumpían el amarillo pálido de las paredes, totalmente desnudas a excepción de un pequeño letrero cerca de la puerca que decía:

Una pareja de señoras mayores se hallaban sentadas en una cama jugándose pinzas a las cartas sobre un tablero, y otra anciana de rostro correoso rondaba de un lado para otro entre las hileras de camas. Tanto ellas como las otras pocas que se hallaban presentes vestían arrugados camisones de algodón idénticos al de Jamie. En el colchón desnudo del lecho que le indicó la enfermera había dos mujeres sentadas una al lado de otra, como de viaje. Aunque a Jamie le parecieron normales, su estatura resultaba menor de lo normal. Una de ellas mostraba un rostro horripilante, embadurnado de maquillaje blanco y cruzado por una gruesa mancha de carmín –parecía una muñeca de vudú–, y cuando Jamie se acercó, la otra empezó a expresarse con ruidos que ningún ser humano sería capaz de emitir. La mujer semejante a una muñeca asintió con la cabeza y aseguró:

–Se refiere al presidente.

La otra siguió con sus ruidos horribles, y la muñeca la reconvino:

–Demasiado deprisa, Allie. ¡Más despacio! –Y dirigiéndose a Jamie–: Habla del Departamento del Tesoro.

Ahora vio Jamie que la mujer sostenía contra los pliegues de la piel de la garganta uno de esos artefactos susurrantes para personas sin voz. El asunto del que trataban le interesaba tremendamente y gesticulaba incluso con la mano que sostenía el aparato, moviéndolo impulsivamente de un lado para otro sin darse cuenta, con lo que emitía sonidos inconexos.

–Son los tiempos en que vivimos –aclaró su amiga–. Los tiempos en que vivimos.

–Disculpa, ¿puedes mover ese culo gordo de mi cama? –le indicó Jamie.

La enfermera salió del baño –bañera y ducha–, situado al fondo de la fila de camas, con un montón de ropa de cama para Jamie.

–¿Es esta tu cama, Alice? ¿Es la de Bridget? ¿Es la tuya, Bridget?

Alice se colocó en la garganta el artefacto fonador y dijo:

–*Pogulo*.

–Alice –la reprendió la enfermera. Parecía a punto de sonreír.

–*Futa*.

–Quiere decir puta –explicó a Jamie su compañera.

–Fuera de la cama, por favor.

Dejando caer la ropa sobre el colchón, junto a las dos mujeres, la enfermera las ahuyentó con gestos imperiosos.

Ambas se levantaron a la vez.

–Las enfermeras se acuestan con los médicos –explicó a Jamie la de cara de pepona.

–Las monjas se acuestan con los curas –apostilló Jamie.

Las dos se fueron en la misma dirección y la enfermera por otra, pero se detuvo en la puerta, dos camas más allá.

–Puedes tomar toda la leche que quieras.

–¿Qué?

–Es por tu estómago, cariño. El doctor Wrigley lo ha incluido en el tratamiento.

Jamie se sentó en la cama y se pasó los dedos de un pie por el empeine del otro.

–¿Quieres un poco de leche?

–Claro…, ¿por qué insistes tanto con la leche? ¿Es que le habéis puesto algo?

–De acuerdo, cariño –la tranquilizó la enfermera–. Ya hablaremos luego de eso.

Se tumbó de través en el lecho, con la cabeza apoyada sobre las mantas dobladas y la planta de los pies en el suelo. Un olor a madreselva, flotando en el aire cálido y oscuro de Wheeling, le inundó las fosas nasales y luego una ráfaga del aliento de la acería. Toda su infancia quedaría justo a la puerta de aquellos muros con tal de que pudiese convertirla en una cuestión de horas; porque ya empezaba a entender cosas, a comprender lo del tiempo, sus direcciones y sus cambios de sentido, y los muchos acontecimientos que ocurrían momento a momento, desconocidos para aquel bosque de formas humanas completamente muertas, aquella selva de gente sin corazón...

—¿Quién dicen que eres tú?

Jamie se incorporó. Al borde de la cama de al lado estaba sentada una mujer no mayor que ella, rubia y en los huesos.

—Nos encontramos en el pabellón Mamie Eisenhower —le informó la mujer.

Llevaba el camisón de algodón, de un gris deslucido, pero había cubierto las mangas y la parte delantera con escritura secreta.

—Estoy en observación —dijo Jamie.

Pero por el momento la comprensión de lo que significaban aquellas palabras se le escapaba. Apoyó los codos en las rodillas, con la cabeza inclinada y el pelo colgando. El suelo estaba formado de losetas grises de diez por diez con una pequeña corona cobriza en el centro de cada una. La mujer no contestó. Se rascó entre las piernas con el desparpajo de una niña. Aunque levemente hermosa, se le veían los dientes tan amarillos como el pelo, y unas venitas azules en torno a las sienes. Parecía necesitar una dosis. A juzgar por su aspecto, estaba deshecha.

—¿Y cuál es tu historia? —preguntó Jamie—. Quiero decir, ¿por qué te han metido aquí?

—¿A mí? Estoy loca —declaró la mujer.

Se echó a reír; sus carcajadas sonaron como un ratatatá. A Jamie le cayó simpática, pero al mismo tiempo sintió deseos de darle una bofetada.

Se despertó del sopor del Thorazine porque alguien gritó: «¡Sargento!». El techo estaba muy lejos, pasó a veinte centímetros de su rostro y luego volvió a la posición normal. «¡Sargento!». Se incorporó en la cama. Era de día. La señora corpulenta del pelo rapado, que siempre vestía calzones azules de boxeador en vez del camisón, discutía con la enfermera. Tenía la cara roja; los ojos, rosáceos. Dos celadores de blanco la flanqueaban, respetuosos, a un metro de distancia.

—¡Quiero ver al sargento! —insistía la mujer.

—¿Sabes dónde nos encontramos? —le preguntó la enfermera—. El sargento no está. Aquí no hay ningún sargento.

Todas las pacientes guardaban silencio y contemplaban la escena con ojos brillantes. La mujer corpulenta se llevó las manos a las caderas y empezó a resoplar de manera incontrolada, moviendo la mandíbula como en un intento desesperado por quitarse algo de la garganta. Uno de los ordenanzas le hizo una llave por detrás, y la mujer se elevó del suelo con las piernas colgando como si fuese una criatura. El otro los rodeó con los brazos y los tres se alejaron bailando un vals monstruoso hacia la sala de contención, una cámara enteramente cubierta de baldosines diminutos con un sumidero en el centro del suelo.

La cama de la izquierda se hallaba vacía; con la ropa retirada a los pies, relucía como plata en la oscuridad. Jamie era la única paciente despierta, capaz de oír cualquier quejido. La anciana que dormía en el lecho de al lado caminaba penosamente por el pasillo entre las dos filas de camas, y al llegar al fondo su cuerpo quedó perfilado por la luz que salía del baño: ejemplificaba la inclinada figura del desamparo, con el pelo recogido en un moño. Y Jamie percibió otras imágenes a su alrededor; sacudió la cabeza, pero no se desvanecieron. La anciana parecía apretarse algo contra el vientre.

—¡He perdido a mi Catherine! ¡He perdido a mi Catherine! —gritaba con una voz tan clara, profunda y triste como la de una sirena de niebla. Jamie tuvo que cerrar los ojos un momento porque le ardían por el resplandor del baño. Cuando volvió a despertarse, en la cama de al lado había cortinas refulgentes. A través de ellas observó cómo se movían algunas siluetas humanas. Murmuraban y conspiraban fuera del alcance de sus oídos; entonces una forma oscura se acercó presurosa y entró diciendo:

—Tenemos que sondarla —afirmó.

—Sondarla, sondarla, sondarla —respondieron en voz baja las otras sombras.

Jamie se puso a tiritar convulsivamente. Quiso gritar pero no pudo. Se volvió del lado derecho, como para pedir ayuda al bulto de las personas acostadas, inconscientes y locas. Cuando parpadeó para tratar de quitarse de los ojos los puñados de cálida arena, todo había cambiado y había amanecido. La anciana sentada en la cama de al lado contemplaba las páginas de una revista.

—Voleibol, chicas —ordenó Helen, la enfermera.

—¿Voleibol? —se asombró Jamie, mirando a Sally en busca de confirmación.

Sally parecía demasiado famélica y débil para hacer deporte. Estaba tumbada de espaldas y se echó un mechón de pelo rubio sobre la cara cubierta de venitas azules, cayendo en una especie de trance. Voleibol.

—¡Raphael! —llamó la enfermera.

—¿Tengo que ir a jugar al voleibol? —le preguntó Jamie.

La noche pasada, hasta el amanecer, se habían oído chillidos provenientes de la sala de contención. Jamie no era capaz de entender la relación entre los gritos y el voleibol.

—El doctor Wrigley no quiere que bajes a jugar —le explicó Helen y miró a Raphael, el robusto celador chicano, que se estaba acercando—. No le gusta el voleibol —aseguró la enfermera, señalando a Sally en la cama.

Juntos la cogieron –Raphael por los pies, Helen por las manos– y la sacaron del pabellón como un peso muerto. Sally se echó a reír y los demás la secundaron.

Al cabo de un momento volvió la enfermera, respirando fuerte.

–Oye –le dijo Jamie–. ¿Se supone que estamos locas o qué? ¿Acaso las locas pueden jugar al voleibol?

–La actividad física es importante, Jamie. Y no me gusta la palabra «locas». Sois enfermas que intentáis poneros bien. Esto es un hospital, ¿no?

Jamie volvió a sentir un tirón en la nuca. Ella sabía que estaban en un hospital. ¡Por el amor de Dios!

–Creo que tú también deberías jugar al voleibol. Se lo sugeriré al doctor el lunes, cuando venga.

Jamie se enfadó porque no le gustaba que se figurasen que tenía ganas de jugar al voleibol. Estaba aturdida. Quería salir de allí ya. ¿Por qué no la mandaba la enfermera a jugar ahora?

–En realidad –le aconsejó Helen–, quizá te apetezca bajar ahora. Siempre hay sitio para una más.

–¿Me estás vacilando? –gritó Jamie–. ¿Quién te ha pedido que me dijeras eso? –Se sintió llena de hormiguillo. Se llevó las manos a la cabeza–. ¡Me están estudiando! ¿Qué me habéis hecho?

Empezó a comprender la enormidad de su situación. No quería enfrentarse a ella.

Se puso en pie sobre la cama, manteniendo apenas el equilibrio y señalando con el dedo a la enfermera. Quería explicar algo importante, pero la única palabra que se le ocurrió fue:

–¡Tú! ¡Tú! ¡Tú! ¡Tú!

Llegó Raphael. Y también un muchacho con una bata de médico. A Jamie le enfureció completamente el hecho de que considerasen necesario sujetarla a la cama y ponerle una inyección. Los nervios se le disparaban en el cráneo, unas voces cantaban de manera incomprensible, y todo se convirtió rápidamente en un borrón blanco.

Sentado en la cama con las piernas cruzadas, el médico la examinaba; era un doctor nuevo, no lo había visto nunca.

—¿De qué estamos hablando ahora? —preguntó.

—Pues —contestó el doctor— esencialmente de lo que quieras. De cualquier cosa que te preocupe, de lo que te inquiete en este momento. ¿Te apetece un café?

—¿Café? —repitió ella—. ¿Por qué trata de darme café? Ya toso bastante, tal y como andan las cosas. Estoy tuberculosa, por eso he perdido tanto peso.

—Muy bien; entonces, déjame hacerte unas preguntas. ¿Puedes decirme qué día es hoy, Jamie?

—Es el quince de cualquier mes, de mil novecientos vete a la mierda. ¿Cree que no me sé el truco?

—Tal vez sepas el truco, pero no intento confundirte. Tienes la fecha ahí mismo, en la pared.

Señaló hacia un letrero en que se leía:

HOY ES
jueves, 27 de junio
TU DÍA

—El único motivo por el que te pregunto es para saber si te tomas interés por el día en que vives. ¿Puedes explicarme dónde estamos hoy, Jamie?

—Estamos en un puto manicomio.

—¿Te acuerdas del nombre del hospital?

—Hospital del Estado de Arizona.

—Muy bien. Estupendo. Y ahora, por favor, no pongas objeciones a que te haga estas preguntas tan tontas, ¿eh? Solo intentamos orientarnos. Así que ¿qué tal si me dices en qué ala del hospital nos encontramos ahora?

—¿Ala? ¿Te refieres a un ala de pájaro? ¿De paloma? ¿Las alas de la paloma?

—No, no me refiero a eso sino al nombre de esta parte del hospital. Las zonas llevan el nombre de gente famosa.

—¿Las zonas? —Por un segundo, solo un instante, vio salir un bicho, una comadreja o algo así, de la cara del doctor—. No sé quién es usted, señor —le espetó—, pero si no se larga de aquí, es hombre muerto.

Una comadreja o algo así.

—Lo que creo es que estoy preñada —les explicaba Jamie una y otra vez.

Se notaba el estómago continuamente revuelto, y en un raro momento de lucidez se incorporó a la realidad el tiempo suficiente para darse cuenta de que era miedo, puro y absoluto terror creado por sus pensamientos, que se apoderaba de sus entrañas y se las retorcía hasta producirle náuseas.

—Tienes que intentar organizarte tú sola, día a día —le aconsejó la enfermera en tono confidencial.

—Bueno, que te den por culo —replicó Jamie. Lamentaba hablar de aquel modo, pero lo juzgaba necesario. Solo había que escuchar las noticias para comprender que el mundo estaba a punto de reventar. No tenía ni idea de lo que pasaría en el meollo de las cosas cuando llegara el momento.

* * *

La temperatura de la celda era uniforme. Solo al observar a quienes iban y venían se daba cuenta de que el desértico calor del verano había llegado ya. Resplandecía en el rostro de los recién llegados y se derretía en los poros de los guardianes cuando lo saludaban al inicio de cada turno; eso constituía siempre su primera obligación: vigilar al valioso acusado del final de la galería. Y mientras la temperatura subía en el mundo, Bill Houston se sentía triturado por las mandíbulas del cautiverio, y hallaba motivos, en las noticias que Fredericks le comunicaba dos veces por semana, para contarse entre los casos perdidos.

—Nos encontramos en una situación apurada —se lamentó el abogado—. Me informaron mal desde el principio, y yo te he informado mal a ti. Al tal Cowell, el hombre que resultó muerto en el atraco, lo consideran policía. No lo era. Estaba retirado. Pero no se fijan en esa circunstancia. Quieren adoptar un punto de vista técnico. No voy a quedarme aquí sentado, recitándote todos los artículos del código, pero te traeré copias de todas las leyes por las que te acusan y podrás echarles un vistazo junto con cualquier otro reglamento pertinente, incluyendo el de la pena de muerte, William, porque nos enfrentamos precisamente a eso. Los muy hijoputas quieren tu pellejo. Y no voy a decirte lo contrario, porque eso es lo que quieren.

Miró a Bill Houston al parecer esperando que hiciese algún gesto para negar sus palabras.

El abogado hizo un ademán de invitación: te toca a ti.

—Lo que te digo es que tenemos una nueva ley sobre la pena de muerte, que es constitucional, judicialmente admisible e irreprochable, y de pronto tenemos toda una inmensa oleada de gente, y me refiero a todo el mundo, a todas las fuerzas vivas, y te aseguro que quieren eliminar al primer asesino que se cruce en su camino sin *dilación alguna*: y ese eres tú, William; y también pretenden gasear a los inquilinos más antiguos del corredor de la muerte de Florence, y el que queda es Richard Clay Wilson, el asesino de niños. En realidad, no creo que de verdad crean que pueden sacarlo todo adelante. Pero son como niños. Tienen una ley nueva y ahora tiene que morir alguien.

A finales de junio resultaba evidente que a Burris, James y Bill se los juzgaría —por separado— según la fórmula inicial. Bill Houston fue unánimemente identificado en una rueda de presos. Y a partir de entonces el abogado estaba nervioso y se sentía impotente casi por completo. Houston conocía a los abogados; sabía cuándo llevaban las de perder. No se les concedió ninguna de sus peticiones de aplazamiento. Las decisiones se sucedían, temibles, implacables. La Jurisdicción Novena siempre decretaba en contra de Fredericks, rechazando los recursos con que intentaba invalidar pruebas e impugnar testigos y testimonios. El juicio de Houston se acercaba inexorablemente, como si no hubieran organizado la defensa de su causa.

—He logrado enviarte a que te examinen la cabeza —comentó Fredericks a su cliente—. Pero desde ya puedo asegurarte que te declararán cuerdo.

El nuevo recluso de la celda de enfrente, un individuo con aspecto de italiano que le había dado una soberana paliza al suegro rompiéndole buena parte de los huesos, preguntó a Bill Houston cómo andaban las cosas. Bill Houston le contestó la verdad.

—Voy camino de la cámara.

—Acompañemos a Irene a la zona de pacientes externos, para su visita —le sugería una enfermera; y Jamie no se interesaba ni por saber quién le hablaba.

—Vayamos a dar un paseo hasta el economato —le instaba la enfermera—. No podemos tenerte en cama todo el día, con esas cosas que piensas.

—Sitúate —le aconsejaba la enfermera—. Hoy es Cuatro de Julio. Este es el pabellón Helen Keller.

Tenía razón, estaba demasiado en la cama. Cuando se levantaba todo iba bien, pero cuando se echaba y pensaba en lo que ocurría en el mundo, su idea de la vida refulgía con un brillo insoportable que le borraba el contorno, y comprendía que las cosas no eran en absoluto lo que parecían, que no era Cuatro de Julio, que esas putas babosas y sofocantes dominaban el paso del tiempo y que todo se repetía sin cesar. Oía las instrucciones procedentes de las paredes, afirmando que debía matarse para salvar a los demás, para que los días prosiguieran su curso, y sufría su propio asesinato cada vez que respiraba, renaciendo continuamente en el llameante marco de un momento inalterable. A menudo se despertaba en un espacio conformado totalmente por cuadraditos verdes y blancos que se fugaban hacia un punto en el infinito. En una ocasión comprendió efímeramente toda la situación: se hallaba en un cuarto pequeño de azulejos con un sumidero en el suelo, y había dormido en un colchoncillo parecido a un edredón. Pero enseguida aquello se transformó por completo. Era mucho, mucho más horrible. Todo dependía de la posición de un solo cuadrado verde, y ella no sabía cuál, aunque la certidumbre con que su corazón se decidía por este, luego por aquel, después por el otro, la enloquecía. Tenía los labios cortados y le dolían los brazos. Cuando abrían la puerta del cuartito y entraban con la jeringuilla —la enfermera y el hombrecillo simiesco que le indicaba lo que le competía hacer—, entendía lo de los brazos.

—¡Pero bueno! —exclamó la enfermera, como si con eso lo dijera todo—. ¿Has olvidado que hoy te trasladabas al ala Madame Curie?

La sábana flotó suavemente mientras hacía la cama.

—¿Cómo? —preguntó Jamie, observando realizar la tarea a la enfermera.

—¡Día de traslado, caramba! —La enfermera se sentía decepcionada—. No has preparado tus cosas. ¿Dónde están, cariño? ¿Y el cepillo de dientes? ¿Y tu pequeño diario?

—Mira —argumentó Jamie—, yo creo que aquí todo el mundo se da por el culo. Pues entonces, bueno, hay que tragarse la mierda. Chúpate el coño puta.

Notó que la cara se le encendía.

—Procura cuidar esa lengua —le advirtió la enfermera. Jamie

decidió repetir mil veces muy seguidas «Chúpate el coño puta».

−Muy bien, querida. Vas al ala Curie; y si no te portas bien, acabarás en la Mathilda −le previno la enfermera.

−¿Al Centro de las Cosas? −inquirió Jamie−. Te voy a matar.

−¡Lane!, ¡Raphael! −Aparecieron los celadores, y la enfermera avisó a Jamie−: Vas cuesta abajo. Cuesta abajo y patinando.

−¡Te he echado una maldición! −gritó Jamie.

La enfermera murmuró algo que sonó a «Vudú disuélvete», y mientras Lane y Raphael la llevaban sujeta por los brazos, Jamie chilló:

−¿Me has llamado «Vudú disuélvete»? ¿Eh? ¿Eh?

A finales de julio la trasladaron del ala Curie a la de Juana de Arco. Allí todas las paredes eran de azulejos, y el suelo también; cada sesenta y siete baldosines, había un sumidero en el suelo. Dos de ellos se encontraban a una distancia de sesenta y ocho baldosines. Aunque no podía asegurarlo. Nada estaba claro, y, en cuanto terminaba de contarlos, si quería averiguar cuántos había, necesitaba empezar de nuevo. Y pese a que los sumideros seguían siendo los mismos y el corredor principal siempre tenía ochocientos veinte baldosines de largo, le hacía falta cerciorarse porque no lo sabía exactamente, y volvía a contar otra vez. Estaba convencida de que el error radicaba en un número. En el centro mismo de uno de esos números, en su núcleo forzosamente vacío, donde supuso que solo hallaría un pensamiento, se encontró con una mota de polvo en el ojo.

Siempre que la traían de vuelta de donde le conectaban los cables, veía lo mismo al pasar, una imagen de sí misma, un mensaje sobre su destino donde le suplicaban que se preparara, un cartel reluciente, una vertiginosa figura infantil de trazo anaranjado sobre un fondo rojo oscuro, bajo la inscripción: *Si te prendes fuego, tírate al suelo y rueda...* En plena noche violaron a la mujer que dormía al lado. Los oídos le rugían en el interior de la cabeza mientras observaba cómo extendían ansiosamente los biombos alrededor de la cama. Distinguía personas que se apresuraban de un lado para otro en plena noche, dirigiéndose al baño con trozos de la mujer para comérselos; por la mañana no quedaba ni rastro de ella.

Una luz ardiente, roja y blanca, la despertó. Las llamas la envolvían.

La cama se balanceó sobre un mar fugaz, y luego se sintió varada en el oscuro pabellón del hospital. No era su ropa sino su carne lo que ardía. El fulgor que despedía su cuerpo salpicaba las paredes y el suelo de sombras móviles que cambiaban de forma a voluntad mientras ella se levantaba de un salto, se quedaba un momento inmóvil, al pie de la cama y notaba que el paroxismo del calor la desgarraba por la mitad: «¡Estoy ardiendo!». Cayó al suelo y empezó a dar vueltas y a retorcerse. Todos los que estaban en la sala rompieron a reír. Había luces rojas y sirenas. No podía respirar porque el humo le inundaba los pulmones como si fuese agua. *Era* agua; trataban de salvarla pero estaba ardiendo. *No era* agua; orinaban profusamente sobre ella. Payasos todos, calzaban enormes zapatos fofos y la arrojaban a una monstruosa bañera con un sumidero.

Las baldosas se fruncían y respiraban bajo ella. Las carnosas superficies de las paredes maduraban sin freno ante su vista, inhalando continuamente, como pulmones que se dispusieran a lanzarle a la cara una llamada o un mensaje. Barras y pirámides caían por el aire formando signos casi comprensibles, como una escritura que cambiaba justo antes de que ella la descifrase, e incluso la estancia se convertía en una vasta insinuación, rebosante de sucios significados. Sentía deseos de contener el aliento y sollozar, pero comprendió que ya tenía llenos los pulmones. Cuando exhaló, la sala pareció momentáneamente aliviada de tensión: se quedó anonadada al recordar que el hincharse y deshincharse constituían las dos fases normales de respirar. Aquel lance horrible, terrible, que experimentaba era su respiración.

El ritmo de las cosas, su firme dirección, se había disuelto en la nada: aquella habitación no sucedía entonces, no sucede ahora; tal vez se trataba de un sueño de lo que iba a suceder o de lo que jamás sucedería. El sonido de su propia voz la hirió como una descarga eléctrica a través de los oídos, pero solo al gritar hasta quedarse ronca de agotamiento logró dejar de respirar.

Se asomó por fuera de su voz y vio al ángel.

Sus orejas se transformaban como una caricatura del crecimiento orgánico. Aparecía resplandeciente de luz amarilla, pero lleno de sombras móviles, de tatuajes vivos. Su rostro no dejaba de cambiar. Su voz sonaba muy lejana, como el silbido de un tren. Aunque de cuerpo firme, bello y lampiño, con alas blancas, fulgurantes y puras, su cabeza se metamorfoseaba rápidamente —águila, cabra, insecto, ratón, carnero con unos cuernos en espiral que se retorcían y alargaban de modo casi imperceptible—, configurando un mensaje que carecía por completo de palabras, que se refería tan solo al ritmo y a la dirección del tiempo. Sí es No.

El ángel le comunicó:

—Es la hora.

—¿Es la hora? —preguntó ella—. ¿Duele?

El ángel adquirió el rostro más bello jamás visto y echándose a llorar exclamó:

—Ay, cielo. No te lo puedes ni imaginar.

Bill Houston se hallaba en el Hospital del Estado para que decidieran si estaba en su sano juicio. Desde su celda de alta seguridad su mirada se paseó por unos cincuenta metros de césped hasta un muro bajo de piedra coronado por una complicada verja de hierro forjado y se detuvo más allá en el cruce de dos calles, imagen que no esperaba tener la oportunidad de contemplar tanto rato durante el resto de su vida.

Estaba de pie frente a la ventana de rejilla con los brazos cruzados en el pecho. Quería apartarse de la ventana y pensar por un momento en algo importante: en Jamie, que se encontraba en alguna parte de aquel hospital, y a quien deseó paz; o en cómo convencer a aquella gente de que estaba loco, de que le resultaba imposible distinguir el bien del mal. Pero en realidad solo le apetecía mirar aquella calle ordinaria, acechada por las sombras del atardecer.

Cada vez que tragaba saliva engullía medio discurso. Las cosas que debía decir le enturbiaban el estómago, lleno de acidez, y se quedaba mudo al comparar su propia confusión con las sublimes transacciones de aquella calle anodina. Comprendió que lo ejecutarían y moriría, que todo lo que estaba viendo lo sobreviviría. En solitario ya desde hacía semanas, solía hablar consigo mismo sin rodeos al corazón de cada instante, con temor a todo, reiterativa y crecientemente convencido de que pronto reventaría, que lo destruirían y luego renacería. Lo reconocía como una vieja sensación que iba y venía, pero que ahora había llegado para quedarse. Vivía solo y pensaba solo. La naturaleza del asesinato lo había dejado a solas consigo mismo; nunca se había encontrado tan solo.

Yo lo maté, le dijo a la gasolinera de la calle. Estoy preparado, vamos. Puedo enfrentarme al dolor, aunque no vencer el miedo.

Observó durante toda la noche la calle Veinticuatro, su

movimiento, cómo reparaban coches baratos y vendían gasolina, las idas y venidas de prostitutas, ciudadanos y extranjeros, el goteo de individuos procedentes de Van Buren, gente; ojalá pudiera verlos, con el deseo del motel reflejado en los ojos y la voluntad de aprovechar cualquier propuesta placentera que surgiera de la oscuridad y del calor. Y cuando no prestaba atención al miedo, sucedió. Poco a poco fue cambiando el ambiente por el influjo de la facultad que el paso de la noche suele tener para transformar la esquina de una calle o un negocio cualquiera, como aquella gasolinera. Y entonces, de repente, aunque con cierta suavidad, sucedió algo, y percibió el ahora. El momento se escindió y le vio el rostro.

Era Lo Increado, El Padre, El Instante.

Luego se acabó, pese a que no podía acabar. Entonces se halló en un mundo en el que un hombre subió a su Volkswagen azul, dando las gracias al empleado y cerrando con fuerza la puerta; un mundo en el que una farola fluorescente describía un arco sobre la estación de servicio, y otra yacía tendida a sus pies en un charco de agua y lubricante; un mundo del que podía arrancar una ráfaga de viento, pero nunca algo malo, precipitado o sin sentido; un mundo en el que quizá fuese a la cámara de gas y muriese para siempre sin llegar a morir jamás.

Empezaba a amanecer. Miró a través de la rejilla de la ventana, dispuesto a resistir el calor de un soplete de soldar, en un lugar anegado por una paz violácea. Se sintió como si sus pies hubiesen tocado tierra firme. Esta es tu vida eterna. Esto es para *siempre*. Solo ocurre *una vez*.

La llevaban sujeta por los codos, un hombre a cada lado. Se abrió la puerta. Los pies no le tocaban al suelo. Se le cayó una zapatilla.

—Fin del trayecto, muñeca. Has llegado al Centro de las Cosas.

—¿Qué coño, qué coño? —inquirió ella—. Que os den por culo.

—Muy bonito, mujer —ironizaron, amenazadores—. Este es el centro de Búsqueda de la Destrucción donde el demonio te comerá.

—Va a comerte el coñito. Con los dientes llenos de sangre —añadió otro.

—Alma cándida. Chupa las verrugas del espíritu agonizante. Este es el punto cero —prosiguieron.

—*Esperad* un momento —suplicó Jamie—. Esperad un momento.

Sintió que en la palabra siguiente, que no le salía, hallaría la respuesta adecuada.

—¡Estupendo! —exclamaron—. ¿Por qué no lo haces en plena noche?

—En cuanto la Búsqueda de la Destrucción se lo coma —continuaron.

Notó que se le encendía la cara. Apenas podía dominarse.

—¿Está aquí la bomba?

—Dínoslo tú —le contestó el hombre—. ¿Tú qué crees?

Lo subieron a la octava planta del edificio del Juzgado del Condado de Maricopa, esposado y con grilletes en las piernas.

—Ni hablar —manifestó Fredericks, rotundo, en cuanto lo vio encadenado.

El abogado se dispuso a protestar, pero el fiscal, un hombre alto de pelo gris y aire distinguido que parecía muy listo —Bill Houston deseó que fuese su abogado—, alzó una mano amistosa e hizo un gesto a los guardias.

Le quitaron amablemente las cadenas y se sentó en un banco junto a su abogado, pero Fredericks no se sintió satisfecho. Le enfurecía que presentasen a su cliente ante los impresionables jurados con el traje de algodón de la cárcel. Estuvo a punto de sufrir un ataque de apoplejía. Houston nunca lo había visto tan excitado, tan descompuesto y ofendido; pero consideró que se trataba de la actitud adecuada que debía demostrar su bando, que solo podía esperar triunfar de una manera limitada y fragmentaria gracias a un infinito desfile de apelaciones y oficios judiciales. En sesiones futuras, a William H. Houston, Junior, se le permitiría vestir un traje barato; pero según las instrucciones estaba claro que a la sesión inaugural del juicio se presentaría como un criminal ante el jurado que decidiría su suerte.

El jurado, sin embargo, no estaba allí. En aquel momento solo se hallaba presente un esbozo de la justicia local: el taquígrafo que colocaba sus utensilios, tres fiscales, dos carceleros y dos guardias del juzgado, y unos cuantos espectadores. Bill Houston no pudo evitar sentirse como un jovencito descarriado cuando vislumbró a su madre, situada en la tercera fila.

Parecía pequeña en aquella sala de techo alto, con el voluminoso y siniestro estrado del juez, la iluminación fluorescente, su sagrada y austera decoración de aeropuerto moderno, el elegante efecto de las alfombras que amortiguaban los ruidos y la refrigeración central. Llevaba un vestido rosa y un sombrerito sin alas, también rosa, con velo y prendedor; en cuanto vio a su hijo se lo quitó para descubrir un rostro de expresión viva y saludable, el mismo con que había asistido a otros juicios en el pasado, porque la gente se fijaba en ella solo en las ocasiones en que sus seres queridos luchaban contra la ley. Entonces, aunque a las personas como ella los creadores y funcionarios de aquellas salas suntuosas generalmente las ignoraban —o, en el mejor de los casos, las compadecían levemente—, todo el mundo se veía obligado a reconocer que aquel tipo de edificios se habían construido pensando en gente como ella. Al fin y al cabo —se dijo— trabajáis para nosotros y durante estos momentos tenéis que reparar en que existimos; los últimos serán los primeros. La avergonzaba enorgullecerse tanto de toda aquella tragedia, pero aquel día resultaba emocionante —hubo de admitirlo— porque su chico salía en primera página.

Tenía buena pinta. Aunque lo habían vestido con ropa de trabajo, como a una persona de rango inferior, mostraba buen aspecto. Era evidente que comía y hacía ejercicio. Como siempre, abandonado a sus propios recursos se volvía inútil y peligroso a la vez, pero detenido prosperaba. Su hijo mayor se sentía en casa cuando lo encerraban.

En el centro justo de las cosas mataron a Jamie. Aquello la sujetaba por la muñeca en el centro mismo de las cosas diciendo:

—Maldita seas, como te llames; no puedes hacer eso, puñetera, maldita seas.

Había dos de aquello.

—Manchas de mierda la pared; cada vez que lo hagas, lo vas a limpiar —le advirtió uno.

Cuando la agarró de la muñeca se vio una mano enorme. Aunque la retiró, aquello volvió a cogérsela y la juntó con la suya. Notó como si se ahogara.

—Adquirirás Responsabilidad y Temor —le aseguró.

Le sujetó la muñeca y le metió la mano en las aguas del lago venenoso.

Al tocar las aguas del lago de la sucia y ponzoñosa muerte un aullido de sirenas le salió por las orejas. Lo querías todo, se dijo, pues bien, ya te lo he dado. Ahora ya no soy nada.

—En este establecimiento las paredes han de estar limpias —le avisó aquello—. Te obligaremos a quemar todo lo que te sirva para ensuciar las paredes.

Esa soy yo. Eso es lo que querías, murmuró absorta.

—Responsabilidad y Temor en el Lago de Fuego y Veneno —añadió.

Cuando le hicieron poner la mano sobre su escritura secreta, formada con la porquería de sus tripas, desistió. La grandeza le estalló en la cara.

Me han limpiado de esas paredes, pensó.

Pero esa soy yo. Sigo aquí.

¿Qué es lo que estoy haciendo mal?

En la superficie donde había estado la palabra secreta y terrible, ahora corría el fuego.

¿QUÉ ES LO QUE ESTOY HACIENDO MAL?

—Es la primera vez en un mes que dices algo sensato —comentó aquello.

Había dos de ellos.

Así que ya está, concluyó ella, y sintió que la electricidad se escurría de su cerebro. Aquí no hay salida. Se acabó. Me quedaré siempre aquí. Lo he vivido todo hacia atrás.

Muñeca, dijeron, me tienes muy impresionado. ¿Ves lo que necesitabas desde siempre? Responsabilidad. Dignidad. ¿Y sabes cómo se logra eso?

Con fuego en el centro de tu nombre.

A medida que pasaban los días y comprendía que no lo llamarían como testigo, Bill Houston perdió interés en el proceso. No se fiaba de que nadie hablara en su lugar; solo él sabía quién era. Y quería que le permitiesen compartir esa persona con el jurado. Simplemente, deseaba que conociesen al hombre que iban a condenar; le enfurecía ser la causa de aquel espectáculo —que su madre iba a presenciar día tras día— y que no tuviesen intención de hacerle caso. Se sentía como un adulto en una habitación llena de niños entretenidos con coches de juguete. Para que viesen quién era, habría que apartarlos del mundo diminuto y singular que ellos mismos se habían creado.

En sus aburridos ensueños volvía una y otra vez al momento en que apuntó con el arma al guardia del banco. Su víctima estaba paralizada por la química del pánico y la excitación, y durante la fracción de segundo en que iba a apretar el gatillo, Houston supo que existía una forma mejor para resolver la situación. Tal vez hubiera sido posible desarmarle de algún modo, sin matarlo. Ese espacio entre aquellos dos latidos consecutivos de su corazón fue lo bastante dilatado como para que pudiera reflexionar sobre el acto. Hizo que se sintiera *bien*, le hizo saber que la vida era *real*, admitir que justo durante esa décima de segundo había tenido una opción clara y la había aceptado con todo su ser. Quería confesarlo a aquella gente, porque pensaba que lo más probable era que ellos nunca se encontraran en un momento como aquel. Solo quería revelar lo más importante que sabía: yo lo hice. Fui yo.

Contemplaba su juicio como tras un muro mágico, pensando con asombro en el hecho de que apretar el gatillo era una acción apenas distinta —solo un ápice de fuerza, un ejercicio de un cuarto de segundo— de no apretarlo. Y sin embargo había sido el desencadenante de todo aquello: aquellos hombres con sus preciosos trajes, sus relojes de oro resplandecientes en sus muñecas bronceadas, hablando unas veces con enorme seriedad, otras bromeando entre ellos, acariciando suavemente los montones de papeles que contenían todas las explicaciones de lo que estaba pasando allí. Y había dejado un enorme hueco donde Roger Crowell, el guardia del banco, esperaba vivir su vida: un silencio que llenaba la mayor parte del proceso de Bill Houston. Era una palabra impronunciable, porque nadie sabía qué podría haber dicho. Era un vacío no mayor que un puño, no más espacioso que el músculo del corazón, que lo absorbía todo en su interior y ponía en marcha el mecanismo que Bill Houston veía ahora cerrarse a su alrededor. Hablaban; se callaban; se levantaban; volvían a sentarse; se congregaban junto al estrado; conferenciaban en el despacho del juez y cruzaban expresiones e imperceptibles gestos que solo ellos comprendían. De cuando en cuando, Fredericks le pedía que se acercara para explicarle el pacto recién convenido, o que las pruebas carecían de solidez. Pero lo que Bill Houston no podía apartar de sí era la extraordinaria fuerza que había en la sutil diferencia entre apretar y no apretar el gatillo. Un movimiento minúsculo del dedo, un desplazamiento de un centímetro: he ahí la causa de que aquellos hombres y mujeres se reunieran para desfilar implacablemente por la senda de sus argumentaciones y sus leyes, sin eludir jamás la parada justa ni tomar el camino más corto, como si en realidad pensaran que habían ido allí para decidir otra cosa que no fuera su muerte.

* * *

Tras la puerta número veinte, tras el túnel de acero que atravesaron sin decir palabra, tras la cabina de vidrio donde se ejercía el control mediante un panel de ordenadores, con sus indicadores, clavijas y mandos, tras el registro corporal, el sermón, el corte en forma de V en los talones de las botas y su devolución, puertas correderas se abrieron y cerraron y Bill Houston pasó desnudo por delante de las celdas acompañado por un guardián de la galería sexta vestido de caqui, entre las conversaciones a gritos de unos hombres a quienes las barreras hacían mutuamente invisibles. Más que barrotes, cada puerta verde ante la que pasaban revelaba solidez, con un ventanuco en la parte alta, a la izquierda. Aquí y allá, algún rostro insignificante miraba con curiosidad.

Sus cosas estaban en la litera. Al ver que las habían traído y que lo esperaban allí, se sintió alguien especial; no prestaban ese servicio a los presos corrientes. Inspeccionó sus nuevas pertenencias por si tenían algún defecto: un par de zapatos de trabajo, de cuero amarillo —¿cómo habían adivinado su talla?, ¿estaría en su ficha?—, dos camisas azules de trabajo, de algodón, dos pares de pantalones vaqueros —demasiado largos, y se alegró de que no lo supieran todo de él—, cuatro pares de calzoncillos blancos, cuatro camisetas blancas, ocho calcetines blancos, dos pañuelos blancos, dos toallas blancas. Pañuelos. ¿Desde cuándo daban pañuelos? Se tumbó en la litera con una camiseta por encima de la ingle y escuchó a su alrededor una charla sobre mujeres, drogas, dinero y coches. Bill Houston no era de los que guardaban silencio en esos temas, pero si no podía ver la cara de los interlocutores no sabía cómo meterse. Además sucedía otra cosa, y es que en las pausas que se producían entre comentarios, no se sabía si la conversación había terminado o no. Alguno podía estar a punto de hablar o de caer profundamente dormido, y no podía saberse. Era como hablar por teléfono, solo que nadie decía nunca «hola» o «adiós».

Estaba en el lugar adonde se había encaminado desde hacía mucho tiempo. Se durmió antes de que apagaran las luces.

El sol estaba lo bastante alto como para dar sobre el muro oriental. El pequeño patio de ejercicio del módulo seis, poco antes sombreado, mostraba ahora una resplandeciente franja de luz en el rincón más occidental. Solo habían salido siete u ocho hombres y un par de guardianes. Bill Houston reconoció a H.C. Sandover al otro lado del patio, inclinado sobre algo que había en el suelo y acompañado por otros dos reclusos.

Como el guardián más próximo a ellos parecía nervioso, vigilando a un grupo de asesinos en el que cualquier intriga imaginable podría estar cobrando forma, Bill Houston se quedó donde se encontraba, al sol. Al tercer día, ya se iba acostumbrando a la severidad de ángulos y planos. En el negro de la sombra, en el tostado de las construcciones y en la blancura brutal de la luz, había algo que hacía pensar a Bill Houston en misiones españolas, en México, en algo preciso y claro. Aquel lugar poseía esas características: luz y silencio; cosas que transcurrían lentamente.

El guardián se hallaba ahora más cerca de los presos, casi entre ellos, y todos se reían del mismo chiste.

Bill Houston se aproximó, y H.C. alzó la cabeza y lo miró de soslayo, apartando la atención de un enorme sapo con el que estaba jugando. Su cabello rubio era ya gris y le llegaba hasta los hombros. Llevaba unas gafillas redondas de cristal azul brillante y un pañuelo rojo estilo pirata atado sobre el cráneo, casi como un sombrero, aunque los sombreros estaban prohibidos.

—¡Aquí tenemos una agencia de noticias, Billy! —dijo.

—Esa rana no irá a ninguna parte, amigos —aseguró el guardián.

—¿A ti qué te parece, Billy? —preguntó H.C.—. Ha tenido que entrar, ¿verdad? Toda mi filosofía de vida está en juego. Yo creo en una realidad que está más allá de las pruebas circunstanciales. Si conoce el camino de entrada, tiene que saber salir. —H.C. puso el sapo boca arriba, aún en cuclillas, también él con aire de sapo—. Las pruebas circunstanciales son las que me trajeron aquí. —El sapo era mayor que el puño de un hombre y debía de pesar cerca de medio kilo—. Podemos ponerle un mensaje para tu madre, Billy.

H.C. se incorporó y era tan alto como Bill Houston. Los otros dos hombres habían desaparecido. El guardián se había retirado unos pasos.

—Mamá tenía muchas ganas de que te saludara.

—Hace casi seis años que vi a esa mujer por última vez, Billy. Más de media década.

—Aun así.

—Eso es la vigésima parte de un siglo. ¿No comprendes que la gente se te desdibuja un poco?

—¿Por qué no le escribes nunca?

—No necesito escribirle. Ella me escribe a mí.

—No quiero reprocharte nada. —Bill Houston intentaba apaciguarlo—. En absoluto, solo que…

—… solo que me transmites el saludo con el que ella introduce un poco de culpa en mi orden del día, ¿no es eso? Algunas cosas se te difuminan, Billy, y otras se vuelven muy nítidas, muy claras.

Bill Houston sintió que su padrastro quemaba más que el sol. Habían compartido poco más que un techo, pero ahora deseaba expresar de algún modo cuánto le había desagradado siempre aquel hombre. Antes de que pudiera decir nada, H.C. exclamó:

—¡Cómo apestas, por Dios!

—¿Qué?

—Me das náuseas, como si fueras veneno. Todo tu cuerpo huele a gas de cianuro, Billy.

—La última persona en llamarme Billy fuiste tú.

—Me voy.

Como movido por una gran determinación, H.C. cruzó el patio hasta la zona de pesas, donde observó a un indio de cabello largo tumbado de espaldas al sol en un banco, levantando casi cien kilos sobre su cabeza. Cuando el indio empezó a forcejear y las pesas a oscilar, H.C. puso un dedo bajo la barra como para ayudarlo a levantarlas en el esfuerzo final. Bill Houston pensó que, puestos a asesinar a alguien, ojalá hubiera elegido a H.C. Sigues teniendo la lengua más rápida en seis estados. Tenías a mi madre besándote el culo. De pie en el patio, con el calor que ascendía por los muros mientras la mañana se convertía en mediodía, lo asaltó la sensación de que todas las circunstancias se habían confabulado en torno a su cabeza y lo habían cegado, de que estaba tan abrumado por los acontecimientos que jamás había empezado siquiera a pensar en ellos, de que nunca había sido capaz de advertir que la vida lo había hecho sufrir horriblemente, y a su madre, y a toda la gente que conocía. Pero ahora estaba claro, porque de pronto tuvo la visión de que todos los que estaban en el patio de aquella cárcel salían de su pellejo, de su vida, y se evaporaban. Y lo que quedaba era basura.

Joder, en aquel rincón debían de estar a cuarenta y cinco grados. Sentía el calor en los tímpanos y en el fondo de los ojos. Sacudió la cabeza para despejarse, pero todo le resultaba ya insoportablemente nítido y claro.

* * *

Igual que pensaba en los hospitales como lugares de muerte permanente, la señora Houston solía identificar el aeropuerto de Phoenix con la oscuridad y la tragedia, con la separación de familias, con el movimiento de corazones aturdidos a través de esos mundos dislocados. Y así se le presentaba aquel sitio, espantoso y extraño –el avión que se llevaría a Miranda y Baby Ellen salía a las 3.45 de la madrugada–, pero físicamente también era muy distinto del antiguo, más parecido a una estación de autobuses que a un centro de vuelos internacionales. En el nuevo aeropuerto había tres terminales diferentes, y un enorme estacionamiento de varias plantas por el que todo el mundo se habría perdido de no ser porque a lo largo del asfalto reluciente había trazos de pintura verde y flechas y señales que aseguraban que los múltiples caminos conducían a diversos ascensores con destino a innumerables líneas aéreas; de manera que, para la señora Houston, descifrar los mensajes, seguir las indicaciones y entregarse al extraño viaje a través de incomprensibles estructuras con Miranda, la niña pequeña y Stevie empezó a cobrar tintes espirituales.

Cuando se vieron depositadas en una escalera mecánica que las elevaba unos veinte o veinticinco metros hacia un gigantesco mosaico de un ave fénix que resurgía de sus cenizas, comprendió lo que sería encontrarse a las puertas del paraíso y se dio cuenta de lo insignificante que era la vida terrenal.

Llevaba a Miranda de la mano, y además acarreaba la maleta nueva de la niña, de tela escocesa. Miranda iba en silencio, amedrentada por el ambiente que la rodeaba y un poco atontada porque durante el trayecto desde casa de Stevie había ido durmiendo en la furgoneta. Pero una atención creciente se transmitió por su manita al notar la proximidad de juguetes, caramelos y chucherías a la venta para viajeros fatigados. La señora Houston la sujetó con fuerza.

—A lo mejor ya ha salido el periódico de mañana –sugirió Stevie.

Llevaba a Baby Ellen sobre el vientre, en un Snugli, una especie de mochila a la inversa para niños pequeños que la señora Houston no había visto nunca.

—Todos los días sale algo nuevo —comentó Stevie.

Pero no se refería al Snugli, sino a las noticias que sobre la banda de los Houston traían los periódicos. Sus ojos traslucían los tonos rosa y morado del dolor. Era evidente que aquello la tenía destrozada.

Pero para la señora Houston era la tercera o cuarta vez, y lo llevaba bien.

—Ya será el periódico de hoy —dijo—. Son las tres de la mañana del jueves.

Al volverse para hablar a su nuera, vio a Jeanine, que subía la última en la lenta escalera mecánica. Jeanine tenía el aspecto de una joven actriz camino de las cámaras, muy bronceada y de ojos claros, con su vestido de fiesta blanco sin mangas. Aquella noche no llevaba el voluminoso *Libro de Urantia* de tapas azules. Estaba a punto de convertirse en empleada de Hertz, la empresa de alquiler de coches, en San Francisco.

Tras salir de la escalera y orientarse, Stevie abrió la cremallera de la bolsa de viaje de la pequeña y se aseguró de que no faltaba nada.

—Solo tienes que darle el biberón alrededor de las cuatro y media, o cuando lo quiera, si es que empieza a berrear mucho. Además, llevas otro. Y unos pañales, pero probablemente no tendrás que cambiarla. Ahí van unos potitos de remolacha. —Tendió a Jeanine la bolsa de lona azul—. Esos potitos le encantan.

—¿Te refieres a las cuatro y media de nuestro horario, o a las cuatro y media del suyo? —preguntó Jeanine.

—Es el mismo, cariño.

—Es California —objetó Jeanine—. Es una zona completamente diferente.

—En verano no —aseguró la señora Houston—; porque no

nos regimos por el horario adelantado para aprovechar el sol, sino por la hora de Dios.

—¿Cómo voy a reconocer a su padre? —preguntó Jeanine.

—Supongo que él las reconocerá a ellas, ¿no? —contestó Stevie.

Se acercaban a la entrada de las puertas de embarque y al área de seguridad, con sus cintas transportadoras, su austera eficiencia y su mirada de rayos X. La señora Houston desechó el súbito temor de que fueran a torturarla.

—Ahí hay una —observó Stevie, dirigiéndose a una tienda de regalos de las que no cierran en toda la noche, con el fin de comprar un periódico; y explicó, a nadie en particular—: Todos los días sale algo nuevo.

—Siempre lo sacan en la primera o segunda página de la sección local —dijo la señora Houston.

Sin soltar de la mano a Miranda, se colocó detrás de su nuera, que sostenía el periódico con los brazos extendidos tratando de leer por encima de la cabeza de Baby Ellen. La pequeña estaba despierta y espabilada, y parecía a punto de golpear a Stevie en la mejilla con un chupete de goma que aferraba fuertemente con la mano izquierda.

—Trasladado al pabellón de la muerte —leyó en voz alta la señora Houston. Se volvió hacia Jeanine y añadió—: No lo puedo creer. Me niego a admitir que esta sea la voluntad de Dios.

—No sé —repuso Jeanine—. Nada tiene sentido.

—Mañana ya no estará en el módulo seis —dijo la señora Houston—. Lo van a tener en el pabellón de la muerte, en una especie de sala de espera. Bueno, pues ya es hora de que aprenda a esperar.

Stevie se enfadó. Tendió el periódico a su suegra, como apartando de sí todo lo relacionado con su desgracia.

—¿Es que no comprende que piensan matar a su hijo dentro de dos semanas?

La señora Houston mostró un absoluto desdén respecto a aquella idea.

—El alma de un hombre no muere. —Agitó el periódico hacia todo el aeropuerto—. Al final eso es lo que importa.

De los enrojecidos ojos de Stevie brotaban lágrimas.

—Yo lo que quiero es sentir su olor. ¿Cómo coño voy a oler un alma?

Lloró durante un minuto mientras las demás esperaban a que terminase.

—Me refiero a James —les informó.

—Lo sé —dijo la señora Houston—. Pero al menos él no va a sufrir la pena capital. Lo verás en cuanto se ponga bien. Y podrás olerlo, si eso es lo que quieres.

Miró a Miranda, que reclamaba su atención tirándole de la mano:

—Señora Houston, señora Houston.

—Casi estamos en el avión —observó. Y dirigiéndose a la niña, añadió—: ¿Qué quieres?

—¿Dice el periódico que mi madre ha muerto? —preguntó la niña.

Las tres mujeres guardaron silencio.

—¿Cómo? —inquirió al fin Jeanine.

—¿Dice que ha muerto? —repitió Miranda.

—No, cariño —contestó Jeanine, que no encontraba palabras para explicarle—. No, tu mamá no está *muerta*. Solo está *descansando*.

—Cuando uno se muere dicen que está descansando —observó Miranda.

—Está descansando en un hospital para ponerse *bien*, no porque haya muerto ni nada parecido.

Miranda se arrebujó el vestido nuevo entre las piernas.

—Tengo que ir al baño.

Jeanine la llevó a los servicios, que estaban al lado del área de seguridad. Mientras la esperaba, se miró al espejo. El pelo le empezaba a crecer de nuevo y acababa de hacerse la permanente. Llevaba un vestido blanco. Y carmín en los labios. Conocer a un asesino le había enseñado que tenía que vivir.

—¿Stevie? —llamó Miranda, con una voz que resonó fuera del retrete.

—No soy Stevie, cariño. Soy Jeanine.

—¡Ah! —dijo Miranda, que añadió—: ¿Jeanine?

—¿Qué ocurre?

Parecía que la situación se desarrollaba bajo el agua.

—Pues... ya casi he terminado, Jeanine.

—Bien.

Cuando Miranda estaba lista para salir, Jeanine insistió en lavarle las manos y abrió el grifo. De puntillas, Miranda metió un momento la punta de los dedos bajo el chorro de agua, y luego fue al secador eléctrico dejando que el aire caliente le pasara por la cara.

El secador dejó de funcionar y la niña se quedó quieta. Llevaba un vestido blanco, casi exactamente igual al de Jeanine, y se encontraban a solas en un súbito silencio, entre los azulejos de un servicio público. Alzó las manos hacia Jeanine.

—¿Me subes al espejo?

Por un momento, Jeanine no la entendió.

Luego entendió y aupó a la niña hasta el ancho cristal. Por encima de la hilera de idénticos lavabos de porcelana que parecía disminuir hasta confundirse en una bruma de baldosines, Miranda se observó. Se estudió con cuidado en el espejo, volviendo la cara de un lado a otro en el ámbito de la infatigable duplicación de todas las cosas.

—Esa no soy yo —dijo a Jeanine.

Se llevó la mano a los volantes blancos del pecho.

—Esta soy yo.

6

Brian, el guardián del pabellón de la muerte durante el turno de tres a once, vestía el habitual uniforme almidonado de color caqui. Pero en cuanto Brian, Bill Houston y los guardianes que trasladaban al recluso pasaron al pequeño edificio de ladrillo rojo donde los condenados vivían sus dos últimas semanas, Brian se quitó la camisa, que no volvería a ponerse hasta salir del pabellón de la muerte, pero en ningún momento la gorra, que le confería un aire fatigado, ni tampoco las gafas de sol refractarias del Ejército del Aire, que, según sabía Bill Houston por experiencia, eran un obstáculo porque impedían ver las cosas con claridad y solo servían para afectar rudeza. Resultaba evidente que, para Brian, el aspecto que presentaba era el comienzo de aquello que quería ser. Solo tenía veintitrés o veinticuatro años.

—Bueno —dijo Bill Houston, de pie en el umbral de su nuevo hogar al lado de los tres guardianes—, no es precisamente una mazmorra ni nada por el estilo.

—No —repuso Brian, persona seria y nerviosa—. Aquí hay un ambiente seco.

Bill Houston no entendió por qué el guardián subrayaba lo del ambiente seco, a menos que pretendiera minimizar la presencia de varios charcos de agua desperdigados por el suelo de cemento, aparentemente huellas de una operación de limpieza con manguera. A su derecha, tras una entrada sin puerta, se hallaba la sala de espera, que consistía en dos pequeñas celdas contiguas. A su izquierda había un amplio ventanal por el que observó una habitación pequeña, semejante a la cabina insonorizada de una emisora de radio. Era la sala de los testigos.

Justo delante se encontraba la cámara de gas, comparable a un vetusto vehículo de transporte. A través de la pesada puerta, dotada con cierre de aire comprimido pero en aquel momento abierta de par en par, miró con vertiginosa incredulidad la voluminosa silla metálica y sus correas de cuero, mientras Brian silbaba y se quitaba la camisa, disfrutando de todo aquello.

—Siéntese —lo invitó, burlón, Brian—. Como si estuviera en su casa.

Bill Houston intentó reír, pero no lo consiguió.

—No, en serio. A nadie le importará. ¿Quiere probarla?

Bill Houston comprendió que no se lo ofrecía simplemente porque estaba en su mano hacerlo, sino porque verdaderamente le creía capaz de aceptar.

Un grupo de hombres procedentes del patio se había congregado cerca de la entrada: internos que iban a la enfermería a vender plasma sanguíneo bajo la vigilancia de un guardián alto entre ellos, al sol, sin gorra, casi con aspecto de ser su prisionero. Brian les preguntó con auténtica cordialidad:

—¿A alguno de vosotros le gustaría dar hoy un paseíto?

En respuesta, las risas de los presos sonaron como un griterío de aves de caza recién asustadas, se extendieron por el campo y rebotaron en los muros que los empequeñecían.

Bill Houston sintió por todo el cuerpo el impulso, compartido con los otros presos, de decir: Pues vale, de acuerdo. Pero no dijo nada. Rápidamente, tras la curiosidad lo asaltó el habitual miedo y temblor, la seguridad de que los guardianes podrían matarlos impunemente y la sospecha de que les gustaría intentarlo. En su frenética imaginación les hablaban los confines de su reclusión, esperando lo que pudiera venir, esperando otro nombre, esperando épocas colosales, esperando la Búsqueda de la Destrucción. Conocía una avalancha en las venas, vio su urgencia achicharrada entre aquellos muros, y quiso ofrecerse en sacrificio para pagar con su muerte algo más que sus estúpidos errores. Si Brian le jurase que serviría de ejemplo revelador para alguien, cruzaría inmediatamente aquella puerta para que lo mataran en aquel preciso momento.

Llegó a un metro de la entrada y miró hacia el interior de la cámara. El asiento de la silla se apoyaba en una arqueta de hierro fundido, con agujeros para la difusión del gas. Dos tubos rectos de cinco centímetros entraban justo por debajo de la ventana de los testigos hasta la base de metal perforado. Supuso que por allí lanzaban las bolitas de cianuro para que se empaparan en el ácido situado debajo de la silla. Resultaba evidente que las gruesas correas de cuero con que sujetaban por los brazos y las piernas a los allí ejecutados anteriormente se habían oscurecido por el sudor.

No dijo palabra alguna, y cuando quedó claro que no tenía nada que comunicarles sobre cómo se sentía un condenado en aquel sitio, los demás presos se dirigieron a la enfermería.

Los guardianes esperaron pacientemente, y Bill Houston, con la misma parsimonia, se quedó expectante, seguro de que se aterrorizaría ante el instrumento de su muerte, que al fin y al cabo solo consistía en un cuarto pequeño semejante a una campana de buzo, o a un submarino de un parque de atracciones barato, con un manillar ancho en la puerta para cerrarlo herméticamente. Se sintió obligado a experimentar algo más que un leve interés. Pero lo que veía no llegó a emocionarlo hasta que reparó en el estetoscopio –un tubo extraordinariamente largo– empotrado en la puerta. Comprendió que conectarían a su pecho el extremo plano y reluciente de aquel aparato de escucha en cuanto lo hubieran atado con las correas, y sencillamente no le pareció justo. Eso significaba que no le permitirían llevar camisa, que lo dejarían medio desnudo en presencia de extraños, y entonces se apoderó de él la nítida sensación de que su muerte sería observada, estudiada y registrada por personas que no calibrarían lo mucho que él deseaba vivir. Probablemente pensarían que, como no ofrecía resistencia, consideraba que todo aquello estaba bien. Pero no. Sencillamente no lo conocían. Eran extraños.

Miró al otro lado del umbral, a la parte que se le ocultaría cuando cerraran la puerta, y le repugnó la vista de las orejas de conejo del estetoscopio, colgando inútilmente. Le parecía horrible que alguien estuviera conectado a él en su agonía. No era justo que un médico escuchara cómo se le aceleraba el pulso en el frenesí creciente de su corazón al suministrarle sangre impotente, sin oxigenar, hasta que le estallaran las arterias principales. Y durante todo ese tiempo el médico probablemente desearía que se diese prisa.

Pero pensó en Crowell, el guardia del banco, en cómo había deseado embadurnarlo de muerte, como si fuese pintura, hasta que no emitiera ningún peligroso destello de vida. Me lo he buscado. Dobló un poco el dedo del gatillo. Lo suficiente. Y ahora me toca a mí.

—¿Qué quiere decir eso? —preguntó a Brian.

Sobre el ventanuco abierto en la puerta, por la parte de dentro, había unas palabras escritas en antigua caligrafía inglesa, una frase para leer mientras los efluvios de los remolinos de ácido cianhídrico ascendían a las fosas nasales: «La muerte es la madre de la belleza».

—No sé lo que significa —confesó Brian—. Supongo que lo descubrirás pronto, ¿no?

Pero Bill Houston ya lo sabía.

—No te puedes ni imaginar lo rico que está esto —comentó a Brian mientras comían pan especial untado de manteca de cerdo mezclada con sabor a margarina, y una sopa deshidratada y anónima. Describió un movimiento con la cuchara de plástico—. Eso es lo que intenta decir el letrero de la puerta. Cuando solo te quedan dos semanas, un bocadillo de mierda te parece perfecto. Incluso un bocadillo de mierda sin pan.

Brian se quitó la gorra y se pasó bruscamente la mano por la cabeza. Delgado y guapo, de pelo claro y corto, su nuez prominente le daba el aspecto del chico de campo que era. No fumaba, y afirmaba que no bebía whisky.

—Nunca me pillarán en nada —le había dicho a Bill Houston aquella tarde—. Hace dos meses echaron a veintitrés empleados deshonestos. Pero a mí no me pasará; tú no puedes corromperme. No tengo vicios de los que puedas aprovecharte. Ya me entiendes, ¿verdad?

—Yo no trato de corromperte —dijo Bill Houston.

—Pues mejor que no te molestes en intentarlo, a eso voy.

—¿Eres religioso? —le preguntó Bill Houston.

—Pues claro que soy religioso. Todo el mundo es religioso en el pabellón de la muerte. Tal y como yo lo veo, es nuestro destino estar juntos hasta el fin de tus días.

—Sí, claro —convino Bill Houston. Pero le molestó decirlo.

En el pabellón de la muerte no había aire acondicionado.

Contra las normas, Brian abrió la puerta de la sala de espera para que entrara la brisa, con lo que ofreció a Bill Houston un mezquino panorama de polvo y un tramo de muro de cemento. Alguien había planeado al pie del muro una hilera de unos seis metros de arbustos aún no identificables, y Bill Houston estuvo mirándolos todo el día sin ningún interés por ver si el desconocido iba a regar alguna vez; pero no apareció nadie. Al otro lado del muro estaba la unidad sur, de media seguridad, y más allá, el módulo seis, donde solo había pasado nueve días antes de que lo trasladaran a la sala de espera.

Al anochecer, poco antes de que salieran las estrellas, el cielo se volvió azul oscuro y los patios y edificios cobraron un tono tan amarillento como el de la mantequilla bajo un arco voltaico. El aire refrescaba rápidamente, pero los muros siguieron calientes en la oscuridad, y los generosos rizos del afilado alambre espinoso enrollado por encima de sus cabezas fueron lo último en recibir la luz del día. Fuera, el desierto estaba dormido: era el momento en que los animales diurnos iban a refugiarse y las bestias de la noche aún permanecían ocultas un rato más. Al otro lado de la autopista del Norte, los campos de alfalfa del Departamento Correccional parecían desprender un calor verde. Si bien aquello no era la paz, tampoco era la guerra. Los presos habían cenado y guardaban silencio. Los que cumplían condenas relativamente cortas podían tachar un día más.

Al cabo de un rato, de la oscuridad surgió cierta energía, un rumor como de papel de estaño, el viento sobre los muros. Los animales nocturnos salieron. Dentro, la televisión sonaba más alta y se encendieron más luces. Se alzaban voces, se murmuraban tratos y se efectuaban negocios entre colegas. En la cárcel, igual que fuera de ella, la gente tenía que buscarse la vida.

En su nuevo lugar de residencia, Bill Houston se encontraba más cerca de la vida de la prisión, con más posibilidades que en el módulo seis, donde no compartía nada, ni siquiera la cocina, con el resto de los convictos de Florence. Pero era consciente de que no formaba parte de aquella vida, y de que ya nunca lo haría. James, a la larga, sí; y Burris probablemente también. Aquella noche Bill Houston se compadecía de sí mismo. Lo único que podía hacer era charlar con Foster, el viejo y jadeante guardián de la hora de la cena, o saborear el aire. Tenía sabor. Sabía maravillosamente.

La circunstancia de que solo pasaría tres semanas en prisión le parecía ahora una de las peores partes del castigo. Era dentro de la cotidianidad uniforme y rutinaria de aquel entorno donde lo asaltaba la maravilla de la vida. Cambios minúsculos en el aire del desierto, el desplazamiento gradual de sombras supuestamente fijas a lo largo del suelo mientras se sucedían las estaciones, la lenta disminución de la gente conocida que lo rodeaba: todo hablaba de una intriga benevolente en el meollo de las cosas para que nunca volvieran a ser las mismas. Pero en la calle los acontecimientos anegaban la calzada. Todo se volvía del revés, todo le rebotaba en el rostro, dejándolo con los ojos muy abiertos pero dormido. Nunca se había visto a sí mismo en la calle. Era aquí, en el imposible reducto de su maldición, donde se había conocido.

En esta versión, dejó el ramo de flores que ocultaba la Remington encima del mostrador donde se rellenaban los cheques y de pronto se le ocurrió algo.

—Espera, Dwight —susurró; nadie le prestó especial atención. Dwight, que estaba en el área de escritorios, quedó confuso. Se acercó.

—¿Qué ocurre, Bill?

—Creo que sería mejor retrasarlo.

—Bueno, pues lo retrasaremos. Pero ¿cuál es el problema, Bill?

—Hoy tengo un mal presentimiento, Dwight. ¿Puedes confiar en mí?

—Si no hay más remedio… Bueno, de acuerdo, Bill. ¿Volvemos a intentarlo mañana?

—Volvamos cuando haya otro guardia de servicio —sugirió Bill Houston en esta versión—. Ese me da mala espina.

—No quiero volver mañana —dijo Bill Houston en otra versión—. No quiero volver nunca más. Puedo llevar una vida bastante decente: una mujer, un par de niñas. No tiene sentido que esté aquí. No he valorado todo lo bueno que me rodeaba.

—Yo tampoco, Bill —convino Dwight en otra versión.

—Yo tampoco —dijo James.

—Yo tampoco —dijo Burris.

—Yo tampoco —dijo Jamie.

* * *

Las cosas murmuraban y temblaban. Pero se mantenían firmes.

Llevaba una falda rosa y una camiseta negra. Era maravilloso sentir los leotardos sobre la piel. Pero las playeras la hacían sentirse como una señora con la cesta de la compra.

—¿Cuánto alcohol, más o menos? ¿Qué era? ¿Vino? —le preguntó la asistente social.

—Sí. Eso es. Vino.

El doctor Wrigley miraba sus gráficos sujetos a una tablilla. En aquella situación, era el adalid de Jamie.

—¿Cuánto vino bebía diariamente? Como promedio, digamos —preguntó la asistente social.

—Bebía de modo bastante habitual —explicó Jamie a la reunión de funcionarios—. Por la noche tomaba casi dos litros. Y me dejaba el resto para el desayuno.

Todos asintieron con la cabeza. Aparte de ella, había cuatro personas sentadas a la mesa de reuniones. Tomaban notas.

—¿Y las drogas?

Esa pregunta la formuló una mujer menuda que también era médico. A Jamie le caía simpática porque parecía estar de su parte y porque llevaba playeras.

—¿Puede decirnos de qué clase y en qué cantidad?

—En eso no había norma fija —contestó Jamie—. Simplemente aprovechaba cualquier ocasión que se me presentaba para colocarme al máximo.

—¿Cómo se encuentra hoy? —inquirió la asistente social.

—Nerviosa —contestó Jamie.

Esa era la palabra que menos le convenía. Lo comprendió enseguida.

—Quiero decir que tengo mis problemas —añadió—, pero tampoco creo que sean nada del otro mundo.

Se removieron en los asientos.

—Si estás nerviosa es porque te encuentras aquí —sugirió el doctor Wrigley.

—Usted lo ha dicho.

Todos asintieron con la cabeza. Cuando decía algo inconveniente, se removían en la silla. Cuando decía lo adecuado, las cabezas subían y bajaban.

El doctor Wrigley no era el único que tenía gráficos. Otro, el doctor Benvenuto, que manoseaba unos papeles, le preguntó:

—Jamie, ¿qué te imaginas que harás dentro de diez años?

Cerró los ojos y el futuro se le presentó como una visión.

—Estaré viendo la tele en color y fumando cigarrillos de la marca Winston.

Eso hizo que sus cabezas asintieran frenéticamente. Aquello les encantó.

—Mis dos niñas estarán en la habitación de al lado. Miranda ya tendrá dieciséis años y probablemente estará hablando por teléfono. Con su novio. —Evidentemente, ahora todo encajaba a la perfección: cuatro caras felices la rodeaban—. Ellen tendría diez, ¿no? Está… tocando el piano. Creo que practicando unas melodías para su gran presentación. El recital. —Contempló sus sonrisas y, más allá de ellas, adivinó sus hogares—. Eso es lo que quiero. Un piano, un jarrón con flores dentro. Un coche pequeño, económico. Una vida normal.

Encendió un cigarrillo.

—Todo estaría organizado a base de cómodos plazos mensuales.

Vaya.

—Me refiero a las deudas que tuviera y todo eso.

—Lo entendemos —dijo el doctor Wrigley, y el otro individuo, el doctor Benvenuto, del tratamiento de Régimen Abierto, se echó a reír.

De vuelta al carril rápido. En su imaginación, retrocedió un paso y obtuvo una perspectiva global de la habitación.

En realidad, allí estaban todos de su parte. Todos le daban la señal: «POR AHÍ SE SALE».

Cuando la asistente social y la doctora de las playeras se marcharon, el doctor Wrigley se quedó en la sala y le presentó al doctor Benvenuto.

—Creo que lo que debe hacer es someterse a un tratamiento de rehabilitación de drogas y alcohol —dijo enseguida el doctor Benvenuto.

—En régimen externo —puntualizó el doctor Wrigley.

—Régimen externo —repitió Jamie—. Eso suena a música celestial.

— Tiene un largo camino por delante —le advirtió el doctor Benvenuto—. Espero que lo comprenda.

—Lo recorreré centímetro a centímetro —repuso Jamie.

—¿Está dispuesta a hacer lo necesario para no tomar drogas?

—Me dejaría cortar los brazos y las piernas.

—No es preciso ir tan lejos. ¿Estaría dispuesta a vivir en una institución de régimen abierto y asistir diariamente a una sesión de terapia de grupo? ¿Consentiría en hacerse un análisis de orina cada tres días?

—Haré lo que sea. ¿Dónde firmo?

—No es cosa de firmar —afirmó el doctor Benvenuto—. Se trata de su vida. Es algo más difícil.

Jamie leyó el mensaje varias veces. Era difícil concentrarse en él con el doctor Wrigley de pie junto a la cama. Era la primera comunicación personal que recibía del mundo exterior, aunque en realidad procedía del Mundo Interior.

Comprendió que su reacción sería importante. El doctor Wrigley se lo había entregado en mano.

—¿Qué momento del verano era cuando escribió esto? —le preguntó.

—Creo que fue inmediatamente después de su detención. Lamento que haya pasado tanto tiempo, pero espero que lo comprenda.

—Claro que sí —le tranquilizó ella—. No hay problema. Solo quería saberlo.

Volvió a leerlo:

La separación es dolorosa. Sigo pensando en ti todos los días. Hubo una inundación aquí fue el 2.º día después de que me cogieran. Luego todo el mundo se enteró de que fueron 2 cocineros, lo hicieron a propósito y jorobaron los sumideros de la cocina. Oye espero que tengas oportunidad de decir a todos que lo siento. Esta la va a entregar Freddy mi abogado. Me alegro de que James no muriese.

Lo que siento por ti sabes es dificil decirlo. Dile a Burris que no estoy enfadado, eso puede pasarle a cualquiera.

La separación es dolorosa. ¿Pero quién sabe de la esperanza de mañana? A lo mejor volveremos a vernos en un día de sol Jamey.

Te quiero

WM HOUSTON JR

Dile a Burris que sigue siendo mi hermano

—Dice: «Dile a Burris que sigue siendo mi hermano».

—Pues si eso es lo que dice… —dijo el doctor Wrigley.

Ella lo pensó un poco.

—Creo que sería estupendo decírselo.

* * *

Cuando Brian volvió de cenar traía consigo un montón de periódicos y venía acompañado por los dos guardianes del módulo seis. Conducían a Richard Clay Wilson. Nadie hablaba. Aquel individuo había asesinado a niños. Los guardianes no bromeaban ni le ofrecían probar la voluminosa silla de la cámara de gas.

Wilson se aposentó en la celda de al lado con orgullosa eficiencia, y colocó en el estante una enorme radio estereofónica que funcionaba con pilas; la puso a todo volumen, al tiempo que miraba a Bill Houston con inofensiva amenaza a través del ruido y los barrotes que separaban sus celdas. La breve estancia de Bill Houston en el módulo seis no le había brindado ocasión de conocer a Wilson, pero no era distinto de las fotografías juveniles que años atrás habían aparecido en los periódicos. Era flaco y no muy negro —medio jamaicano y medio blanco—, de nariz chata, sumamente ancha, y tez horrorosa: pecas y granos en nariz y mejillas, y poros irritados por la zona del rostro que se afeitaba. Arrojó sobre la litera su nueva camisa azul de trabajo, puso los brazos en jarras y miró a todos de arriba abajo con gestos intencionadamente descuidados, administrados con el propósito de que le acreditaran como una persona importante y no como un inútil. Sobre cada uno de los pezones llevaba una cruz tatuada, con líneas que sugerían una luz radiante. Había permanecido en el corredor de la muerte y luego en el módulo seis, que lo había sustituido, algo más de trece años. Ahora tenía treinta y un años.

Se presentaron mutuamente como Richard Clay Wilson y William H. Houston, Junior. Esos eran los nombres que les habían asignado los periódicos.

—A lo mejor nos llevamos bien —dijo Bill Houston.

—A lo mejor —repuso Richard con actitud agradecida; conectó unos auriculares y se los colocó sobre la cabeza.

—Nunca he visto que nadie llegase tan rápido a la cámara de gas —le dijo Richard, mientras pegaban periódicos viejos con cinta adhesiva para que hiciesen de pantalla entre los dos.

—Me ha dicho mi abogado que estamos entrando en una nueva era —le explicó Bill Houston.

—En seis años nadie había pasado por aquí. A mí nunca me habían traído.

—¿Y quién estuvo?

—Un motorista blanco, un caballero que se llama Mavis. En dos días lo devolvieron al módulo seis.

—Quieren mi pellejo. Y también quieren el tuyo —dijo Bill Houston.

—Yo soy el más antiguo, y tú eres el más nuevo del módulo seis —puntualizó Richard.

Por lo visto tenía la costumbre de inflar el pecho de repente, como un conferenciante.

Bill Houston pensó que era un imbécil. Empezó a colocar más deprisa el papel.

—Pues nos van a llevar a la cámara —insistió.

—¿Lo dices en serio, muchacho? En esa cámara no van a meter a nadie. ¡No *funciona*, coño!

—Esta vez es diferente —le aseguró Bill Houston—. Lo presiento.

—Tú no presientes nada. No eres más que una criatura.

—Soy bastante mayor que tú, Richard.

—¡Y una mierda! Esta es mi casa. Tú eres solo un niño y estás en mi casa.

—¡CRUCIFICADO!

Bill Houston despertó; soñaba con campos sembrados. Sí, eran las tres de la mañana.

—¡CRUCIFICADOOOOO!

El guardián —Houston no lo conocía, estaba durmiendo cuando se produjo el cambio de turno— era un fantasma: solo el círculo móvil de una linterna, como hielo en los ojos.

—En la puerta de al lado —dijo Houston a la luz.

—RETRÁCTATE RETRÁCTATE RETRÁCTATE...

El guardián enfocó la linterna a la celda del otro prisionero. Contra la capa de periódicos pegada entre las celdas, Bill

Houston vio las sombras cambiantes de los barrotes y la deformada silueta de Richard Clay Wilson, el famoso negro asesino de niños. Parecía estar de rodillas en el suelo de cemento.

—¡CRUCIFICADO! —gritó.

Ahora la linterna estaba quieta, enfocando la celda, con la luz sobre el prisionero.

—¡CRUCIFICADO!

—¿Qué *coño* hace retorciéndose en el *suelo?* —exclamó el guardián en voz baja.

—Es como si rezara —comentó Bill Houston.

—¡RETRÁCTATE! ¡CRUCIFICADO! ¡RETRÁCTATE!

—¡Wilson! —exclamó el guardián moviendo la linterna, con lo que se agitaron las sombras alrededor—. ¡Wilson!

—En el módulo seis lo hacía todas las noches —explicó Houston—. Pero nunca lo había oído tan de cerca.

—¡CRUCIFICADO! ¡RETRÁCTATE DE TU SUICIDIO!

—Pues nadie me lo había advertido. —El guardián invisible parecía molesto—. ¿Qué está diciendo?

—Es como su oración, hombre. Todas las noches, a las tres de la mañana. «Crucificado, retráctate de tu suicidio».

—¿Crucificado, retráctate de tu suicidio?

—¡CRUCIFICADO! —aulló Wilson. Al gritar lanzaba espumarajos. Se le oía la ronquera en la garganta—. ¡RETRÁCTATE DE TU SUICIDIO!

—¿De qué demonios está hablando?

—Supuestamente de Jesucristo —dijo Bill Houston—. ¿Qué le parece si apaga esa luz y dormimos todos un poco?

—¡CRUCIFICADOOOOOOO!

—¡Qué demonios! —dijo el guardián—. Si tú puedes dormir, yo también.

—Acabará dentro de un momento. De todos modos, usted no debería dormir.

El guardián apagó la linterna. Por un momento, la oscuridad fue como una manta sobre los ojos de Bill Houston. Y luego, al mortecino resplandor de las farolas del patio, percibió débilmente la habitación.

—¡CRUCIFICADO! —oraba el asesino en la celda a oscuras. Tras una pausa terrible, sollozó—: ¡RETRÁCTATE DE TU SUICIDIO!

Bill Houston, tumbado en la oscuridad, con las manos en la nuca, musitó también una breve oración: ¿Qué quieres de mí? ¿Quieres que muera? Pensó en el dependiente de la ferretería que había atracado en Chicago: Lo obligué a tumbarse y a rezar.

—*Crucificado…* —murmuró con el último sonido ronco que pudo articular.

A la mañana siguiente, Richard dijo a Bill Houston:

—¡Yo no iré con Jesús! —Bill Houston se sintió molesto por su vehemencia—. Soy un extraño de otro planeta. A mí no me van a salvar.

—Admiro tu valor —admitió Bill Houston.

> *Simplemente no puedo parar*
> *cuando mi leche se empieza a calentar,*

cantó Richard, de *Disco Inferno,* la más querida de sus cintas estereofónicas, que escuchaba tan a menudo y tan fuerte como podía soportar.

Aparte de algún arrebato de cánticos y de sus ocasionales peroratas, durante el día Richard permanecía inexpresivo. Sus movimientos eran siempre lánguidos y espaciados, como si actuase bajo el influjo de un opresivo entumecimiento tropical. Lo primero que Bill Houston observó en él era que jamás boxeaba con su sombra ni tamborileaba con las manos ni se ponía a bailar de repente como los demás negros que había conocido en el patio. En su juventud, Richard había sido un legendario psicópata que trepaba por los barrotes como un mono, aullaba a la luna, gritaba juramentos de venganza, se desgañitaba aludiendo a la carne, la sangre y la sexualidad, y a menudo se pasaba días enteros sin dormir ni descansar. Pero el aislamiento y la solitaria intimidad con sus recuerdos habían dado por resultado cierto autocontrol.

Vagabundo, retraído, habitante de uno de los barrios del sur de la ciudad, sin nada que lo recomendara ni condenara, a los dieciséis años le descubrieron con los esqueletos mutilados y los cuerpos desmembrados de cuatro niños blancos que habían desaparecido, y sus abogados lo arrojaron a los lobos. En el patio, la actitud general hacia los que abusaban de los niños era de una horrorizada desesperación: se trataba de individuos enfermos que se merecían cualquier suerte que pudiera corresponderles, y había quienes pretendían ejecutarlos sin ceremonias, furtivamente. Pero la población del módulo seis se había ablandado respecto a Richard, sobre todo después de que se convirtiera en el residente más antiguo, sobreviviendo a las nuevas condenas y traslados de los demás. Bill Houston lo sabía todo sobre él. Como ser humano, el deber de Bill Houston era odiar a aquel monstruo, a aquel mutante psicótico nacido de la mezcla siempre trágica de razas distintas. Pero estaba confuso. Se sentía alejado de los lugares en donde sus ideas tenían sentido. En el pabellón de la muerte tales ideas parecían mezquinas. Allí se estaba desarrollando un gran proyecto —iban a matarlos a Richard y a él—, y el latido de la vida en su interior le cortaba el aliento y le hacía difícil evocar la importancia de todo lo demás.

—Tal vez no creas en Jesucristo, pero ese hombre es como Jesús para ti —le dijo Brian a Bill Houston.

Hablaba delante de Richard.

—Vale —convino Bill Houston.

Richard lo ignoró.

—Yo no soy un gran experto, ¿vale? —prosiguió Brian—. Pero parece que una vez que se cargan a alguno de vosotros, el otro no sigue sus pasos. Por aquí hay varios que así lo creen. No estoy en condiciones de decir quiénes. —Brian se quitó las gafas, y a Bill Houston sus ojos le parecieron pequeños y descoloridos—. Así que ¿a cuál de los dos pensáis que se cargarán primero? —Miraba de un lado para otro entre las dos celdas—. ¿A cuál? —Golpeó los barrotes de Richard con el canto de la mano—. ¿A cuál de los dos crees que liquidarán primero, Richard?

—A mí —contestó Richard.

—Es lógico —comentó Brian, encogiéndose de hombros; y, dirigiéndose a Bill Houston, añadió—: Tú eres el señuelo.

Con una mano, Brian se cogió el pulgar y el índice de la otra.

—Voy al médico. Y me dice: tengo que amputarle el pulgar y el índice, señor Cooper. Tienen que ser los dos, se los voy a cortar. Por favor, no, el *índice* no. El *pulgar tampoco*. Y espero un par de semanas, ¿de acuerdo? ¡Oh, no, me van a cortar el índice, y también el pulgar! Me deprimo, llega el gran día, estoy a punto de volverme loco, y justo en el último momento me dice el médico: bueno, ¿qué le parece si solo le amputo el dedo índice? ¡Vaya! ¿Solo el índice? ¡Claro! ¡Qué alegría! ¿Comprende? —preguntó a Bill Houston—. Los médicos hacen eso continuamente. Te dicen lo peor. Dicen: vamos a amputarle dos dedos, así que no te sientes mal durante el resto de tu vida cuando solo te cortan uno. Tú eres el pulgar. Estás aquí por consideración a los progresistas, que tienen que salvar a alguien. —Miró a Richard—. Y tú eres el índice que van a amputar de verdad. Vas a morir por los pecados de William H. Houston.

—Sé hacer planchas, ¿sabes? —dijo Richard—. Neal Harverry, el mejor falsificador que jamás haya existido, probablemente uno de los mejores, estaba en el antiguo corredor de la muerte. A él y a mí nos propusieron un contrato federal de cuarenta y cinco centavos la hora. No parece mucho, pero entonces era una fortuna. Aquel caballero me enseñó todo lo que hay que saber sobre falsificación de billetes. Si me dejaran salir alguna vez, podría hacerme rico. Me dan una semana de permiso. Me dan dos días de permiso: te traigo un montón de dinero, tío. Hice una matriz de piedra, de casi un metro por metro veinte. Pesaba treinta y cinco kilos, la querían para un letrero en un parque nacional de la costa que decía: «ANTIGUO POZO INDIO. ZONA DE MOLER GRANO». Es un mapa para que lo mires y sepas dónde estás, con una flecha que dice: «Usted está aquí». Pero no lo estás. −Se mostró categórico en ese punto, perforando a Bill Houston con la mirada a través de la ventana del tabique de papel que los separaba−. No estás aquí.

Esperó a que Bill Houston formulara algún comentario sobre aquel dato, y prosiguió:

−Neal Harverry decía: imagínate que estás en medio de un pantano en Massachusetts. Figúrate que estás en el parque nacional de la costa. Te pones a mirar ese gran mapa de hierro fundido. El primer idiota que pasa. No tendrías idea de que quien se dirige a ti es un asesino que te dice: «Usted está aquí». De los pantanos decía: cuando los juncos se secan en otoño, al azotarlos el viento suenan como si ardieran, ¿sabes? Restallan como si se librara una batalla. −Respiró fuerte, echándose en la palma de la mano un chorro de espuma de un envase de crema de afeitar y añadió−: No estás aquí.

−No pueden matarme porque tengo el poema. El poema vive eternamente −dijo Richard a Bill Houston−. El día que lo escribí, entré en relación con las fuerzas creadoras.

Bill Houston conocía la historia del poema. En realidad, se escribió en forma de artículo y se basaba en una carta que se publicó una vez en los periódicos. Durante la mayor parte de su existencia, en la escuela de la cárcel había sido repetidamente plagiado por alumnos de la clase de redacción, y retocado y revisado por gran cantidad de profesores.

Pero si el artículo ya pertenecía a todo el mundo, a quien se le ocurrió la idea de dividirlo en líneas que parecían versos fue a Richard. Sugirió que había introducido otras mejoras. Y, según su punto de vista, el poema era una criatura de su propia invención. Lo guardaba doblado en la caja de plástico de una casete estereofónica, y a Bill Houston, que no leía mucho, le molestó que Richard se comportara como si aquel trozo de papel valiese más que el dinero. Parecía sentir más orgullo del que suele tenerse por las propias obras. El poema era un alimento sustancial para la vanidad de Richard.

—Lo leeré cuando tenga que pronunciar mis últimas palabras —afirmó Richard, sacando el mentón; Bill Houston casi sintió náuseas—. Entonces todos conocerán la amarga verdad, y es que no me pueden matar.

Bill Houston fingió interés cuando Richard le permitió leerlo. Pero la verdad era que no conseguía entender su insistencia en que aquella obra maestra le pertenecía a él solo. No rimaba, era evidente que las palabras no eran de Richard —incluso había un término despectivo para «negro»—, y cualquiera podía ver que lo habían mecanografiado y que Richard había añadido algunas cosas a mano. No era un verdadero poema: había palabras que el propio Bill Houston empleaba continuamente, y que no le impresionaban al verlas escritas. Se lo devolvió por medio de Brian, porque no les estaba permitido pasarse cosas directamente.

—Es un poema muy bueno, Richard —lo alabó.

Brian también lo leyó por encima y declaró:

—¡Coño! Es una obra de arte.

No parecía especialmente entusiasmado, pero se lo entregó a Richard con bastante respeto. Bill Houston compartía las dudas del guardián.

Más tarde, Bill Houston quiso leerlo otra vez. Richard se

lo prestó de nuevo, y después de cenar se entretuvo un rato con él. Era estupendo tener un documento creado por otro preso. No entendía nada del poema, pero la tristeza se apoderó de él al leerlo. Se lo devolvió sin hacer comentarios.

Durante toda la noche pensó en ello de manera intermitente, y al día siguiente, sin preámbulos de ninguna clase, declaró:

—Es un poema precioso, Richard. Me gustaría llevarme una copia para el viaje.

Richard no contestó nada, pero se puso en pie bruscamente y empezó a pasear por la celda.

—Lo pensaré —dijo al fin.

Bill Houston y Richard hablaron mucho de lo que iban a tomar en su última comida. Bill Houston quería un filete. Richard no llegaba a decidirse entre pollo o cerdo. Bill se alegró de que no fuesen a comer lo mismo. Parecía adecuado que el estado de Arizona les proporcionara una comida variada antes del momento culminante. A Bill Houston no le gustaba que los guardianes la llamasen «la última cena». Era una expresión corriente en la cárcel, pero ya había oído lo suficiente acerca de que Richard Clay Wilson se convertiría en su salvador. Y eso le ponía nervioso.

—Nunca te he pedido que mueras por mí —le advirtió a Richard.

Richard se limitó a colocarse los auriculares en la cabeza y a hacer como si estuviera solo en el universo.

—Vamos, Richard —le rogó Bill Houston, agitando la mano delante de su ventana—. Venga, vamos.

Cuando Richard se quitó los auriculares, de ellos brotó un poco de música en tono muy bajo, como el zumbido de un insecto.

—Oye. ¿Qué te parece si me lees tu poema una vez?

Richard parecía perdido en un laberinto de consideraciones.

—Es que yo leo muy mal, Richard. Por eso te lo pido.

Richard abrió la pequeña caja de la casete estereofónica que albergaba el poema como una joya. Desplegó el papel y dio un paso atrás, situándose al fondo de la celda, donde Bill Houston podía verlo mejor. Pero dirigió la mirada hacia el rincón, donde no había nadie.

—El blues hablado de Richard Wilson —anunció—. De Richard Clay Wilson.

Y con un sonsonete baptista, leyó:

Me sentía como un caballero acaudalado,
pero la situación bailaba bajo mis pies;
una vez entré en el cuarto de estar de mi hermana
y vi que las dos, ella y mi hermana,
se habían vuelto a mis espaldas no exactamente
gordas, sino pesadas, o escuálidas, con dibujos
animados en la televisión delante de ellas,
rodeadas de ropa para lavar, y un par de Coca-Colas
de pie junto a la tabla de planchar.
Salí al patio de ladrillo
y basura y miré el brillo luminoso
de la sangre en el interior de cada hoja,
y me pregunté: ¿A qué revoluciones por minuto
va esta madre? ¿Dónde se conecta?
Creo que entendéis cómo me sentía.

No digo que todo cambiara en el espacio
de un segundo cuando vi a las dos mujeres, pero
empecé a llevarla conmigo a los clubs. Insistí
en que se pusiera sexy. Yo solo quería vivir.
Y lo hice: algunas noches eran tan sensuales
que notaba la luz de las estrellas en los hombros
y creía que podía encender las cosas con los dedos.
Pero las intrigas de otros rompieron mi promesa.
A la hora de cerrar, una vez, se quedó hablando con un

hombre cuando yo trataba de indicarle que nos fuéramos.
Era un negro, y yo pensé en grandes coches negros
y en misas negras y en bocas de riego negras, llenas
de agua negra. Pensé en darle una bofetada a ella, o en derramar un
                                                                    [vaso,
pero en cambio abrí al negro con mi navaja roja pescador
y le saqué las tripas y dije: «Aquí están,
negro, cabrón, aquí están».
Había gente paralizada alrededor. Las luces se acababan de encender.
En aquel momento la vi estudiarme y estudiarme
desde el ángulo de la sala donde la vi,
con la sagrada luz danzando por su cara.

Justo en el medio del principio al fin
mi vida desemboca en el mar, en esta prisión
con su vacío campo de juego y sus vanos
preparativos. Si alguna vez se acerca a visitarme
que se vaya al infierno, no hablaré con ella.
Dios os matará a todos. No me arrepiento de nada.
Solo soy un extraño de otro planeta.

No soy feliz. La decepción
prende su absurdo fuego en mi corazón,
pero dos días a la semana coloco
la ropa de Máxima Seguridad por encima del mundo
en el séptimo cielo, frente a dos largos caminos
que allí llevan a dos ciudades.
Chicas que aceleran en el cruce
me infunden ganas de vivir eternamente,
me hacen pensar en grandes cosas,
en guerras, y en la luz del silencio, muy blanca, que nunca muere.
A veces me quedo horas pegado a la ventana
conectado a todas las emisoras a la vez, tan colocado de cristales de
                                                                    [meta,
que creo salirme del cuerpo.

Jesucristo, abres y cierras tus puertas,
tocas a los Vagabundos Maníacos, a los Tragafuegos,
podría decir mil cosas de ti
sin jamás recibir ese silencio. A eso me refiero
cuando digo oscuridad, el sitio donde beso tu boca,
donde nada malo ha sucedido.
No soy nadie, pero ojalá me dijeran
cuándo vas a venir a salvarnos. He escrito
varios poemas y algunos himnos, y de ellos uno
han recitado en la religiosa
emisora de ultra-alta-frecuencia. Y dice así.

Sin esperar ningún aplauso, Richard volvió inmediatamente a la litera y guardó de nuevo el poema en su caja.

Foster, el anciano guardián de la hora de la cena, había entrado mientras Richard recitaba el poema.

—¿Quiénes son los Vagabundos Maníacos? —preguntó.

Bill Houston se sintió molesto. Consideraba un insulto hacer preguntas sobre el poema de Richard. Con Foster se corría el riesgo de poner en evidencia la estupidez de algunos trozos.

—Una banda de los barrios del sur de la ciudad —explicó Richard—, y los Tragafuegos también. Yo era amigo de ellos. Una vez les llevé un mensaje. Y se enzarzaron en una guerra. —Alzó la barbilla en su fastidioso estilo y, con verdadero orgullo, añadió—: Están en mi poema.

Los tres quedaron mutuamente encadenados por un silencio embarazoso, aunque separados por barrotes carcelarios.

—No tendría que deciros esto —anunció Foster.

Pero luego no dijo nada.

—¿Y bien? —inquirió Bill Houston.

—No decidirán nada hasta el último momento —explicó Foster—. Pero me consta a ciencia cierta que esta tarde han admitido la apelación de Richard. Mi hermana trabaja en el

Tribunal de Apelación. Van a paralizar el documento una temporada para que no lo averigües; pero no me gusta verte sudar, Richard.

—No estoy sudando.

—¿Y la mía qué?

Bill Houston sintió que la cena se le convertía en una piedra en el estómago.

—Os he contado todo lo que sé.

—¿No se puede enterar? Vamos, señor Foster.

—No puedo, porque es viernes. Si ocurre algo ahora, será fuera de horas de trabajo, y mi hermana no lo sabría.

—Bueno, tampoco me *preocupa* lo más mínimo. —Le temblaban las piernas y se sentó en la litera. Así no podía ver a Richard, solo a Foster—. Necesito *prepararme*. Necesito razones para afrontar esta mierda.

Notó simpatía en el silencio, pero solo era silencio.

—Cuando te sientan en la silla, ¿duele? —preguntó a Foster—. ¿Qué se siente?

—No lo sé. Ya me lo dirás. Escríbenos unas líneas, ¿eh? Incluso Bill Houston se rio, y comprendió que acababa de adoptar una actitud que lo empequeñecía. Debería haber sido él quien bromeara: «Ya os mandaré unas líneas».

Decidió comportarse con más deportividad y mostrar una disposición alegre. Las cinco de la mañana del martes era la hora señalada para su ejecución.

* * *

¿Por qué nunca refrescaba en aquella ciudad? El chaparrón de la mañana había provocado una inundación, pero habían bastado tres horas para que no quedara ni rastro de él en los terrenos del hospital salvo un par de charcos bajo los columpios, en los hoyos excavados por los pies de los niños.

Vio un cajón de arena y un tobogán junto a los columpios, cerca del portón de entrada. Al advertirlos, Jamie pensó por primera vez que allí debía de haber niños; niños que nacieron locos y que jamás alcanzarían la cordura. Aunque esté un poco fuera del mundo, pensó, yo al menos puedo recordar algunas cosas de los buenos tiempos.

En la cabina del portón, entregó el pase al guarda.

—¡Muy bien! ¡Tres horas!

Sujetó el pase a la tablilla y con toda minuciosidad empezó a copiar datos en su lista.

—Quizá vuelva mucho antes. Es mi primera salida del agujero.

—Lo suponía. —Era un hombre mayor—. La primera vez se tarda siempre tres horas.

El aliento le olía a whisky.

—No sé si voy a poder —dijo Jamie.

—Podrá. —Le devolvió el pase y Jamie firmó en la lista. Cuando se volvió para marcharse, el guarda añadió—: Mi pluma.

—Se la iba a devolver. ¿Acaso cree que le iba a robar esta pluma vieja?

El guarda, hombre de brillantes ojos rosáceos, se encogió exageradamente de hombros. Ahora eres feliz, viejo borracho. Pero ya llegará el día en que tengas que mirar una y otra vez la película que solo tú puedes ver.

Espera, se dijo, cuidado con la actitud. Actitud de agradecimiento.

Por primera vez aquel verano, salió a la calle. Se sintió a gusto con las playeras de la asistencia social: por Van Buren, a media manzana de allí, tres prostitutas remoloneaban en una parada de autobús con vestidos alegres, pantalones elásticos de colores vivos y botas altas con tacones de aguja; pero nadie confundiría a una pobrecita estúpida como ella con una pelandusca que hace la calle de día.

Antes de que pudiera acostumbrarse al contacto de la acera, llegó su taxi, un Chevrolet amarillo lustroso. En la puerta que abrió había grabado: TEC (Taxis En Circulación).

—¡Aire acondicionado! —exclamó.

—Ni yo me acercaría a este taxi si no contara con refrigeración —aseguró el conductor. A Jamie su estropajoso pelo castaño le recordó el de Bill Houston y se entristeció—. ¿Es usted la que va al anexo de la cárcel?

—Esa misma —respondió ella.

Su ruta les llevó hacia la autopista por el sur y el este, a través del centro, y entonces advirtió las señales del reciente diluvio: huellas de humedad en la acera, charcos grasientos en las alcantarillas —tenía entendido que en Phoenix no había cloacas— y manchas oscuras en el escamoso tronco de las palmeras, bajo las cuales algunas hojas muertas de color marrón, a veces de estatura humana, había diseminado el viento. La contaminación había desaparecido de la atmósfera y, mientras se acercaban a la autopista, la llanura del barrio sur a su derecha y los altos edificios del centro de Phoenix a su izquierda mostraban un precioso brillo y parecían libres de imperfecciones.

Así era lo que ella había esperado encontrarse: limpio y claro.

Hacia el este, en la lejanía, vio las montañas que Dwight y ella habían contemplado un día y que entonces se les habían antojado monstruos. Ahora bastaba con que parecieran montañas.

—¡Vaya! Es como una especie de tierra de nadie, ¿verdad?

Contó el cambio con cuidado, salió y se quedó junto al taxi.

—Probablemente, todo ese desierto se convertirá algún día en una cárcel —comentó el taxista.

Jamie le dio un dólar de propina y luego el coche se alejó.

El anexo de la cárcel del condado de Maricopa —en el quinto pino, a tres o cuatro kilómetros del aeropuerto de Phoenix— le pareció a Jamie un poco frágil; por su aspecto de no ser más que un eslabón de la cadena y su estructura prefabricada, quizá resultara insuficiente para evitar la fuga de cualquier persona firmemente decidida a escapar. Entre el grupo de construcciones destacaba un alargado edificio amarillo de una sola planta que se extendía como perdiéndose en la distancia. Aún seguían construyéndolo; ascendía sin costados, se le veía la estructura y luego se interrumpía en un extremo ante montones informes de material de construcción, cerca de un polvoriento patio de recreo con un par de aros de baloncesto inútilmente erguidos en el centro.

Enseñó el pase al guardián del portón principal, que le negó la entrada, dirigiéndola en cambio a la puerta de visitas, al otro lado de las instalaciones, bastante lejos.

—Si me desmayo con este calor, venga a salvarme, por favor —se quejó Jamie.

La lluvia había impregnado de humedad el ambiente. El sudor le quemaba en las cuencas de los ojos y le corría por el pelo. Empezó a sentirse agobiada, caminando junto a los muros de la prisión por un mustio paisaje lunar frente al lecho seco del Salt River. El hedor del vertedero municipal de Phoenix arrastrado por la brisa del río seco la envolvió y le azotó el rostro.

La puerta de visitas daba a un recinto minúsculo separado de la cárcel por cadenas y alambre espinoso, y exclusivamente ocupado por un enorme tráiler de color azul cielo. El guardián de la puerta le admitió el pase. Pero, al cruzar el arco situado junto a la garita, el detector de metales emitió una enloquecida alarma.

Tuvo miedo.

—Ya te lo he dado todo —dijo.

El guardián se mostró impertérrito. Le pasó el detector de mano por el pie y la pierna hasta la cabeza, y volvió a bajarlo. Zumbó al acercarse al bolsillo del pecho de su camiseta.

—¿Un paquete de cigarrillos?

—Sí, pero no de metal —contestó.

—Esto se dispara hasta con el papel de estaño de las cajetillas de tabaco. Es de alta potencia; no como los del aeropuerto.

Jamie nunca había pisado un aeropuerto.

El guardián tomó el paquete y lo depositó, junto con las monedas y las llaves —llaves de una puerta que no volvería a cruzar—, en una bandejita de plástico. Colocó las pertenencias de Jamie en un armario de la garita.

—¿Quiere decir que no puedo llevarme los cigarrillos?

—Lo siento. No, si han abierto el paquete.

Recorrieron juntos el breve trecho hasta el tráiler de las visitas.

Dentro, el aire era fresco y el sudor se le empezó a secar. El local estaba decorado como un restaurante pequeño: distribuidores automáticos, luces fluorescentes, sillas de plástico, mesas de madera amarillenta, falsa e indestructible. Pasó sus buenos dos minutos bebiendo agua de la murmurante fuente gris hasta que sintió dolor de cabeza. Aún se hallaba de pie, resollando, cuando dos guardianes entraron por la otra puerta escoltando a Burris. Iba esposado. Y resultaba obvio que no le caía simpático a nadie. Fue lo primero que notó en los tres guardias.

Pero los guardianes retrocedieron hacia extremos opuestos del tráiler, brindándoles cierta intimidad. Burris se sentó frente a ella en una de las mesas tipo cafetería. Realmente se alegraba de verla, eso saltaba a la vista.

—Hola…, qué bien, Jamie —la saludó—. Bienvenida al fuerte.

—Yo a esto no lo llamaría fuerte —comentó ella—. Solo con que la mires fijamente, esta cárcel se cae a pedazos.

Frunciendo el entrecejo y sonriendo, Burris alzó las manos esposadas y se llevó un dedo a los labios. Ella rio.

—No pareces muy rehabilitado con esas barbas de vagabundo. Me gustaba más cuando te afeitabas.

Comprendió que, en muchos aspectos, ahora era su hermano. Lo quería; pero solo se sentía capaz de gastarle bromas.

—¿Es tabaco lo de esa bolsa? —preguntó, señalando el bolsillo de la camisa de trabajo–. ¿Sabes liarme un cigarrillo así, con las manos atadas?

–Sí, es tabaco. Ojalá fuera otra cosa.

A pesar de las esposas, logró liar dos cigarrillos sin gran dificultad. Mientras lo hacía, permanecieron callados los dos. Jamie tuvo que pedir lumbre a uno de los guardias.

Los dos fumaron.

–Ojalá fuera otra cosa –repitió Burris, riendo astutamente.

–He andado un poco fastidiada por las drogas –le informó Jamie.

–Nos colocamos bien en los viejos tiempos, ¿verdad?

–Sí. Pero lo digo en serio. Me internaron en el loquero. Aún sigo en el loquero.

–Lo sé. Me lo contó mamá.

–Así que ahora voy en otra dirección.

–Pues tienes buen aspecto. Estás magnífica.

–¡Ah, sí! Me siento mejor al cien por cien –admitió ella–, quizá más.

–Te dejaron muy jodida las drogas, ¿no?

–No. Ha sido algo más. Mucho más. Ya en el terreno de la religión.

–¡No jodas! –dijo él–. ¿Como mamá?

–Como mamá. Exactamente.

–No como Jeanine, espero.

–No como Jeanine –le aseguró Jamie.

Fumaron los cigarrillos. Jamie intentaba encontrar un tema de conversación. Pero realmente no quería preguntarle por la comida.

–Bueno, claro que he estado jodida por las drogas –admitió al fin–. Pero creo que se puede enfocar el asunto de dos maneras.

–Yo también me estaba volviendo majareta con la droga –aceptó él–. Pero ya me encuentro bien.

–¿Lo has dejado del todo?

–Pues no exactamente. –Burris parecía avergonzado–. Aquí uno consigue algo de vez en cuando, ya sabes.

—Pues yo sí —afirmó ella—. Voy a Drogadictos Anónimos. Seguiré una terapia de régimen abierto. «Día a día», «actitud de agradecimiento», el programa entero. Voy a recuperar a las niñas o morir en el intento.

—Eso lo respeto, Jamie. Se necesitan cojones.

—Estoy más asustada que nunca —declaró con franqueza.

La puerta se abrió por detrás de Jamie y el guardián introdujo a otra visita, un muchacho no mayor que Burris. Intuitivamente Jamie percibió que la entrevista estaba tocando a su fin.

—Recibí una nota de Bill, por eso he venido. Te traigo un mensaje.

Él se puso visiblemente pálido. Tenía los ojos húmedos y no podía articular palabra.

—Pone: «Dile a Burris que sigue siendo mi hermano».

Burris respiró aliviado.

—Han decidido ejecutarlo mañana, ¿lo sabías? —añadió.

—Claro que lo sé. No me lo quito de la cabeza.

—No sabía si te contaban esa clase de cosas.

—Me las cuentan. Quieren que no deje de pensarlo.

—Pues si de verdad siguen adelante y lo matan, no te lo eches sobre la conciencia. Él está más allá de todo eso. Libre de resentimientos. Nadie te guarda rencor, Burris. —Deseaba infundirle sosiego, y lo único que se le ocurrió para comunicárselo fue—: Quédate en paz.

—Vale. Gracias, Jamie.

Y se notaba que lo decía con el corazón en la mano.

* * *

Brian se divertía mucho rapándoles la cabeza con la maquinilla.

—Me estás jodiendo —ironizó Richard—. Me consta que mi atractivo se ha esfumado. ¡Espera!

Alzó la mano. Brian paró la maquinilla, y Richard soltó un estornudo violento.

—Tu propio pelo te da alergia —concluyó Brian.

Bill Houston los escuchaba sentado en la litera, pasándose la mano por su nuevo corte de recluta.

—Qué humillante —se quejó—. ¿Cuánto gas venenoso puede quedarse en un poquito de pelo? ¿A santo de qué se descuelgan con esto? Cabrones.

—Es más fresco —bromeó Richard—. Siento la cabeza más fresca.

—Y yo la mía más estúpida —repuso Bill Houston.

—De todos modos, han admitido mi apelación. Me lo dirán mañana. Será una gran sorpresa.

—Yo no sé nada de eso —afirmó Brian.

—Quizá también hayan admitido la mía. A lo mejor me lo dicen mañana —aventuró Bill Houston.

—Bueno, os quedan ocho horas. Puede ocurrir cualquier cosa —les informó Brian—. Ponen todo en marcha en plena noche si es preciso; el Tribunal de Apelación y lo que haga falta.

—¡Ocho horas más!

—Yo estaré aquí. He cambiado el turno por vosotros —dijo Brian.

—Me alegro mucho —le agradeció sinceramente Bill Houston—. Te cuento entre mis amigos. Y a ti también, Richard.

—Dentro de ocho horas no tendrás amigos.

Bill Houston asintió con la cabeza, pero nadie lo vio; Brian se hallaba en la celda de Richard.

—Siempre hay una especie de cuenta atrás, ¿verdad? Eso forma parte de todo el asunto, ¿no?

La maquinilla dejó de zumbar en la celda de al lado.

En el momento de silencio ni siquiera lograba apreciar con seguridad quién estaba allí, si es que había alguien. Nunca podía comunicarse directamente con nadie: siempre había algo —barrotes, leyes o palabras— por medio.

—Lava tu taza, Houston. Friégala bien.

Se sobresaltó.

—¿Qué pasa? —preguntó. Todavía no podía verlos.

—¡Hombre! ¡He aquí mi hotel preferido!

Era Richard.

Se oyó un ruido seco y tremendo, y Bill Houston se levantó de un salto y se aferró a los barrotes.

Brian entró en su celda con una enorme botella verde.

—Usted también es amigo mío, señor Houston.

Champán.

* * *

La policía de tráfico mantenía la parte de la ruta 89 que daba a la prisión limpia de fisgones y curiosos, de aquellos que querían estar en el ajo, de los que querían saber. Pero por el lado de la ciudad la cuneta polvorienta aparecía atestada de tiendas de campaña, motocicletas y camiones, con sus dueños, sus hijos y familias, apoyados de brazos y codos sobre los vehículos para esperar cómodamente allí mientras duraba la vigilia. Era de noche. Las luces azules de los coches de policía barrían sus rostros. En aquel momento todo conspiraba para mantenerlos en silencio: la muerte de las estrellas por el este, por donde el sol se disponía a salir hacia Tucson, a ciento veinte kilómetros de distancia; el hondo vacío del cielo antes del amanecer; el imperioso letargo de la Prisión del Estado de Arizona al otro lado de la carretera, por encima de los coches patrulla estacionados en la cuneta y más allá de un campo cultivado de algodón, sus estructuras de color de arena brillando bajo la luz anaranjada de innumerables arcos voltaicos, y sobre todo el amanecer del día de la ejecución: el seco presentimiento de la noche del desierto; el indiferente y poderoso aliento del próximo calor diurno, el fuego con que se queman las sombras y se incinera hasta la última partícula de mierda en el corazón. Pero a aquella hora todavía se notaba fresco, y algunos sostenían en la mano humeantes vasos de plástico.

Fredericks, el abogado, estaba entre ellos, y los curiosos lo incomodaban. ¿Qué les haría creer que, tras veinte años de imperturbable clemencia para con los asesinos, el estado elegiría de pronto aquella mañana para cambiar de proceder y acabar con Bill Houston? Fredericks no se sentía como uno de ellos. Le parecía que representaban fundamentalmente a los que mañana estarían allí encarcelados, tipos sin nada mejor que hacer, ataviados con camisetas deportivas sin mangas o con inscripciones vulgares («El Comité Teto Tetis Tetas»), lemas sin sentido, comunicaciones para el vacío, abundantes emblemas de la Asociación Nacional del Rifle o de Toca la Bocina si Conoces a Jesús, difuminados por la arena que arrastraba el viento, los niños desaliñados y con el pelo muy corto, las mujeres zancajosas con zapatillas de tiras de goma: ¿dónde estaban las señoritas ataviadas para el tenis, vestidas para jugar al golf? ¿Dónde los indignados miembros de la clase dirigente, los banqueros, los señorones con alfileres de corbata, enjoyados abrecartas, escritorios de reluciente caoba, los operarios de toda aquella maquinaria justiciera y circunstancial, la gente contra la que él no podía luchar, la que nunca estaba allí? La verdad era, él lo sabía, que tenían muchos otros asuntos entre manos. Sin duda personas ocupadísimas, perfectas. No necesitaban acudir durante la oscura noche en busca de calor en torno al fuego del asesino, ni acercarse a la ceremonia de una ejecución casi pública.

Pero los curiosos que lo rodeaban –que probablemente habían ido al mismo colegio que William Houston, Junior, conocían a alguno de sus parientes o compartían el mismo funcionario que vigilaba su libertad provisional– estaban allí porque sabían que el hecho de que ellos no fueran ejecutados resultaba inexplicable, un milagro. Y trataban de averiguar, a su manera, de qué se trataba.

> *Qué se siente.*
> *Dime qué se siente.*
> *Sin casa, sin domicilio.*
> *Siendo un completo desconocido…*

Pero a Fredericks solo le llegaba esa canción como producto de aquel sueño colectivo y asfixiante. No oía más que los aparatos de radio, que emitían un programa especial, un espectáculo en directo sobre la ejecución, transmitido desde el ala oeste de la prisión, cerca de la entrada principal, donde los servicios informativos de radio y televisión habían estacionado sus vehículos la noche anterior, a la hora de la cena. ¿Qué les hacía creer que la ejecución se llevaría finalmente a cabo? ¿Qué les habían contado? Aquí estoy con mi camisa blanca y mis zapatos marrones, se dijo. Alguien guarda un secreto. Soy el niño cuyo perro ha muerto.

Los coches habían dejado de llegar. Al este, la luz era de un gris azulado. La gente hablaba ya un poco más alto; había risas; estaban nerviosos. Los niños, inquietos, se peleaban y perseguían caprichosamente alrededor de los coches, eludiendo a sus madres.

Fredericks decidió firmemente no mirar el reloj. Al cabo de un momento tuvo que quitárselo y guardarlo en el bolsillo para no tenerlo delante de la vista. Luego se dirigió a su Volvo, tiró el reloj al asiento delantero y se alejó. Simplemente quería averiguar si sabía, sin reloj, cuándo llegaba la hora.

Llegó la hora.

—¿Señor Houston? —lo despertó Brian—. Vamos hacia la cámara a darte el paseo.

No concebía cómo había podido dormirse. Permaneció tumbado toda la noche con el Increado, con Dios, con la increíble oscuridad, con la enorme boca azul del amor.

Van a enviarme al otro barrio. Ha sonado la hora de mi muerte.

No lograba levantarse.

—¿No han admitido la apelación?

—No —contestó Brian.

—Bueno, no hace falta que la admitan. Basta con que la tramiten.

—No ha ocurrido nada de eso. Se acabó, Bill.

—Hasta luego, Richard.

—Hasta luego —contestó la voz de Richard.

—¿Están todos allí?

—Todo el mundo está allí menos tú y yo —confirmó Brian.

Se puso en pie. De pronto sintió deseos de que todo el mundo notara que se encontraba bien, que todo iba perfectamente.

—Quítate los pantalones —le indicó Brian, con amabilidad.

—¿Que me quite los pantalones?

Se miró los vaqueros que le habían entregado en la prisión. ¿Para qué necesitaban sus pantalones? Creyó que iba a echarse a llorar.

—Un montón de ropa toda empapada de gas resulta peligrosa —le informó Brian—. ¿Es que nadie te había avisado?

—¿Quieres decir que tengo que estar desnudo?

Le brotaron lágrimas de los ojos. Debía de hacer años que no lloraba delante de nadie; pero aquello era el colmo. No se lo habían advertido.

—Puedes quedarte en calzoncillos —dijo Brian.

Esposado, rapado casi al cero, permaneció allí de pie, en calzoncillos. Sentía frío y tiritaba, pero no importaba, aunque pensaran que tenía miedo. Había dos guardianes del módulo seis, y se fijó en ellos. Caras conocidas. Saludó con la cabeza. Y también un médico joven de la enfermería y un hombre distinguido de corta estatura, el alcaide, que leía en voz alta la orden de ejecución. La puerta estaba abierta. Afuera, desde primera hora de la mañana, había un coche fúnebre. Solo uno.

Los testigos ya se habían situado detrás del cristal. No oía, y meneó la cabeza. ¿Es que todo ocurría detrás de un cristal?

—¿Algo va mal? —preguntó el alcaide, interrumpiendo la lectura.

¿Mal? Estaba de pie junto a Brian, delante del alcaide, el médico y los dos guardianes. A todos los embargaba el terror, un susto de muerte por lo que estaba ocurriendo.

La voz del alcaide temblaba.

—¿Tiene usted algo que decir ahora? —preguntó a Bill Houston.

Bill Houston se quedó abrumado por la pregunta.

—¿Es que tengo que decir algo?

Todos se encontraban aturdidos.

—Quiero que sepas que yo no creo que merezcas morir —declaró súbitamente Brian—. Creo que estás rehabilitado.

Nadie supo reaccionar. Todos evitaron mirarse unos a otros. Evidentemente nadie, ni siquiera el alcaide, sabía si Brian había quebrantado alguna norma.

—Lo creo firmemente —se ratificó Brian en tono desafiante.

—Gracias —le contestó Bill Houston.

Todos permanecieron allí de pie, silenciosos durante un largo rato. ¿Qué estaba ocurriendo?

—¿Qué ocurre? —preguntó Bill Houston.

El alcaide parecía enfermo; tenía la cara verde.

—Todavía disponemos de un par de minutos —explicó—. Creo que deberíamos esperar, ¿verdad?

Observó en torno a él con aire de impotencia.

—Creo que ya no aguanto de pie —musitó Bill Houston a Brian.

Tomándolo del codo, Brian ayudó a Bill Houston a entrar en la cámara de gas.

Una verdad inundó la cámara: todo estaba ya perdido para él. La puerta se había cerrado sobre su vida. Decía: «LA MUERTE ES LA MADRE DE LA BELLEZA». No oía nada. Dudó de si le habrían metido algodón en las orejas.

Y entonces se produjo un leve estrépito en el tubo de su derecha, y el rumor de un líquido hirviendo bajo la silla. Inclinó la cabeza y miró el conducto que se prolongaba desde su pecho hasta la puerta. Ahí viene. Por ese tubo. Bum, bum, bum, bum, bum, bum, bum. Eso es lo único que siempre ha sido de verdad importante. Un vapor visible ascendía, enroscándose por sus rodillas.

Contuvo el aliento. Cada remache era una joya. Sintió que podía contener la respiración eternamente; no hay problema. Bum, bum. Aunque el corazón se le aceleraba, le parecía inexplicable que las pulsaciones disminuyeran. Podía situarse entre cada latido y dejar que el siguiente lo inundara por completo como el mejor y más grande océano de aguas cálidas que jamás hubiera existido. Los ojos le ardían. No le gustó cerrarlos, pero le dolían. Quería ver. ¡Bum! ¿Hubo alguna vez un sonido tan bonito como ese? Venía otro… ¡bum! ¡Precioso! No los hay mejores.

Antes de que pudiera darse cuenta, estaba en plena inhalación del último aliento de su vida. Pero todo iba bien.

¡Bum! ¡Increíble! ¿Y venía *otro*? ¿Cuántos más vas a regalar? Se sumió en la oscuridad entre un latido y otro, y allí descansó. Y entonces entendió que el siguiente ya no vendría. Ya está. Es el último. Miró hacia la oscuridad. Me gustaría aprovechar esta oportunidad, dijo, para rogar por otro ser humano.

* * *

El Café Casablanca, habitualmente cerrado antes de las seis de la mañana, abrió pronto para la ejecución. Fredericks miró por la ventana y vio que el local aún estaba vacío. La multitud seguía junto a la autopista. En aquel momento todos estarían contemplando el pabellón de la muerte, observando la chimenea de color oxidado que se erguía ostentosamente sobre el pequeño edificio, que a su vez quedaba oscurecido por las demás estructuras de la prisión; y aunque la cámara se vaciaba mediante una bomba de succión, algunos creerían percibir el hedor de los vapores enrarecidos del cianuro, semejante a flores de melocotón. Y se sentirían angustiados, divertidos, aliviados o pensativos, según quiénes fueran.

—Todo el mundo sigue viendo el espectáculo —dijo la camarera.

Se llamaba Clair. Fredericks no sabía de ella más que su nombre.

—¿Lo han anunciado por la radio? —le preguntó.

—Ahora mismo. Volverán a repetirlo dentro de dos minutos, se lo garantizo.

—¿Puede traerme un poco de whisky escocés para el café?

Clair le llevó una cafetera, una botella de Black Label y una taza blanca. Al cabo de unos minutos, mientras escuchaban la radio que había junto a la caja registradora, la mañana irradió su débil luz. William H. Houston, Junior, acababa de ser ejecutado. La sentencia de Richard Clay Wilson había sido conmutada por cadena perpetua.

—Esta mañana han engañado a mucha gente —dijo Fredericks a Clair.

Clair estaba junto a la ventana, apartando delicadamente el visillo con dos dedos y mirando a la calle.

—A nosotros también —contestó—. Todo el mundo sale zumbando de la ciudad. Los únicos que han sacado partido de este asunto han sido los de Seven-Eleven. Han servido café a todo el mundo.

—Y usted me ha servido whisky escocés —apuntó Fredericks.

—Bueno, considérelo una invitación, ¿vale? No tenemos licencia.

Fredericks permaneció un buen rato en el Café Casablanca. Se quedó dormido en el reservado, con la cabeza hacia atrás y la boca abierta, y se despertó desorientado y descompuesto.

Mientras pagaba el café, en el mismo instante en que se llevaba a la boca un palillo, notó la proximidad de alguien que lo miraba fijamente. La sensación era tangible y real, pero sabía que apenas había nadie en el local, solo un hombre leyendo una revista que mantenía abierta sobre la mesa junto al tazón de sopa. Fredericks miró en torno a él por espacio de un minuto antes de descubrir el retrato de Elvis Presley en la pared situada detrás de la caja registradora, casi exactamente frente a él. Dibujado con pintura luminosa sobre terciopelo negro, inclinado ante un micrófono reluciente, el rostro del ídolo muerto parecía a punto de hablar.

Fredericks salió al terrible calor del mediodía y se quedó junto a la carretera con las manos en los bolsillos y el rostro oscurecido por el ala del sombrero de paja, chupando el palillo, consciente de que tenía el aspecto de un abogado rural. Seguía siendo joven, y era perfectamente posible que muy pronto retomara su idea original de presentarse a algún cargo público. Pero en el fondo estaba seguro de que desde el principio se había apartado sin remedio de ese camino por su condición de abogado de oficio, y probablemente seguiría siendo criminalista durante el resto de su vida porque, con toda franqueza, una parte de él quería contribuir a que los asesinos salieran libres.

La mayoría de sus clientes acababa en Florence. Él se pasaba muchas horas allí. Y permanecería mucho tiempo más en aquella ciudad polvorienta y aburrida, compuesta fundamentalmente por la prisión que en aquel momento resplandecía bajo oleadas de calor; una ciudad cuyo silencio solo quebraba el rumor del viento procedente del desierto y el fragor de las cuerdas que batían mástiles, una ciudad en donde el rostro de Elvis Presley, luminoso sobre terciopelo, ascendía cada noche sobre el crepúsculo para dirigirse a los cafés en bancarrota.

Fredericks conocía la leyenda que circulaba entre los presos: durante meses, a las nueve en punto de la noche, la luz de una vela había brillado en una ventana de la ciudad. Los internos de las celdas altas, maravillados, podían verla e imaginaban, cada uno de ellos, que relucía solo para él. Pero no era más que una leyenda, una historia para contar algo, para pasar el rato mientras la violencia del hombre se apaga, o lo consume, según quién sea la bujía y quién sea la llama.

AGRADECIMIENTOS

Gracias por el permiso para reproducir los siguientes materiales:

−por el fragmento de la letra de «Sin City», letra y música de Gram Parsons y Chris Hillman, © 1969, Irving Music, Inc. (bmi). Todos los derechos reservados.

−por el fragmento de la letra de «Like a rolling stone», de Bob Dylan, © 1965, Warner Bros., Inc. Todos los derechos reservados. Reproducido con permiso.

El autor quiere expresar también su agradecimiento al National Endowment for the Arts, al Fine Arts Work Center de Provincetown, Massachusetts, y al Arizona Arts Commission por hacer posible la escritura de este libro, y un agradecimiento aún más especial a Charles Hadd Jr. y a Robert Smith, sin cuya ayuda y aportaciones esta historia no hubiese existido en absoluto.